MARCELLO LISCIA

Ein verregneter Sommer

Roman

Erste Auflage September 2022
Zweite Auflage März 2023

Umschlag und grafische Realisierung von Sergio Vitale unter Verwendung einer Fotografie © ullstein bilderdienst
Gesamtherstellung: Finidr
ISBN 978-3-89656-319-4
Printed in the Czech Republic

Bitte fordern Sie unser Gesamtverzeichnis an:
Querverlag GmbH
Akazienstraße 25, 10823 Berlin
www.querverlag.de

Kapitel 1

Ein Tag im März

„Luca! Luca, komm her!“

Er war gerade draußen damit beschäftigt, die Ferkel mit einem Zweig in den Stall zu bugsieren. Das gelang ihm mehr schlecht als recht und er fürchtete schon Pasquales Blick, wenn der bemerken sollte, dass er sich zwar die Schuhe, die Hose und auch das Gesicht schmutzig gemacht hatte, das halbe Dutzend rosa Schweinchen aber immer noch fröhlich grunzend auf dem matschigen Boden umherlief.

„Luca!“ Die Stimme kam näher. Ängstlich schaute er sich um. „Luca, wo bleibst du? Ich habe dich schon mehrmals gerufen. Wie siehst du eigentlich aus? Komm mit rein. Papa ist aus dem Krankenhaus zurück.“ Annas Stimme wurde leiser, sie schien einen Kloß im Hals zu haben. „Mit Mama stimmt was nicht. Komm, Kleiner.“

Mit ihren acht Jahren war Anna gerade mal zwei Jahre älter als Luca, aber sie sagte immer „Kleiner“ zu ihm, obwohl Luca nicht der Kleinste war. Seit sie das neue Schwesterchen Clara hinzubekommen hatten, war er das erst recht nicht mehr. Und dann war da noch Lorenzo, der erst vier war.

Anna nahm Luca an die Hand und zusammen gingen sie mit schnellem Schritt, dem Luca so gerade noch folgen konnte, über den Hof zum Wohnhaus. Auf dem Weg dorthin fiel es Luca nicht besonders auf, dass an diesem kalten Tag im März die Wolken über den Himmel rasten. Die Sonne schien zwar, aber es war kalt, was Luca rote Wangen und eine rote Nase bescherte. Sein Papa sagte immer, um ihn zu ärgern, er hätte eine kleine

Kartoffelnase. In dem Moment wunderte er sich nicht, dass der Traktor nicht dort stand, wo er sonst stand, wenn er nicht benötigt wurde, sondern mitten im Hof vor dem Kuhstall. Ebenso wenig irritierte es ihn, dass das Fahrrad von Don Alfonso an der Hauswand lehnte. Und dennoch schienen alle diese Eindrücke in seine Erinnerung eingebrannt zu sein, wenn er sich – auch Jahrzehnte später – an diesen Tag erinnerte.

Es war der Tag, an dem seine Mutter starb.

Sie kamen ins Haus und standen auch schon in der Küche. Es war ein Bauernhaus aus dem vorigen Jahrhundert, in das ihr Vater und ihre Mutter mit ihren ältesten Kindern Pasquale, Emma und Francesco ziehen mussten, als Lucas Onkel Vittorio den Familienbesitz beim Kartenspielen verloren hatte. Sie durften den Hof und das dazugehörige Land mit seinen Feldern und den Weinbergen als Pächter bewirtschaften und sich somit ein klägliches Auskommen sichern. Insbesondere Pasquale und Francesco erzählten oft von den alten Tagen. Doch sie mussten immer aufpassen, dass ihr Vater das nicht mitbekam. Er wollte davon nichts hören. Heute weiß Luca, dass es ihm wehgetan haben muss. Damals hatte er das allerdings nicht verstanden. Er hörte den Geschichten gerne zu. Sie waren wie aus einer anderen Welt. So etwa soll es in ihrem alten Haus eine geschwungene steinerne Treppe gegeben haben, die in die obere Etage führte, in der sich die Schlafzimmer befanden. Nicht eine einfache Holztreppe wie bei ihnen zu Hause, die insbesondere im Winter immer unter der Last der Füße, die auf ihr auf- und abgingen, erbärmlich stöhnte. Und sie hatten wohl ebenfalls eine Kutsche, die von vier Pferden gezogen wurde. Das alles war für ihn unvorstellbar und herrlich zugleich. Und dennoch war dieses alte Bauernhaus, in dem er und auch Anna geboren waren, mit seiner alten Treppe und dem alten Ofen in der Küche und den grünen Holzfensterläden und dem direkten Durchgang über die Diele zum Stall – all das war sein Zuhause. Er liebte es, wenn seine Mama Brot gebacken hatte, dessen Duft das ganze Haus erfüllte. *Mama.*

Anna hielt immer noch seine Hand. Sie hielt sie nun so fest, dass es Luca fast wehtat. Ihr Papa saß auf einem Stuhl, der seitlich am großen Tisch stand, an dem sie alle acht jeden Tag gemeinsam ihre Mahlzeiten einnahmen. Er stütze sich mit einem Ellbogen auf dem Tisch ab und hielt seine Stirn. Er weinte. Noch nie hatte Luca ihn weinen sehen. Auch heute weiß er nicht genau, was das mit ihm damals machte. Was er weiß, ist, dass seit dem Tag alles anders war.

„Kinder, setzt euch hierher." Es war die Stimme von Don Alfonso. „Luca, Anna, kommt her." Der Geistliche ging auf sie zu und zog sie auf das alte Sofa, das gleich rechts neben der Küchentür unter einem Fenster stand. Sie sollten das schmerzverzerrte Gesicht ihres Vaters nicht sehen, der die beiden noch gar nicht bemerkt zu haben schien, bis Don Alfonso ihre Namen ausgesprochen hatte, und aus dessen Augen Schuld, Verzweiflung und Scham zugleich sprachen, als fühlte er sich ertappt, dass Anna und Luca ihn so zu Gesicht bekamen. Pasquale und Francesco standen hinter ihm und schauten mit versteinerten Mienen auf den Boden, auf den Tisch, auf ihre Hände. Emma saß auf dem Stuhl, der immer hinten an der Wand stand, hinter der sich die kleine Spülküche befand. Sie trug das alte blaue Kleid, das sie immer trug, wenn sie das Essen für die Familie kochte. Die Hände im Schoß, weinte auch sie. Und als hätte auch sie erst in dem Moment bemerkt, dass Anna und Luca in die Küche gekommen waren, stand sie hastig auf, wischte sich die Tränen aus den Augen, strich sich eine Haarsträhne hinter ein Ohr und kam zu ihnen auf das alte Sofa. Sie setzte sich zwischen sie, umschloss Annas Kopf mit ihrer rechten Hand und Lucas Kopf mit ihrer linken. Sie küsste Luca auf die Stirn und drückte ihn an ihre Brust. Die große Schwester Emma, die schon immer eine zweite Mutter für sie gewesen war. Und wie es das unbarmherzige Schicksal für sie alle vorgesehen hatte, musste sie dieser Mutterrolle fortan noch mehr nachkommen. Der Einzige, der fehlte, war der kleine Lorenzo, der gerade seinen Mittagsschlaf hielt. Und natürlich Clara, aber die war ja gerade mal eine Woche alt und bei der Mama im Krankenhaus. Das zumindest dachte Luca. Und ganz falsch lag er damit nicht. Beide waren sie im Krankenhaus, Clara und Mama, nur dass seine Mutter an dem kalten, aber dennoch sonnigen Morgen im März gestorben war, als sich ein Blutgerinnsel in ihrem Kopf festgesetzt hatte und sie erst das Bewusstsein und dann ihr Leben verlor.

„Mama kommt nicht mehr nach Hause", sagte sein Papa mit einer Stimme, die Luca fremd war. Papa, der immer morgens vor dem Frühstück feierlich das Gebet für die Familie sprach. Papa, der ihm mit unendlicher Geduld gezeigt und mit seiner verständnisvollen Stimme erklärt hatte, wie man aus Holzsohlen, Leder und Zwirn Schuhe zusammennähte, obwohl das gar nicht zu Lucas Aufgaben gehörte, da er noch zu klein dazu war. „Mama kommt nicht mehr nach Hause", wiederholte er diesen Satz mit einer brüchigen, flatterhaften Stimme, die an einen Schmetterling erinnerte, der verzweifelt versucht, bei starkem Wind auf einer Blume

Halt zu finden, letztendlich aber von einer Böe davongeweht wird. „Sie …" – doch weiter kam er nicht. Er saß da mit offenem Mund und roten Augen, die durch sie alle hindurchzustarren schienen, als suchten sie nach den passenden Worten, die in dieser unsäglichen Situation ausgesprochen werden wollten. Doch die Suche war vergebens. Er schaffte es nicht weiterzusprechen, schloss den Mund wieder und schaute Luca und Anna nur an, die ihm am anderen Ende der Küche gegenübersaßen und ebenso verzweifelt in seinen Augen nach einem Sinn suchten. Einen Sinn, von dem sie sich Trost erhofften.

„Pietro, lassen Sie mich …" Es war Don Alfonso, der das Schweigen schließlich beendete. Er stand von dem Sofa auf, auf dem er mit Luca, Anna und Emma gesessen hatte, stellte sich nun mitten in die Küche und hielt die gefalteten Hände vor die Brust. Luca fand das sogar lustig, da es den Anschein hatte, als wollte Don Alfonso zu einer Predigt ansetzen. So bedeutungsvoll kannte er ihn nur aus der Kirche. Zwar war er häufig bei ihnen zu Besuch, aber dann, um mit ihnen zu essen oder mit Papa über die Bibel oder Politik zu diskutieren, und dafür saß er mit am Tisch und stand nicht mitten in der Küche.

„Marcella … eure Mutter, ist heute von uns gegangen." Von uns gegangen? Sie war doch im Krankenhaus. Warum kam sie nicht nach Hause? Wo war sie denn hingegangen? „Sie erlag heute Morgen einem Blutgerinnsel in ihrem Kopf. Die Ärzte haben alles versucht, aber der Herr hat sie zu sich geholt." Der Herr hat sie zu sich geholt? Luca verstand das nicht. Anna musste es verstanden haben, denn kaum hatte Don Alfonso „zu sich geholt" gesagt, fing sie an zu weinen.

„Emma, was heißt ‚zu sich geholt'?", wollte Luca wissen.

„Mama ist gestorben", sagte Emma flüsternd. „Sie ist jetzt beim lieben Gott und den Engeln." Was redeten sie alle da? Das konnte doch nicht sein! Luca sprang vom Sofa auf und lief zu seinem Vater.

„Papa, Mama wollte mir doch noch beibringen, wie man Strümpfe strickt, und sie hat mir versprochen, dass ich im Frühling mit zur Viehschau darf und … Das geht doch nicht! Don Alfonso, da hat der liebe Gott doch bestimmt etwas falsch gemacht! Mama wollte doch noch gar nicht zu ihm. Und was ist denn mit Clara?" Luca stampfte mit einem Fuß auf dem alten Küchenboden auf. Mit geballten Fäusten bellte er ihnen all den Protest entgegen, den ein Sechsjähriger aufbringen konnte, dem man gerade seine Mutter genommen hatte.

„Kind …" Zu mehr war auch Don Alfonso nicht in der Lage.

Luca schaute hastig einen nach dem anderen an, doch keiner hatte eine Antwort auf seine Fragen. Alle saßen oder standen sprachlos da und weinten. Luca musste raus. Er rannte aus der Küche, durch die Diele nach draußen, über den geschotterten Hof, auf den Weinberg zu, über das nasse Gras, durch den saftigen Löwenzahn, unter den Weinstöcken entlang, die ihn – noch laublos – mit ihren knorrigen Ästen wie ein abgebrannter Dachstuhl nicht vor der kalten Luft, dem einsetzenden Nieselregen und dem Himmel schützen konnten. Der Himmel, in dem jetzt seine Mutter war. Luca blieb atemlos stehen und ließ sich im nassen Gras auf den Hintern fallen, lehnte sich an einen Weinstock und schrie. Er schrie keine Worte, es waren nur verzweifelte, fassungslose Laute. Er starrte dabei in den Himmel. Dann verstummte er, während der letzte Schrei verhallte. Er schaute weiter in den Himmel. „Mama, warum bist du gegangen? Warum kommst du nicht wieder?“ Er rang dabei nach Atem. Kaum hatte er das ausgesprochen, quollen die Tränen auch schon aus seinen Augen und vermischten sich mit dem Nieselregen, der sein Gesicht mit kleinen Perlen benetzt hatte.

„Luca!“ Das war die Stimme seines Vaters. „Da bist du ja. Du bist ganz nass geworden. Hier, nimm meine Jacke.“ Sein Papa war ihm nachgelaufen. Er hielt ihm seine Jacke hin, doch Luca nahm sie nicht. Also legte er sie über ihn, sodass nur Lucas Kopf herausragte. Er saß immer noch auf dem Boden an den Weinstock gelehnt und schaute in den Himmel. Sein Papa setzte sich neben ihn, legte ihm einen Arm um die Schulter und gemeinsam schauten sie nun nach oben. Der Regen war kräftiger geworden. Fast, als wollte er sie trösten, wusch er ihnen die Tränen aus den Gesichtern.

Kapitel 2

Von Belanglosem

Wie lange sie damals dort zusammengesessen hatten, wusste er nicht. Das war zehn Jahre her.

„Luca, hör auf zu träumen! Los! Die Pause ist rum. Die Sonne scheint wieder." Signora Colombo stand mit ihrem gewohnt strengen Blick in der Tür, die Hände in die Hüften gestemmt. Sie würde so lange dort warten, bis er aufstehen, an ihr vorbei und zurück ans Fenster für den Außenverkauf gehen würde. Immer, wenn er in den wenigen freien Minuten oder Stunden – immer dann und nur dann, wenn es regnete – am Fenster des Innenhofes saß und nach draußen schaute, wo eigentlich nicht viel mehr stand als mehrere Kübel mit Bauernhortensien und eine alte Bank, von der die weiße Farbe zunehmend abblätterte, musste er an zu Hause denken. An seinen Vater, seine Geschwister, die Felder und die Weinberge, die Bienen und an seine Mutter, deren Gesicht in seiner Erinnerung immer schemenhafter wurde und an deren Stimme er sich kaum noch erinnern konnte. Dass sie ihm immer mehr wie Sand durch die Finger glitt, versetzte ihn in Schrecken und ein schlechtes Gewissen quälte ihn. Mehr aber noch überwog die Furcht, dass er sich vielleicht eines Tages gar nicht mehr an sie würde erinnern können.

„Hortensien sind für mich die schönsten Blumen. Und weißt du, warum, Luca?", fragte ihn seine Mutter, als er ihr, wie so häufig, bei der Hausarbeit zuschaute. An diesem Tag war sie damit beschäftigt, Socken zu stopfen. Luca war etwa fünf Jahre alt. Seine Mutter saß an einem kleinen Tisch am Fenster der großen Wohnküche, den sie stets für das Ausbessern alter Kleidung nutzte, auf dem aber auch ihre Nähmaschine stand, die sie wie eine Kostbarkeit pflegte. Es war jedoch die falsche Jahreszeit für die Nähmaschine, denn es war Frühsommer und erst im Herbst würden sie nach der Ernte über das nötige Geld verfügen, neuen Stoff für Kleider und Hemden kaufen zu können. Luca saß auf einem der Holzstühle, deren Sitzfläche aus Strohgeflecht gefertigt war, ganz dicht neben seiner Mutter und ließ die Füße baumeln, mit denen er so gerade eben die alten dunkelroten Fliesen berühren konnte.

„Nein, Mama, warum?"

„Weil jede Blüte wie ein kleiner Blumenstrauß aussieht. Und wenn man mehrere Blüten zusammen in die Vase stellt, wie sieht es dann aus?" Sie ließ kurz von der grauen Socke ab, die sie in der Hand hielt, und schaute ihn lächelnd an.

„Schön!", rief Luca und strahlte, da er der Auffassung war, die perfekte Antwort auf die Frage seiner Mutter gefunden zu haben.

„Ja, natürlich! Aber wie noch?" Mit großen Augen sah sie ihn an und war gespannt, was ihm noch einfallen sollte. Luca betrachtete seine Mutter mit ebenso großen Augen und runzelte dabei die Stirn.

„Wie ganz viele kleine Blumensträuße?", fragte er dann etwas unsicher und war wiederum gespannt auf ihre Reaktion.

„Genau!" Das machte Luca stolz auf seine Antwort. Sie legte die Socke, den Faden und die Nadel auf den Tisch, nahm Luca in die Arme und drückte ihn an ihre Schürze. „Und wie ein Blumenmeer, denn man sieht überhaupt keine Blätter, sondern nur noch blau und rot und weiß!" Während sie blau und rot und weiß sagte, wiegte sie Luca, den sie noch immer an sich drückte, nach rechts, nach links und wieder nach rechts, als hätte jede der von ihr aufgezählten Farben ihren eigenen Platz. Luca liebte es, wenn seine Mutter ihn so an sich drückte. Sie duftete immer nach Garten, nach Essen, nach Brot.

„Und wenn du später mal eine Freundin hast und ihr Hortensien schenkst, was heißt das dann?“, fragte sie ihn und hatte aufgehört, ihn hin und her zu wiegen.

„Dass ich sie schön finde?“ In Lucas Antwort schwang Unsicherheit mit.

„Wen, die Hortensien oder das Mädchen?“, lachte sie.

„Mama! Das Mädchen natürlich!“ Luca hatte sich aus ihrer Umarmung gelöst und schaute sie protestierend an.

„Sicher auch das. Aber du fragst sie damit auch, ob sie dich vergessen hat. Das ist die Sprache der Blumen. Jede Blume hat ihre eigene Botschaft.“ Sie wartete auf seine Reaktion und schaute ihn amüsiert an.

„Warum sollte sie mich denn vergessen, Mama?“

„Du hast recht! Wie könnte man meinen kleinen Luca jemals vergessen? Die Mädchen werden dir bestimmt in Scharen hinterherlaufen!“ Sie lachten beide. Lucas Mutter setzte die Ausbesserung der Socke fort und Luca schaute ihr weiter zu, hing aber in seinen Gedanken den Botschaften der Blumen nach.

Nun, das mit den Mädchen hatte sich noch nicht eingestellt. Zumindest liefen sie ihm nicht hinterher. Oder vielleicht doch? Was war mit Marisa? Er konnte sich an ihre Blicke erinnern, die ihm immer unangenehmer wurden. Ihr aufgesetztes Lächeln, während sie mit einem Finger in ihren Haaren herumspielte. Marisa war die Tochter von Signor Leoni, der seinen Eltern den Hof verpachtet hatte. Wenn er auch meist im Dorf mit Mädchen und auch eher mit seinen Schwestern als mit seinen Brüdern gespielt hatte, so verlor er doch seit einigen Jahren zunehmend das Interesse an ihnen. Mädchen wurden ihm … zuwider. Vielleicht gehörte das dazu, bevor man sich in eines dann verliebte?

Er war inzwischen sechzehn. Hätte er nicht schon längst eine Freundin haben sollen? Wie denn, wenn er seit März jeden Tag von morgens bis abends Eis machte, umfüllte, verkaufte, den Tresen putzte, nur um am nächsten Morgen von vorne zu beginnen? Und bevor sein Vater ihn nach Deutschland geschickt hatte, ließ der Hof ihm – genauso wenig wie seinen Geschwistern – kaum eine freie Minute, außer vielleicht sonntags, aber der Tag war mit Kirchgang und gemeinsamem Essen und Singen auch meist schon in seiner immer wiederkehrenden Routine verplant.

„Luca, ich warte!" Signora Colombo, die hatte er fast vergessen.

„*Sì, signora!*", stammelte er und zog an ihr vorbei an seinen Platz an der Theke.

„Das wurde ja auch mal Zeit!", raunte ihn Paolo an, mit dem er sich den Posten am Außenverkauf teilte. „*Die Nekste biete!*" Das und „*danke*" und „*gute Tag*" waren bisher die einzigen deutschen Worte, die er und Paolo beherrschten, abgesehen von den Zahlen, die sie kennen mussten, da sie ja das Geld für die Waffeln und Becher immer gleich einkassierten. Ach, und dann war da natürlich noch „*widersen.*" Das waren die ersten Worte, die Paolo ihm nach Feierabend gleich im ersten Monat eingebläut hatte. Was die Zahlen anging, so stand Luca insbesondere mit der „*zwulf*" und der „*funfzen*" auf Kriegsfuß. Diese Zahlen wollten ihm – zumindest auf Deutsch – nicht über die Lippen kommen.

Paolo war siebzehn und schon in der zweiten Saison in Deutschland. Er verkörperte wohl das, was man einen Mädchenschwarm nannte. Für italienische Verhältnisse war er mit seinen 1,85 groß, er hatte braune Augen, ein markantes Kinn und eine dichte schwarze Mähne, die er nach der Mode hinten kurz und vorne zu einer glänzenden Tolle frisiert trug. Nachmittags sah man – auch wenn er sich täglich rasierte und das wusste Luca, denn sie teilten sich ein Zimmer, in dem das Waschbecken gleich mit im Raum war – bei ihm schon einen deutlichen Bartschatten. Paolo suchte sich aus der Wäschekammer immer gern Hemden, die eine Nummer zu klein für ihn waren, damit man unter dem Stoff seine Brust- und Oberarmmuskeln sah, die er jeden Morgen mit einem Satz Liegestütze in Form behielt. *„Die Nekste biete!"*

„Und? Hast du es schon mal gemacht?", hatte ihn Paolo ungefähr nach einer Woche, die sie sich das Zimmer teilten, gefragt, als sie in ihren Betten lagen und nur noch das Licht der Außenbeleuchtungen der Geschäfte in ihr Zimmer schien. Das Personal war in den zwei Etagen über der Eisdiele untergebracht und somit mitten in der größten Einkaufsstraße der Stadt, durch die noch alle halbe Stunde die Straßenbahn bimmelnd an ihnen vorbeiratterte. Glücklicherweise fuhr die Straßenbahn nicht nachts, sodass sie in der Regel ruhig schlafen konnten.

Die Eisdiele der Colombos befand sich in Paderborn. Nie zuvor hatte Luca diesen Namen gehört. Die einzigen deutschen Städte, die er kannte, waren München, Berlin und Frankfurt. Er wusste auch nicht, wo in Deutschland Paderborn lag. Als sie auf der Fahrt nach Deutschland in München am Bahnhof umgestiegen waren, dachte Luca, dass sie sicherlich bald angekommen wären. Da hatte er sich jedoch geirrt, denn die weitere Fahrt in dem ruckeligen, lauten und stickigen Zug bis nach Paderborn erschien ihm endlos. Zudem hätte es jede beliebige Stadt in Deutschland sein können. Es spielte für ihn keine Rolle, welchen Namen der Ort hatte, in dem er schließlich niemanden kannte.

„Was gemacht?", wollte Luca wissen.

„Na, Liebe! Was denn sonst?"

„Wie kann man Liebe machen? Entweder man liebt oder man liebt nicht."

„Mensch, Luca! Du hast auch überhaupt keine Ahnung, oder? Ich meine, mit einem Mädchen. Gevögelt."

„Hast *du*?"

„Hör mal, sehe ich aus wie ein Mönch? Ich habe es das erste Mal gemacht, als ich vierzehn war. Mit der Tochter des Bäckers bei uns im Dorf. Sie hieß Lucia." Er lachte. „Und ich denke, sie heißt immer noch so! Die war heiß, kann ich dir sagen! Und hast du?"

„Lass mich schlafen!"

„Also nein."

„Idiot." Luca drehte sich zur anderen Seite und zog sich die Bettdecke bis unter das Kinn.

„Gib's zu! Du hast es dir bis jetzt immer nur selbst gemacht, hab ich recht?"

Luca antwortete nicht. Er tat so, als wäre er schon eingeschlafen.

„Na, dann träum was Schönes! Vielleicht kannst du es dann wenigstens im Traum mal machen und du erzählst es mir dann morgen!"

Luca konnte sich gut vorstellen, wie Paolo im Bett lag und sein breites Grinsen aufgesetzt hatte, das ihn immer ein bisschen scheel aussehen ließ. Paolo war nur ein Jahr älter. Und selbst, wenn er gleich alt gewesen wäre, hatte er bereits mit vierzehn das erste Mal Sex gehabt. Luca war sich nicht sicher, ob er das glauben sollte. Und überhaupt, was sollte daran so toll sein? Das ganze Thema interessierte ihn überhaupt nicht beziehungsweise war es ihm immer unangenehm, überhaupt nur daran zu denken, geschweige denn, darüber zu sprechen.

Er konnte sich erinnern, wie er seine Schwester Anna einmal nackt gesehen hatte, als er aus Versehen am Badetag zu früh ins Bad gekommen war und ihre älteste Schwester Emma die kleine Anna, die gerade aus der Wanne gestiegen war – es war eigentlich mehr ein Waschbottich, den sie samstags immer mitten ins Bad stellten –, gerade in ein großes Handtuch hüllen wollte. Er war also zu früh ins Bad gekommen und er konnte sich noch erinnern, dass er sich gewundert hatte, dass da unten bei Anna irgendwie nichts war. Zumindest kam ihm das so vor. Das Ganze hatte vielleicht drei Sekunden gedauert und dann war er auch schon wieder verschwunden und hatte die Tür hastig ins Schloss fallen lassen. Anna hatte kurz aufgeschrien und Emma hörte er noch sagen: „Liebes, das war doch nur Luca. Er hat bestimmt nichts gesehen." Er hatte auch nichts gesehen. Und gerade das fand er irritierend. Er musste damals acht und Anna demnach zehn gewesen sein.

„He, aufwachen! Es ist schon sechs!" Paolo rüttelte an Lucas Schulter.

„Lass mich! Ich stehe ja schon auf", raunte Luca ihn an.

„Und hast du einen heißen Traum gehabt? Hast du? Hast du? Hast du?" Und mit jedem *„hast du"* stieß Paolo ihm mit dem Zeigefinger in die Seite.

„Ich hab gesagt, du sollst mich in Ruhe lassen!" Jetzt war Luca wach.

„Hahaha! Komm, steh auf! Du kannst aufs Klo. Ich brauche jetzt das Waschbecken."

Die Toilette befand sich im Treppenhaus zwischen den Etagen. Da sie im gesamten Haus unter sich waren – sie, das heißt Luca, Paolo, Ernesto und Michele, die die Eisbecher machten, und die Mädchen Maria, Caterina, Elsa und Francesca, die bedienten –, zog Luca nur seine Pantoffeln an und verließ im Nachthemd das Zimmer. Die Colombos selbst wohnten gegenüber in einer eleganten Dachgeschosswohnung mit Terrasse nach hinten raus.

Auf dem Weg zur Toilette knarrten die alten Holzdielen im Flur bei jedem Schritt, was auch schon mal nachts vorkam und hieß, dass entweder jemand gerade mal musste oder unerlaubterweise von einem nächtlichen „Spaziergang" wiederkam. Signora Colombo – sie nannten sie auch gerne, wenn die Colombos und Elsa, die nämlich eine Nichte der Colombos war, es nicht mitbekamen, *„la colomba"*, was die Taube heißt – achtete penibel darauf, dass die von ihr aufgestellten Regeln eingehalten wurden. Und so ein nächtlicher „Spaziergang" war ein ganz klarer Verstoß gegen die Regeln von La Colomba. Elsa hätte – so wurde Luca erzählt – schon mehr als einmal im Auftrag der Colomba gespitzelt. Sollte man ihrem blond gefärbtem Haar und dem blassen Gesicht, was ihr einen engelsgleichen Anschein verlieh, glauben, so hätte sie kein Wasser trüben können. Das Gegenteil war allerdings der Fall.

Luca drückte die Klinke herunter. Die Tür öffnete sich und schlug wie gewohnt vor die Toilettenschüssel. Hastig schlüpfte er hinein in den Raum, der nicht größer als eine Besenkammer war, zog sein Nachthemd hoch und wollte sich gerade auf die Schüssel setzen, als er bemerkte, dass mal wieder kein Toilettenpapier da war. Weder hing eine Rolle an dem Halter, der innen an der Tür angebracht war, noch waren Reserverollen auf dem Bord rechts an der Wand. „*Porca puttana!*“ Gut, dass sein Vater ihn nicht hören konnte. Der hasste es, wenn seine Kinder fluchten. Mit einem „*Ma va..!*“ – also einem nicht einmal vollendeten Fluch, bei dem auch noch der entscheidende Teil fehlte –, das Luca seinem ältesten Bruder Pasquale hinterhergerufen hatte, als dieser ihm die flache Hand in den Nacken geschlagen hatte, was der Vater natürlich nicht gesehen hatte, hatte er sich drei *Ave Maria* eingehandelt, die er vor dem Mittagessen im Beisein seines Vaters und seiner Geschwister in der Küche beten musste, natürlich, nachdem er sich die Hände gewaschen, sein Hemd ordentlich in die Hose gesteckt und sein Vater ihm den Scheitel einigermaßen zurechtgelegt hatte.

Unverrichteter Dinge verließ Luca die Toilette, ging die zehn Stufen wieder hoch in die obere Etage, wo auch sein und Paolos Zimmer war, bis ans Ende des Flurs, um Toilettenpapier aus der kleinen Kammer zu holen, in der sie auch Handtücher und Bettwäsche sauber und ordentlich zusammengelegt in einem alten Holzregal aufbewahrten. Das Toilettenpapier lag auf dem obersten Regalboden. Er musste sich auf die Zehenspitzen stellen und ein wenig strecken, auch wenn er mit seinen 1,78 gar nicht so klein war – fand er zumindest. Mit der rechten Hand nahm er erst eine, dann die nächste Rolle, übergab sie jeweils seiner linken Hand und wollte nach der dritten Rolle greifen, die aber nach hinten rutschte und zwischen dem Regalboden und der Wand klemmte. Er versuchte, sie zu greifen, was ihm nicht gelang, also entschied er kurzerhand, das Regal etwas von der Wand abzurücken, damit die Rolle zwischen Regal und Wand auf den Boden fallen würde, wo er sie dann hervorfischen könnte. Der unterste Regalboden war hoch genug, sodass er die Rolle darunter nach vorn befördern könnte. Wenn es mit dem Strecken nach oben nicht klappte, dann doch wenigstens mit dem Bücken. Gedacht, getan legte er die beiden Rollen, die er schon ergattert hatte, auf einem Stapel Bettwäsche ab, ergriff das Regal rechts und links an den Seiten und zog es nach vorn. Die alten Holzfüße des Regals quietschten, aber nichtsdestotrotz ging sein Plan auf, die Rolle fiel hinten an der Wand entlang auf den Boden, wo sie irgendwo liegengeblieben war. Er konnte sie zumindest nicht sehen. Einen kurzen Moment dachte er, die Rolle einfach liegen zu lassen – zwei Rollen wären auch genug: Eine am Halter und eine in Reserve. Schließlich drückte seine Blase und nicht nur die. Doch er entschied sich dennoch dazu, sich auf den Boden zu knien, um nach der Rolle zu greifen. Schön wäre gewesen, wenn sie nach vorne gerollt wäre, aber nein, es musste ja so sein, dass sie irgendwo hinten lag. Der Boden war kalt, obwohl es schon Mai war. Das Wetter hatte sich in den letzten Tagen stark verschlechtert und La Colomba weigerte sich, die Heizung wieder einzuschalten. Aber auch eine laufende Heizung hätte die Kammer nicht wesentlich erwärmt.

Blind ertastete er den staubigen Boden und dann etwas, was sich nicht anfühlte wie die erhoffte Toilettenpapierrolle. Vielmehr fühlte es sich an wie ein Stück Stoff, das etwas umhüllte. Er umschloss das kleine Bündel mit seinen Fingern und drückte vorsichtig zu. Was er spürte, war hart, ließ aber auch ein wenig nach. Nicht nur um dieser unbequemen Position auf dem kalten Boden ein Ende zu bereiten, zog er das Bündel heraus –

auch wenn er das Knien von den vielen Gottesdiensten, genaugenommen jeden Freitag und jeden Sonntag während seiner gesamten Kindheit, von zu Hause kannte.

Mit seiner Vermutung, dass es sich um ein Stofftaschentuch handelte, lag er richtig. Es war weiß mit einer gelben Borte und etwas zerschlissen. Er stützte sich auf dem zweiten Regalboden ab, der, als er aufstand, fast aus der Halterung zu springen drohte, stand auf und breitete das Taschentuch auf einem Stapel Handtücher aus. Was da zum Vorschein kam, entpuppte sich als eine goldene Brosche in Form eines geschwungenen Buchstabens. Es war der Buchstabe C, der in Schreibschrift aus Gold mit kleinen roten Steinchen verziert von einer goldenen Nadel gehalten wurde, die – wie bei einer Sicherheitsnadel – in einem Verschluss eingehakt war. Wer versteckte so eine schöne und wahrscheinlich auch wertvolle Brosche unter dem Regal in der Abstellkammer? Es konnte nur so sein, dass es jemand getan hatte, dem sie nicht gehörte. Ein C. Hatte jemand die Brosche vielleicht gestohlen? C wie Colombo?

„Luca, sag mal, bist du das?“ Hastig wickelte er die Brosche wieder ein, wobei ihm auffiel, dass auch auf dem Taschentuch ein C stand. Es war in Gelb eingestickt und ähnlich geschwungen wie das der Brosche, wenn auch anders. Er stopfte das Bündel schnell unter eines der Handtücher, als Paolo seinen Kopf in die Kammer steckte. Luca hatte die Tür nur angelehnt. Warum hätte er sie auch schließen sollen? Er hatte ja eigentlich nur vor …

„Was machst du denn?“, fragte Paolo sichtlich belustigt.

„Es war kein Toilettenpapier mehr da“, schoss es aus Luca heraus.

„In der Zeit, in der ich mich rasiere und hundert Liegestütze mache und mich wasche, schaffst du es gerade mal, aufs Klo zu gehen, dir nicht den Hintern abzuwischen und dich in der Kammer hier – ja, was eigentlich? Alter, du bist echt komisch, weißt du das? Sieh zu, dass du fertig wirst. Du weißt, was los ist, wenn du zu spät bist!"

Und schon war Paolo verschwunden. Was blieb, war der Geruch seines Rasierwassers *Pino Silvestre* – das gleiche, das Don Alfonso benutzte. Auch wenn er sich mit Duftwässern nicht auskannte, war Luca der Name doch geläufig, da Don Alfonso im Kommunionsunterricht – wenn auch sichtlich verlegen – auf die Frage von Marisa, der Tochter von Signor Leoni, wonach Don Alfonso denn so rieche – sie sagte riechen, nicht duften – erwiderte: „Mein Kind, das ist der Duft von frischen Pinien aus dem Wald."

„Und wieso riechen Sie danach? Waren Sie heute etwa schon im Wald?"

„Mein Kind, es ist ein Rasierwasser namens *Pino Silvestre.* Meine Schwester aus Verona bringt es mir immer mit, wenn sie mich besuchen kommt."

Als sie den Kommunionsunterricht verließen, drängte sich Marisa im engen Flur des Pfarrhauses durch das Grüppchen der anderen Kinder zu Luca hindurch und hauchte ihm beim Hinausgehen ins Ohr: „Wenn ich einmal groß bin, dann schenke ich dir auch *Pino di Mestre.*" Sie grinste ihn dabei an und klimperte mit ihren langen braunen Wimpern.

„Das heißt *Silvestre. Pino Silvestre* hat Don Alfonso gesagt. Und wenn ich groß bin, bin ich bestimmt nicht mehr hier. Also kannst du es mir gar nicht schenken."

„Wo willst du denn hin, wenn du groß bist?"

„Weg“, sagte er und neigte sich mit offenem Mund zu ihr runter, fast, als wolle er ihr im nächsten Moment in die Nase beißen, lief dann aber doch voraus und die Straße hinunter. Es war Samstag und das hieß, dass Emma Kuchen gebacken hatte. Und den Duft von Emmas Kuchen zog Luca dem von Don Alfonso allemal vor. An jenem Tag sollte es Apfelkuchen geben. Bei dem Gedanken lief ihm das Wasser im Mund zusammen und er ging zügigen Schrittes, fast laufend, nach Hause.

Eines Tages würde Luca Paolo sagen, dass der ihn täglich an den Pfarrer seiner Gemeinde erinnerte. Das würde ihm nicht gefallen, wollte er doch in allem, was er tat, stets … Luca fehlte das passende Wort für das, was Paolo mit seinem ganzen Getue darstellen wollte. Was wollte Paolo mit seinen engen Hemden, seiner Frisur und seinem Rasierwasser zum Ausdruck bringen? Oder vielmehr, was sagte es über ihn, Luca, aus, dass er all das nicht hatte und tat?

Seine Haare waren kurz und der Seitenscheitel das Einzige, was man als Frisur bezeichnen konnte. Seine Hemden saßen zwar an den Schultern gut, aber ansonsten zeichnete sich eher nichts unter dem Stoff ab. Mehr als Wasser und Seife hatte seine Haut bisher nicht kennengelernt. Die Kartoffelnase hatte sich zum Glück nicht weiter knollig entwickelt, sondern verlief eher schmal und gerade. Er war blass, aber das traf auf alle Jungs in der *Gelateria Colombo* zu, selbst auf Paolo, denn die Sonne kannten sie nur vom Hinausschauen. Terrassen, auf denen die Gäste bedient wurden, sollte es erst viele Jahre später geben, somit bekamen auch die Mädchen, die bedienten, nicht einen Sonnenstrahl ab. Schlank war Luca schon immer. Er musste immer darauf achten, dass er genug zu essen bekam, um nicht völlig in seinem Hemd zu verschwinden. Das war hier in Deutschland gar nicht so einfach. Er arbeitete noch mehr als zu Hause auf dem Hof und die Hackordnung bei den Mahlzeiten war etwas, das er aus seiner Familie nicht kannte.

Er musste sich beeilen. Er war immer noch in seinem Nachthemd und außer der Entdeckung der goldenen Brosche hatte er noch nichts geschafft. Wenn Paolo schon runter in die Eisdiele gegeangen war, dann musste es bald halb sieben sein. Sie fingen zwar erst um sieben an, aber vorher frühstückten sie noch gemeinsam – was sie zumindest als Frühstück bezeichneten: ein italienisches Frühstück bestehend aus Milchkaffee und Keksen. Bald sollte Luca kennenlernen, was man in Deutschland üblicherweise unter einem Frühstück verstand.

Er schnappte sich also die beiden Rollen Toilettenpapier, ließ die dritte auf dem staubigen Boden liegen und lief die halbe Treppe hinunter zur Toilette.

„Besetzt!", hörte er rufen, als er die Klinke herunterdrückte. Auch das noch!

„Hier ist kein Klopapier mehr." Es war Caterinas Stimme. „Kannst du mir welches holen?", gefolgt von einem verschämten „Hihihi."

„Ich habe zwei Rollen hier. Ich muss aber auch aufs Klo. Mach schnell!"

„Ich mache jetzt die Tür einen Spalt auf und du darfst nicht gucken und dann gibst du mir das Klopapier. Versprochen?"

„Versprochen." Viel weiter würde sie die Tür sowieso nicht öffnen können, es sei denn, sie würde sich mit den Füßen auf die Schüssel stellen, was sicherlich nicht ihre Absicht war. Der Schlüssel drehte sich im Schloss und dann ging auch schon die Tür etwas auf. Luca stellte die beiden Rollen übereinander auf den Boden und schob sie dann hinein. Er sah einen Fuß in einem rosa Stoffpantoffel, der die Rollen zu fassen bekam und hineinzog, gefolgt von dem erneuten Geräusch des Schlüssels, der sich wieder im Schloss drehte.

„Geh weg! Du kannst doch nicht dort vor der Tür stehen und mir zuhören. Komm gleich wieder! Ich brauche nicht mehr lange. Einverstanden?“

„Einverstanden. Aber ich bin in drei Minuten wieder hier!“ Er war viel zu freundlich zu Caterina. Schließlich wollte er schon vor ihr auf die Toilette und er hatte das Klopapier besorgt. Jedoch konnte sie das nicht wissen und es war ihr auch nicht anzulasten, dass er sein dringendes Bedürfnis nun aufschieben musste. Vielleicht war es auch besser, dass sie ihn nicht in der Kammer gesehen hatte, gerade sie, Caterina. C wie Caterina? Letztlich musste ihr aber klar sein, dass er das Klopapier ja nur aus der Kammer geholt haben konnte. C wie Colombo? Vielleicht hatte sie aber auch nichts damit zu tun. Und wenn doch? Egal. Was ging ihn das an?

Kapitel 3

Drei Welten

Um zehn vor sieben kam er in die Eisdiele, wo es wie immer nach Kaffee duftete. Natürlich lief die Kaffeemaschine – eine *Rialto* – den ganzen Tag, aber am Morgen wurde der Duft noch nicht überdeckt von Vanille und Erdbeere, von Schweiß und Zigaretten und von Signora Colombos Gezeter. Er ging gleich nach hinten ins *laboratorio*, wo die Eismaschinen standen, aber ebenfalls der kleine Tisch, an dem sie frühstückten. Drei Kekse hatten sie ihm übriggelassen. Damit würde er bis Mittag aushalten müssen, es sei denn, er würde in einem unbeobachteten Moment eine Banane oder ein Stück Schokolade verdrücken können. Er nahm die Kekse aus der Keramikschüssel, steckte sich einen gleich in den Mund und ging zurück in die Eisdiele, um sich einen *caffelatte* zu machen.

Während sie das fertige Vanilleeis aus der Maschine in die Eisbehälter füllten – sie hatten zwei dieser ganz neuen Maschinen, die es erlaubten, in ein und demselben Behälter das Eis zu erhitzen, zu rühren und erkalten zu lassen –, prasselte der Regen an das kleine Fenster. Es würde wieder ein schlechter Tag werden. Zumindest war es die vergangenen vier Tage so gewesen, dass es früh morgens noch trocken war, sich dann aber später einregnete und den ganzen Tag bis in den Abend nass blieb. Ein schlechter Tag für die Colombos. Kein schlechter Tag für Luca und seine Kollegen, wenn man von der Laune der Chefin absah.

Signor Colombo war ganz anders als seine Frau. Er redete kaum, arbeitete aber viel. Gewissermaßen war er das Gegenteil seiner Ehefrau. Er redete auch wenig mit ihr, sie aber viel mit ihm. Isidoro hier, Isidoro da, *tesoro* hier, *amore* da. Allerdings hörte es sich selten nach *Schatz* und *mein Lieber* an, wenn sie ihn so ansprach. Es war mehr die Einleitung in eine Tirade über einen ihrer Mitarbeiter wie neulich, als Maria beim Spülen eine Suppenschüssel aus Porzellan zerbrochen hatte.

„*Tesoro*, hast du das gesehen? Schon wieder ist etwas kaputtgegangen! Sie kosten uns mehr Geld, als dass sie uns etwas einbringen!"

„Nur der, der etwas tut, kann auch etwas kaputtmachen!", hatte Maria ihr daraufhin hinterhergerufen. „Wenn ich den ganzen Tag damit beschäftigt wäre, darauf zu achten, dass ich mir keinen Nagel einreiße, würde ich auch nichts kaputtmachen!" Mut bewies sie. Zumindest hätte sich Luca das nicht getraut. Maria war auch sechzehn Jahre alt und die erste Saison in der Eisdiele. Genau wie er arbeitete auch sie das erste Mal weit weg von zu Hause. Für die Mädchen hieß die erste Saison in der Eisdiele immer, dass sie einen halben Tag – was sechs bis sieben Stunden waren – spülen mussten, per Hand selbstverständlich.

Nachdem Luca mit Paolo, Ernesto und Michele die verschiedenen Eissorten fertig und in die Edelstahlbehälter gefüllt hatten – viel mussten sie nicht neu produzieren, da sie in den letzten Tagen wenig verkauft hatten – und sie die beiden Theken – für den Außenverkauf und für die Eisspezialitäten – aufgefüllt hatten, blieb ihnen etwas Zeit für eine Pause. Es war kurz nach neun Uhr und außer wenigen Espressogästen noch nicht viel Betrieb in der Eisdiele. Kaffeeduft und Zigarettenqualm bildeten die allmorgendliche olfaktorische Melange. Bei den Espressogästen handelte es sich überwiegend um Italiener –

Süditaliener, um genau zu sein. *Terroni* wurden sie auch genannt – zumindest von den Norditalienern. *Terroni*, was sich von *terra*, also Land oder Erde, ableitet und so viel heißt wie einfache Landbevölkerung. Böse Stimmen behaupten auch, es bedeute Erdfresser, da es im Süden Italiens nichts außer Erde zu essen gäbe. Der Süden Italiens war immer schon ländlicher geprägt und viele junge *terroni* suchten ihr Glück entweder in der Industrie des Nordens ihres Landes oder auch in Deutschland. Genau wie Luca. Wobei er sich nicht ganz sicher war, ob und was er eigentlich in Deutschland suchte. Vielmehr war es auch so, dass sein Vater entschieden hatte, er sollte in der Eisdiele arbeiten, um die Familie zu unterstützen. Zwischen den Familien der Mitarbeiter und den Colombos, also den *gelatai* – den Eisleuten –, gab es stets das Arrangement, dass die Mitarbeiter das ganze Jahr über nur ein Taschengeld ausgezahlt bekamen, damit der Lohn zum Saisonende fast komplett an die Familien übergeben werden konnte. So war es schon bei Lucas älteren Brüdern Pasquale und Francesco gewesen, die vor ihm – wenn auch nur für eine beziehungsweise zwei Saisonen – in Paderborn gearbeitet hatten. Trinkgeld gab es zwar, jedoch nicht für die Mitarbeiter.

Die Terroni waren also morgens immer da. Es waren jedoch in der Woche nicht jeden Morgen immer dieselben, da es sich überwiegend um Hilfskräfte aus der Fabrik handelte, die in der Regel in zwei oder drei Schichten arbeiteten, was folglich hieß, dass dieselben Espressogäste morgens immer nur alle zwei oder drei Wochen da waren, also dann, wenn sie Spätschicht hatten und erst am frühen Nachmittag ihre Arbeit antreten mussten. Am Nachmittag war dann immer entsprechend die andere Gruppe da. Neben der besagten olfaktorischen Melange erfüllte die Eisdiele auch eine dialektale Kakophonie aus Sizilianisch, Neapolitanisch und anderen süditalienischen Dialekten, die Luca nicht zuordnen konnte.

Noch lauter aber war es am Wochenende und da insbesondere sonntags, denn dann waren sie alle da und das hieß, dass man die Luft vor Qualm schneiden konnte und der Lärm nur noch vom Ausschlagen der Kaffeesiebträger und vom Rattern der Kaffeemühle übertönt wurde, die sich wie ein Maschinengewehr in kurzen Intervallen regelmäßig in Gang setzte, da der Kaffeekonsum entsprechend hoch war. Die wenigen deutschen Gäste, die morgens ihren Weg in die Eisdiele fanden, saßen eher schweigend und – trotz des Geräuschpegels – konzentriert mit aufgeschlagenen Tageszeitungen an den Tischen, während die Terroni – typisch italienisch – an der Theke standen, wild gestikulierten und laut miteinander diskutierten.

Einige von ihnen bändelten auch gerne mit den Bedienungen in der Eisdiele an. Wo sonst sollten sie italienische Frauen kennenlernen? In den Fabriken lag der Frauenanteil in den für die Gastarbeiter vorbehaltenen Bereichen fast bei null, sodass ihnen keine andere Wahl blieb, als regelmäßig in der Gelateria vorbeizuschauen, um ihr Flirtgeschick unter Beweis zu stellen. Das sah La Colomba natürlich überhaupt nicht gern. Um den Annäherungsversuchen der Terroni zumindest etwas entgegenzuhalten, gab es klare Anweisungen, wie insbesondere das weibliche Personal bei Colombo zu stehen – ja richtig: zu stehen – hatte, wenn es mal vorkam, dass es nichts zu tun gab: Fast schon militärisch durfte man nicht das Gewicht auf nur ein Bein verlagern, sondern musste auf beiden Füßen stehen, die Füße eng nebeneinander mit hinter dem Rücken verschränkten Armen.

„Ich möchte nicht, dass ihr ausseht *come le puttane*!" Sie sollten nicht wie Huren dastehen. Schmeichelhaft war die Chefin noch nie gewesen.

Die Terroni ihrerseits nannten die Norditaliener gerne *polentoni*, was sich auf den landläufig bekannten italienischen heißen Grießbrei bezog. Wie so viele landestypische Gerichte war Polenta eher eine Speise der armen Bevölkerung. Vielleicht oder ganz sicher war der Begriff *polentone* die heimliche Rache der Terroni an dem versnobten und eingebildeten Norditaliener.

Maria, Caterina, Elsa und Francesca – die Mädchen aus der Eisdiele – fanden in den Terroni das Ventil, um ein bisschen Frau sein zu können. Mit den Kollegen durften sie ohnehin nichts anfangen – eine von La Colombas Regeln – und so waren sie dankbar dafür, dass sie von den süditalienischen Gastarbeitern umgarnt wurden, was sie wiederum – bei der verordneten Bein- und Armstarre – mit einer ausgefeilten Mimik erwiderten, die von verschämtem Lächeln über gespielte Empörung bis zu leichter Verachtung reichte, um dann letztendlich doch meist in errötete Entzückung zu münden. Nicht unerwähnt bleiben darf allerdings, dass Elsa nur dann mit den Terroni kokettierte, wenn sie ganz sicher sein konnte, dass weder ihr Onkel noch ihre Tante – also die Colombos – noch – und insbesondere – eines der anderen Mädchen es hätte bemerken können, da die anderen nur auf eine Gelegenheit warteten, es ihr heimzahlen zu können, dass Elsa jeden ihrer Schritte überwachte, um Regelverstöße dann gleich La Colomba zu melden.

Die italienische Eisdiele war ein Mikrokosmos, dessen Regeln und Besonderheiten sich dem deutschen Gast nicht auf Anhieb erschlossen. Es sollte noch einige Jahre, wenn nicht Jahrzehnte dauern, bis die Gelateria ihre

Exotik verlieren würde. Vielleicht bedurfte es noch exotischerer Lokale anderer Ethnien, um das Italienische als normal und fast schon heimisch erscheinen zu lassen.

Luca hatte Süditaliener erst in Deutschland kennengelernt. In sein Heimatdorf Santa Lucia hatte sich nie einer von ihnen verirrt. Anziehungspunkte für die Jobsuchenden aus dem Süden waren Städte wie Mailand und Turin, nicht kleine Orte, in denen die Menschen froh waren, selbst über die Runden zu kommen. Natürlich hatte er von Süditalienern gehört. Und immer schwang ein verächtlicher Unterton mit, wenn über sie gesprochen wurde. Auch wurden Frauen immer vor ihnen gewarnt. „Lass dich bloß nicht mit so einem ein! Die machen dir nur schöne Augen, aber wollen nicht arbeiten“, hieß es.

Lucas Vater war allerdings anders. Sein christliches Weltbild erlaubte es ihm nicht, über irgendjemanden verächtlich zu sprechen. Solange ein Mensch einer ehrlichen Arbeit nachging, niemandem etwas Böses wollte und im Einklang mit den Geboten der katholischen Kirche lebte, war er ein guter Mensch. Das hätte sein Vater auch mit Sicherheit über die Espressogäste in der Eisdiele gesagt. Schließlich waren sie in Deutschland, um zu arbeiten, taten niemandem etwas und sollte man den goldenen Kruzifixen glauben, die auf den behaarten Machobrüsten blitzten, dann waren sie auch gottesfürchtige Christen.

Jeder von ihnen trug eine goldene Kette mit einem Kruzifix, meist im Duett mit einem goldenen kleinen Horn, das an eine Chilischote erinnerte. Kirche und Aberglaube lagen eng beieinander. Sie trugen diese Insignien zur Schau, denn selbstverständlich waren die obersten Knöpfe ihrer Hemden geöffnet. Überhaupt trugen sie ihre Männlichkeit mehr zur Schau, als Luca es von zu Hause kannte. Abgesehen von den drei obersten geöffneten Hemdknöpfen konnte er gar nicht sagen, wie sie das taten. Auf mysteriöse Art verströmten sie eine stets präsente, aber niemals wirklich aufdringliche Virilität, die anders war als die der Männer, die Luca bisher kennengelernt hatte. Selbst Paolo konnte mit seinem engen Hemd und der Frisur nicht mithalten. Für La Colomba waren sie alle Aufschneider. „*Fanno gli spacchiosi*", sagte sie verächtlich, nahm aber mit falschem Lächeln gerne ihr Geld.

Nach den Espressogästen kamen die Schüler vom nahegelegenen Gymnasium gegen halb zehn in der ersten Pause, um sich für zwei Groschen ein Eis zu leisten. Der Renner waren die Eissorten Vanille, Schokolade und Erdbeere. Nur selten traute sich einer von ihnen an *Schtratziatella* oder *Fioadilatte* heran. Luca war sich sicher, dass sie nicht wussten, wie sie die Namen aussprechen sollten, und Angst hatten, sich zu blamieren. Bis auf diese zwei Sorten waren auch alle mit deutschem Namen beschriftet. Warum gab es nur für diese beiden keine deutsche Übersetzung? Vielleicht, weil sich „Zerfetztes" und „Milchblume" einfach nicht gut anhörte. Es waren eher die kleinen Kinder, die von ihren Vätern hochgehoben wurden, damit sie besser in die Eisvitrine schauen konnten, die ganz unbefangen mit ihren ausgestreckten kleinen Fingern auf *Stracciatella* und *Fior di latte* zeigten, ohne wirklich zu wissen, was sie bekamen, Hauptsache, das Eis sah lecker aus. Doch die Kleinen mit ihren Vätern kamen erst am Nachmittag.

„*Die Nekste biete!*"

„Ich hätte gern drei Kugeln in der Waffel, *Malaga*, *Fior di latte* und *Stracciatella,* bitte."

Richtig, den hatte Luca vergessen. Die Mädchen und La Colomba – eine der wenigen Ausnahmen, in denen sich die Frauen bei Colombo alle einig waren – nannten ihn immer schwärmend *„il bel biondo."* Seine Aussprache der italienischen Eissorten war ganz passabel, aber das hatte ihm nicht das Prädikat des *bel biondo* – des schönen Blonden – eingebracht. Vielmehr waren es seine blonden Haare, die er gescheitelt trug und die ihm manchmal ins Gesicht fielen. Es war sein strahlendes Lächeln, das zwei Reihen – wenn auch nicht ganz – makelloser Zähne entblößte und das er grundlegend immer wie ein Markenzeichen trug wie andere eine Zigarette zwischen den Lippen. Nie hatte Luca ihn in den vergangenen knapp zwei Monaten, die er dort war, jemals anders gesehen. „Was hat der schon?", hatte Paolo erst neulich Elsa angeblafft, als diese wieder schwärmte. „Ach, das versteht ihr nicht. Er ist einfach schön. Dafür habt ihr Männeraugen keinen Sinn", sagte sie, als sie hinter Paolo an der Außenverkaufstheke stand, wo sie eigentlich nichts zu suchen hatte, von wo sich ihr aber ein besserer Blick auf *il bel biondo* bot.

Der schöne Blonde musste in Lucas Alter sein. Damit eigentlich viel zu jung für Elsa, von der Luca wusste, dass sie auf die zwanzig zuging. Was hielten die Mädchen bei Colombo wohl von ihm, Luca? Außer seiner Mutter – und das war nun viele Jahre her – hatte noch nie jemand etwas über sein Aussehen gesagt, nicht sein Vater, nicht seine Schwestern. Ach ja, doch: Marisa, die Tochter von Signor Leoni aus seinem Dorf. Die hatte er fast vergessen. Plötzlich fiel sie ihm ein. Wobei sie nie wirklich etwas über ihn gesagt hatte. Sie ging ihm nur auf die Nerven mit ihren ständigen Avancen. Gut, dass nun viele Hunderte von Kilometern zwischen ihm und Marisa lagen.

Die Schlange der Schüler, die sich in der Pause ein Eis holten, brach heute schneller ab als gewünscht, da schon wieder die ersten Regentropfen vom Himmel fielen. Obwohl es ja bereits Anfang Mai war, verhielt sich das Wetter noch so, als wäre es April. Rasend schnell jagten die Wolken über den Himmel, dann und wann ließen sie mal ein paar Sonnenstrahlen durch, aber fast stündlich wurden diese wenigen Sonnenfenster von Regenschauern getrübt, die sich teils ergiebig auf das Pflaster vor der Eisdiele ergossen und ihr für die darauffolgenden zwei bis drei Stunden eine gähnende Leere bescherten.

„*Ragazzi*, seht zu, dass ihr rauskommt. Seht euch was von dieser schönen Stadt an. Hier habt ihr etwas Geld." Signor Colombo hielt Luca und Paolo ein paar Münzen hin und drehte sich sogleich um, um nach hinten zu gehen.

„Sie könnten das Lager aufräumen. Warum schickst du sie spazieren?" La Colomba hatte grundlegend andere Vorstellungen davon, wie ein auferzwungener Leerlauf genutzt werden könnte.

„Das Lager ist aufgeräumt. Lass sie gehen! Sie sind jung. Der Sommer wird noch lang und hart genug für sie." Mit diesen Worten ging Signor Colombo ins *laboratorio*.

„*Tesoro*, du bist zu weich zu ihnen. Du wirst sehen, wo das hinführt!", rief Signora Colombo ihrem Mann hinterher, bevor sie mit einem Finger über eines der Glasregale am Rückbüffet fuhr. „Caterina! Hatte ich nicht gesagt, dass die Regale hier abgestaubt werden müssen?"

„*Sì, signora*, das hatten Sie. Ich komme ja schon."

„Komm, wir gehen ins *caffè aus*", schlug Paolo vor. Beide hatten sich ihre Jacken bis über den Kopf gezogen und hasteten durch den Regen über die Straße. Luca erschrak, als die Straßenbahn bimmelnd an ihnen vorbeifuhr. Beinahe hätten sie im falschen Moment die Straße überquert. Das Kaffeehaus lag nicht weit von der Eisdiele entfernt. Er war schon einmal mit Paolo dort gewesen, auch an einem verregneten Tag wie heute. Anders als bei *Colombo* war dort auch bei schlechtem Wetter Betrieb, bot das Kaffeehaus doch auch Torten, Kuchen und kleine warme Gerichte an.

Hätte Luca bloß einen Regenschirm mitgenommen. Sie hatten stets einige am Eingang der Eisdiele in einem Schirmständer stehen. Bei den meisten handelte es sich um welche, die von Gästen vergessen und niemals wieder abgeholt wurden. Paolo jedoch meinte, dass Schirme nur etwas für Mädchen seien. So liefen sie nun durch den Regen, der mittlerweile wie aus Kübeln auf sie herunterfiel. Zu allem Überfluss war Luca auch in eine Pfütze getreten, was dazu führte, dass sein rechter Schuh vollends durchnässt war und sein Fuß bei jedem Schritt quietschend nach vorn und nach hinten rutschte.

Das Kaffeehaus *Schön* – so hieß es – lag am Rathausplatz, erstreckte sich über zwei Etagen und lud die Gäste über eine zwar kleine, aber sehr einladende Eingangstür ein, die bei diesem Wetter allerdings dem prasselnden Regen ausgesetzt war, der gegen sie schlug, da der Frühling lediglich auf dem Kalender Einzug gehalten hatte. Fast wären Luca und Paolo beim Eintreten über zwei Gäste gestürzt, die gerade das Lokal verlassen wollten, hatten sie es doch so eilig, ins Trockene zu kommen.

„Na na na! Aufpassen! Wir sind hier nicht in *bella Italia*!" Eigentlich hatte Luca nur *bella Italia* verstanden.

Luca kannte den Mann, der das gesagt hatte, denn er kam regelmäßig zu ihnen in die Eisdiele. Er war einer der morgendlichen Zeitungsleser. Der Mann machte ein gut gelauntes Gesicht, trat vor die Tür und spannte einen großen schwarzen Regenschirm auf, unter den sich sogleich eine junge Frau gesellte, die ihre Jacke am Kragen fest zuhielt und ihre aufgesteckten Haare unter einem goldenen Kopftuch vor dem Wetter schützte.

Das Kaffeehaus war gut besucht. Es herrschte alles andere als gähnende Leere. Ganz im Gegenteil: Es war kein freier Tisch zu sehen. Hinten links führte jedoch eine Wendeltreppe in die obere Etage. Paolo zog Luca am Arm. „Komm, wir gehen nach oben. Da ist vielleicht was frei. Und oben bedient Marianne.“ Es war klar, dass Paolo die Bedienung schon mit Namen kannte. Von Marianne hatte Paolo bereits mehr als einmal gesprochen. Sie schlängelten sich durch die zwei Windungen der Wendeltreppe und kaum waren sie oben, kam ihnen auch schon Marianne entgegen.

„*Ciao*, Marianna“, grinste Paolo sie an. Er wusste, dass sie Marianne und nicht Marianna hieß, aber er dachte wohl, mit seinem italienischen Charme bei ihr punkten zu können.

„*Tschau*, Pa-olo“, lächelte Marianne. Luca amüsierte sich darüber, wie Marianne aus den zwei Silben von Paolos Namen ganz nach deutscher Art drei machte.

„Kommt hier rüber zu mir!“, schmachtete sie Paolo an und ging mit wiegendem Schritt voraus. Sie trug – wie die anderen Serviererinnen im Kaffeehaus auch – einen langen, schmalen, schwarzen, geschlitzten Rock, eine weiße Schürze mit etwas zu üppigen Rüschen und eine weiße Bluse. Ihre blonden Haare hatte sie hochgesteckt, wobei ihr ein seitlich gescheitelter Pony lässig bis über ein Auge fiel, was ihr die Möglichkeit gab, mit dem einen Auge etwas geheimnisvoll darunter hervorzuschauen und dann und wann durch eine elegante Kopfbewegung das Sichtfeld dieses Auges dem des anderen freien Auges anzugleichen. Luca und Paolo setzten sich an einen kleinen Tisch, an dem drei Stühle standen.

„Was möchtet ihr?“, fragte Marianne. Luca schätzte, dass sie in etwa so alt wie Paolo war, was hieß, dass sie dann – wenn er mit seiner Einschätzung richtig lag – auch nur ein Jahr älter als er war. Das wiederum fühlte sich für ihn merkwürdig an, denn Marianne machte trotz ihrer Jugend auf ihn einen sehr reifen Eindruck.

„*Cosa vuoi?*“, fragte Paolo Luca.

„Ich weiß nicht. Was nimmst du?“

„Wir nehmen *eine* Bier und *eine* Kakao *fur* den Kleine“, sagte Paolo dann zu Marianne, ohne Lucas Frage zu beantworten.

„Kommt sofort!“, lachte Marianne, drehte sich um und verschwand hinter einer Gruppe Schüler, die mit geschulterten Taschen gerade die obere Etage nach freien Plätzen absuchten.

„Was hast du für mich bestellt? Kakao?“, schaute Luca Paolo verdutzt an.

„Kinder, die nicht wissen, was sie wollen, bekommen immer Kakao. Für Bier bist du noch zu klein“, raunte Paolo und schaute sich im Café um.

„Ich hätte etwas Kaltes getrunken!“, protestierte Luca. „Ich will keinen Kakao!“

„Jetzt willst du.“ Kaum hatte Paolo das ausgesprochen, war Marianne auch schon mit den Getränken da. Schnell waren sie hier im Kaffeehaus.

Widerwillig rührte Luca die Sahne in seinen Kakao, wobei er darauf achtete, dass die Tasse nicht überlief. Paolo schenkte sich sein Bier ein, hielt Flasche und Glas fast in der Horizontalen, ließ das Bier am unteren Innenrand des Glases hineinlaufen und drehte Glas und Flasche langsam in die Vertikale. Das machte er nicht zum ersten Mal. Auch er wollte anscheinend vermeiden, dass sein Getränk überlief. Als sie das letzte Mal im Kaffeehaus waren, hatten sie beide Limonade getrunken. Allerdings hatte sie bei ihrem letzten Besuch nicht Marianne bedient. Luca war sich sicher, dass Paolo das Bier nur bestellt hatte, um ihr zu imponieren.

„Ist der Stuhl noch frei?", fragte plötzlich ein junger Mann. Es war *il bel biondo*. Er gehörte offensichtlich zu der Gruppe Schüler, die rings um Luca und Paolo die restlichen Tische in Beschlag genommen hatte. Einige von ihnen standen auch noch rauchend und laut miteinander sprechend zwischen den Tischen, zum Leidwesen der Bedienungen, die sich mit vollen Tabletts, beladen mit Kuchen und belegten Brötchen, ihren Weg durch die zukünftige Intelligenzia bahnten.

Luca beneidete die Gymnasiasten. Er war nur bis zur fünften Klasse zur Schule gegangen. Darüber hätte er allerdings noch glücklich sein müssen, denn damit hatte er seinen älteren Geschwistern immerhin zwei Jahre voraus. Schon gut fünf Jahre war er jetzt aus der Schule raus und vermisste sie sehr. Auch wenn er der Erste in der Familie war, der bis zur fünften Klasse zur Schule gehen durfte, hatte er nicht wirklich das Gefühl, darüber glücklich sein zu können, geschweige denn war er davon überzeugt, genug für das Leben gelernt zu haben. Insbesondere Italienisch war sein Lieblingsfach gewesen. Er liebte es, Geschichten und Gedichte zu lesen, und er war immer gut im Diktat und auch in Grammatik. Als er aus der Schule raus war, musste er selbstverständlich –

wie alle seine Geschwister – noch mehr auf dem Hof und in den Weinbergen arbeiten als vorher. Die einzige Aufgabe, die ihm etwas gab, war die Imkerei. Er liebte alles, was mit den Bienen zu tun hatte: ihre Art, sich im Stock zu organisieren, den Duft des Honigs und den goldenen Schein der Wachswaben, wenn man sie gegen die Sonne hielt. Die Beschäftigung mit den Bienen war etwas für alle Sinne und darüber hinaus war sie durchaus geistig fordernd, gab es doch einiges zu beachten und vieles, was man falsch machen konnte. Sein Vater und sein ältester Bruder Pasquale hatten ihn in diese wundervolle Welt des Honigmachens eingeführt. Wenn er außer seiner Familie etwas von zu Hause vermisste, dann waren es ganz sicher die Bienen. Und nur allzu gerne wäre er wieder zur Schule gegangen.

„*Biete*“, sagte Paolo zum schönen Blonden und wies auf den freien Stuhl an ihrem Tisch.

„Danke. Ich bin der Hans“, erwiderte *il bel biondo* und reichte erst Paolo und dann Luca die Hand, wobei er das Lächeln aufsetzte, das ihm seinen Spitznamen – von dem er sicher oder hoffentlich nichts wusste – eingebrachte hatte.

„Ihr seid doch aus der Eisdiele, richtig?“, fragte er Luca, der nichts verstanden hatte und nur verschämt lächelte.

„Er *sprikte nikt* gut deutsch. Ist *erste* Jahr hier“, sagte daraufhin Paolo zu Hans und dann zu Luca: „Er kennt uns aus der Eisdiele.“

„*Piacere*. Hans“, sprach Hans wieder Luca an.

„*Piacere. Ik* Luca.“ Luca war sich sicher, dass er rot wurde, was ihn ärgerte.

„Ah, Luca und du?“, schaute Hans jetzt zu Paolo.

„Paolo“, sagte er in einer Art, als müsste jeder Paolo stolz sein, diesen Namen tragen zu dürfen.

„Pa-olo", wiederholte Hans.

„Nein, nix Pa-olo. Paolo", lachte Paolo, beendete sein Lachen aber mit einem etwas verächtlichen Blick, fand Luca.

„Pao-lo", lachte Hans. Das hörte sich gar nicht schlecht an.

Marianne kam an den Tisch. „Hans, was möchtest du denn?" Ihn schaute sie anders an als Paolo. Da fehlte das verschämte Lächeln in ihrem Gesicht.

„Ich nehme einen Kakao mit Sahne, liebe Cousine", sagte Hans und schenkte Marianne sein breitestes Grinsen, das diese aber kaum hatte sehen können, da sie sich sogleich den Schülern am nächsten Tisch zuwandte.

„Cousine? *Cugina*?", wollte Paolo wissen.

„Ja, *cugina*. Sie ist die Tochter vom Bruder meiner Mutter", erklärte Hans.

„*Tokte* von … ah, schön!", und dann zu Luca „Marianne ist seine Cousine."

„Das hatte ich auch verstanden", sagte Luca zu Paolo, „ich bin ja nicht blöd!"

„Seid ihr auch verwandt miteinander?", wollte Hans wissen.

„*Fewand*?", das hatte Paolo nicht verstanden. „Was *iste*?"

„Verwandt. *Cugino*", sagte Hans und schaute von Paolo zu Luca und wieder zurück.

„No, no, no. *Iste* nur *collega* von *Eissedile*", erklärte Paolo und schien fast empört über Hans' Vermutung, er könne mit Luca verwandt sein.

„Was wollte er wissen?", fragte Luca.

„Das ist egal. Trink deinen Kakao!"

„Blödmann!", zischte Luca Paolo an und nahm einen Schluck von seinem Kakao, worüber er sich sogleich ärgerte, hatte er doch damit getan, was Paolo ihm gesagt hatte.

Marianne kam an den Tisch und brachte Hans seinen Kakao. „Hier, Kleiner, deine Schokolade. Lass sie dir schmecken! Geht heute aufs Haus." Den letzten Satz hatte sie Hans fast ins Ohr geflüstert. Er grinste und schaute dann zu Luca und Paolo. Diese grinsten zurück, hatten allerdings nichts verstanden.

„Der Kakao hier ist super lecker. Findest du nicht auch?", fragte Hans Luca und rührte schwungvoll die Sahne unter die heiße Schokolade, sodass diese an mehreren Stellen über den Rand der Tasse lief und sich auf der Untertasse zu einer kleinen Lache sammelte.

Luca lächelte nur und schaute Hans fragend an. „*Scusi, non ho capito*", sagte er hilflos und spürte, wie ihm die Röte ins Gesicht stieg. Warum wurde er schon wieder verlegen? Er hasste das an sich.

„*Tschokkolata*", sagte Hans und zeigte auf seine Tasse, „*molto bona*!", und lächelte.

„*Ah, buona, sì!*", bestätigte Luca und war froh, so etwas wie einen Dialog geschafft zu haben. Nur hatte er das Gefühl, dass seine Wangen noch heißer wurden, was wahrscheinlich an der Schokolade lag.

„Bier *bessa*!", klinkte sich Paolo ein und lachte ein aufgesetztes Lachen und dann: „Marianne *iste …? Hatte Freunde?*"

„Ob sie Freunde hat? Ja, viele, wieso?", schaute Hans verdutzt.

„Viele? *Ma*!", wunderte sich Paolo offensichtlich.

„Ach, du meinst, ob sie einen Freund hat?" Hans schaute sichtlich amüsiert.

„Ja, Freunde, Freunde", grinste Paolo und schaute Hans an, als ob dieser zu blöd wäre, ihn zu verstehen.

„Freunde sind viele. Freund ist einer. Du meinst Freund. Das fragst du sie am besten selbst!", lachte Hans.

„*Ik fragen?*", fragte Paolo und runzelte dabei die Stirn.

„Ja, frag sie!", bestätigte Hans und lächelte, als wäre es das Selbstverständlichste der Welt, ein Mädchen zu fragen, ob es bereits vergeben wäre.

„*Eh bene. Ik fragen, ik fragen*", sagte Paolo mit einer gespielten und wenig überzeugenden Lässigkeit und nahm dann einen großen Schluck aus seinem Glas.

„Hans, du kannst jetzt zu uns rüberkommen. Hier sind zwei Plätze frei geworden. Musst nicht bei den *Spaghettis* sitzen!" Einer der Schüler war von einem anderen Tisch herübergekommen.

„Hat er *Spaghetti* gesagt?", wollte Luca von Paolo wissen.

„Ja, er meint uns." Paolo guckte genervt.

„Er meint uns? *Spaghetti*?" Luca verstand nicht.

„Sie sind Kartoffelfresser, wir sind *Spaghettis.* Du hast auch wirklich keine Ahnung von nichts, Mann."

„Wir unterhalten uns sehr gut", sagte Hans zu dem Kartoffelfresser. „Vielen Dank für das Angebot, aber ich spreche gern mit Menschen, die von der *Peninsula Italia* kommen. Geh einfach!", sagte Hans, das erste Mal nicht freundlich, sondern mit einem verächtlichen Ton.

„Er hat *Italia* gesagt. Worum geht es?", wollte Luca wissen.

„*Boh*!" Das war ein typisch italienischer Ausdruck, der mit offenem O gesprochen und ergänzt durch hochgezogene Brauen und ein leichtes Schulterzucken so viel hieß wie „keine Ahnung".

Der Kartoffelfresser ging zurück zu seinem Tisch, setzte sich, beugte sich zu seinen Freunden, sagte etwas und alle fingen lauthals an zu lachen.

„*Deine collega?*“, wollte Paolo wissen.

„Er ist in meiner Klasse. Ein Idiot“, wiegelte Hans ab.

„*Penisola italiana?*“, traute sich Luca, Hans zu fragen.

„Ja!“ Plötzlich war das Lächeln wieder da. „*Italia peninsula est!* Latein. Fast wie *italiano*, oder?“

Luca lächelte und trank von seinem Kakao.

„Von wo seid ihr aus Italien? *Sicilia*?“, fragte Hans und nippte an seinem Kakao.

„*Sicilia? Nooo!*“, lehnte sich Paolo zurück, um seiner Entrüstung noch mehr Ausdruck zu verleihen. „Er will wissen, ob wir Sizilianer sind! Jetzt hör dir den an!“

„Woher soll er wissen, wo wir herkommen? Für ihn ist Italiener gleich Italiener“, sagte Luca und zog dabei die Brauen hoch, was in diesem Fall nicht „keine Ahnung“ hieß, da es nicht von Schulterzucken begleitet war, sondern so viel wie „Was kann er dafür?“

„*Ike* Santa Lucia di Piave, Conegliano, Treviso“, sagte Luca zu Hans und wartete auf eine Reaktion.

„Santa Lucia. Schön. Und wo ist das? Im Norden, Süden, Osten oder Westen?“, fragte Hans und zeigte mit der Hand nacheinander nach oben, unten, rechts und links. Das hatte Luca verstanden.

„Ist *Nordeste* von *Italia*“, antwortete Luca, stolz, Hans verstanden zu haben.

„Nordosten? Verona? *Venezia*?“, schwärmte Hans, „Romeo und Julia, *Ponte Rialto*!“

„*Sì!*“ Luca taute langsam auf.

„*Wasse Venezia*? Verona? Santa Lucia *iste piccolo paese! Iste Dorfe!*“ Das letzte Wort sprach Paolo fast genüsslich aus und hielt dabei die Finger seiner rechten Hand zusammen, als wollte er mit den Fingerspitzen etwas festhalten.

„Luca *iste von Dorfe* Santa Lucia. *Ik kommen vonne* Stadt Conegliano.“ Er lehnte sich wieder zurück, als wollte er sagen „und jetzt du!“. Luca wusste, dass Paolo nicht aus der Stadt kam. Caterina hatte es ihm neulich gesteckt. Er kam aus demselben Ort wie sie, aus Susegana, auch ein kleiner Ort bei Conegliano, der kaum größer als Santa Lucia war. Aber Luca ließ Paolo diesen kleinen Triumph. Caterina hatte ihm auch erzählt, dass Paolos Familie bettelarm sein sollte. Als bettelarm würde Luca seine eigene Familie niemals bezeichnen. Sicherlich mussten sie viel körperlich arbeiten, damit es ihnen gut ging. Sie hatten aber immer genug zu essen und konnten sich hin und wieder den kleinen Luxus neuer Kleidung leisten, was vor allem für die Kinder immer ein Fest war.

„Komm, trink deinen Kakao aus! Wir müssen los!“, blaffte Paolo Luca an.

„Wieso? Wir haben doch noch Zeit. Wir müssen erst in einer Stunde wieder zurück sein“, entgegnete Luca verdutzt.

„Lass uns ins *Gregor* gehen, Billard spielen. Hast du schon mal Billard gespielt?“, wollte Paolo wissen. Das *Gregor* war eine Kneipe nicht weit vom Rathausplatz entfernt in einer Seitenstraße. Eine dunkle Spelunke, in der die Luft stand und der Teppichboden eine mitleiderregende Geschichte von erbarmungslosen Laufspuren und Bierflecken erzählte. Luca und Paolo hatten einmal abends versucht, einen freien Tisch oder zumindest einen Stehplatz an der Theke zu finden, was aber vergeblich war.

„Billard?“ Luca hatte schon mal davon gehört, wusste aber nicht, was es war.

„Ich sage ja, dass du keine Ahnung von nichts hast. Komm, los, ich zeige dir, wie man Billard spielt. Ich zahle unsere Getränke bei Marianne und dann gehen wir.“

„Letztes Mal haben wir im *Gregor* keinen Platz gefunden, weil es so voll war." Luca hatte keine Lust auf diese stinkende Kneipe.

„Das war abends. Jetzt ist dort sicherlich nichts los. Komm, steh auf!"

„Müsst ihr los?", fragte Hans, der sich die Unterhaltung angehört hatte, auch wenn er nicht wirklich viel verstanden hatte. „Es regnet. Da werden sie euch doch in der Eisdiele noch nicht brauchen, oder?"

„Wir gehen zu *Gregor. Kennste du Gregor?*", fragte Paolo Hans.

„Das *Gregor*? Ja, das kenne ich. Da wollt ihr jetzt hin? Ich ertrage es dort nur spätabends mit viel Bier", lachte Hans. „Da ist jetzt aber auch nichts los." Er schaute Paolo an, als wollte er sich bei ihm dafür entschuldigen, dass es nicht die richtige Zeit für den Kneipenbesuch war.

„Spielen *biliardo*", erklärte Paolo und Luca dachte, dass dieser sich sicherlich selbstbewusster vorkam, als er auf Luca – und vielleicht auch auf Hans – tastsächlich wirkte.

„Billard? Uh, das ist nichts für mich!", sagte Hans und dann zu Luca: „Spielst du auch?" Luca hatte ihn nicht verstanden.

„Ob du Billard spielen kannst", erklärte Paolo und sprach so langsam, als hätte Luca nicht nur Schwierigkeiten, Deutsch, sondern auch seine eigene Sprache zu verstehen.

„*No, neine!*", kam es aus Luca heraus und es hörte sich an, als würde er auf keinen Fall etwas mit Billard zu tun haben wollen.

„Dann musst du wohl alleine spielen!", sagte Hans zu Paolo, presste die Lippen aufeinander und öffnete die Augen erwartungsvoll ganz weit.

„*Ik lernen* Luca", sagte Paolo und nickte mehrmals, um dieser Schlussfolgerung mehr Bedeutung zu verleihen.

„Was ist mit mir?", wollte Luca jetzt wissen.

„Ich habe ihm gesagt, dass ich dir das Billardspielen beibringe", erklärte Paolo wieder zu langsam, wie Luca fand.

„Spielt *Anze* auch?", fragte Luca.

„Nein, er spielt nicht." Es hörte sich an wie *„nein, er ist ein Spielverderber."*

„Ich spiele auch nicht." Luca wartete auf Paolos Reaktion.

„Morgen kannst du alleine spazieren gehen, wenn es regnet. Ich gehe lieber mit Ernesto oder Michele. Die trinken auch keinen Kakao." Paolo war verärgert.

„Du hast den Kakao für mich bestellt!", protestierte Luca.

„Es ist genau das Richtige für einen kleinen Jungen wie dich", zischte Paolo Luca an.

„Geh doch ins *Gregor* und lass mich in Ruhe!" Luca hatte genug. Warum behandelte ihn Paolo immer wie ein kleines Kind? Schließlich war er kaum älter als er. Paolo ging, ohne sich zu verabschieden, weder von Luca noch von Hans.

Hans hatte sich die Szene mehr angeschaut als angehört und ihm war aufgefallen, dass sich die beiden Jungs aus der Eisdiele wohl gerade gestritten hatten.

„Jetzt geht Paolo wohl alleine Billard spielen, richtig?", fragte Hans lächelnd. Das *Paolo* hörte sich schon richtig italienisch an.

„Paolo, *sì* …" Mehr wusste Luca nicht zu sagen.

Hans hob seine Kakaotasse hoch, von deren Boden zwei Tropfen der braunen, süßen Flüssigkeit auf dem kleinen Tisch landeten, und hielt sie Luca hin, was Luca aus seiner Heimat kannte, wenn Männer sich mit Wein oder Grappa zuprosteten und dabei „*Evviva!*“ sagten. Luca hob auch seine Tasse hoch.

„Prosit!“, sagte Hans und schaute überraschenderweise eher suchend und fragend, als hätte er gerade etwas in Lucas Gesicht entdeckt, das er vorher nicht gesehen hatte. Zumindest war das breite Lächeln aus seinem Gesicht verschwunden.

„*Evviva*“, sagte Luca. Er fühlte sich unwohl, hatte er doch bisher noch nie einem Fremden zugeprostet, und zugleich auch stolz, saß er schließlich alleine in Deutschland in einem Café, trank eine heiße Schokolade und unterhielt sich – wenn man es als Unterhaltung bezeichnen wollte – mit dem Mädchenschwarm aus der Eisdiele. Wie gern hätte jede seiner Kolleginnen mit ihm getauscht.

„Ich muss leider los.“ Das hatte Luca nicht verstanden. Hans hatte den letzten Rest Kakao getrunken und stand auf. „Wieder zur Schule … äh … *studiare.*“

„*Studiare? Sì, bene, ciao*“, sagte Luca und kam sich an dem kleinen Tisch im Kaffeehaus plötzlich verloren vor, auch wenn immer noch viel Betrieb war.

„*Tschau*, Luca. Mach's gut!“ Hans lächelte Luca zum Abschied noch einmal zu, ging dann zur Wendeltreppe und verschwand nach unten.

„*Sì*, gut, *Anze*“, erwiderte Luca, auch wenn Hans es schon nicht mehr hören konnte, und trank den Rest seiner heißen Schokolade, die mittlerweile nur noch lauwarm war.

Studiare. Lernen. Studieren. All das war für Luca so weit weg – und das, obwohl Hans ihm bis gerade noch gegenübergesessen hatte und das Gymnasium keine drei

Minuten zu Fuß entfernt war. Aber dennoch würde Luca wohl nie wieder eine Schule von innen sehen. Nur zu gut konnte er sich an seinen letzten Schultag erinnern. Nicht der letzte vor den Ferien, sondern für ihn der letzte seines Lebens. In all dem fröhlichen Geschrei und dem euphorischen Aufspringen seiner Mitschüler, als die Schulglocke für ihn zum letzten Mal läutete, blieb er an seinem Tisch sitzen und war wie erstarrt. Vor diesem Tag hatte er sich gefürchtet, bedeutete er doch, dass Petrarca, Dante, Mathematik und Geografie nicht mehr seine Gefährten waren. Und es bedeutete, dass er morgens nicht mehr seine Schuluniform anziehen durfte, sondern gleich in die alten Sachen steigen musste, um in den Stall oder aufs Feld zu gehen.

Er half gerne auf dem Hof mit. Auch fand er es immer herrlich, Trauben zu ernten, gemeinsam mit zwei oder drei seiner Geschwister barfuß darauf herumzutrampeln, um dann viel später den zu Wein gewordenen Most mit seinem Vater und seinen älteren Brüdern in Flaschen abzufüllen. All das war sein Leben und das war gut so. Aber *nach* der Schule. Dieses „*nach* der Schule“ bekam von diesem Tag an eine ganz neue erschreckende Bedeutung. Es war endgültig. Es kannte kein Futur mehr, sondern nur noch Imperfekt.

Imperfekt. Welch ein Hohn. Nichts war mehr perfekt. Seine Mutter war tot. Die Schule vorbei. In seinem Herzen oft eine Leere und eine Unsicherheit, die ihn lähmte und davon abhielt zu leben. Zu leben, wie es Gleichaltrige taten, die keine Sorgen hatten, weil für sie alles so war, wie es sein sollte. Seine Schulkollegen – eigentlich waren es keine Kollegen, sondern Gleichaltrige, die zu Petrarca und Dante gähnten und die Augen verdrehten, während sie für ihn so viel bedeuteten – waren laut, brutal, glücklich, zufrieden. All das war er nicht. All das war er nicht und er hätte heulen können, an diesem Tag im Kaffeehaus *Schön*. Doch er wollte nicht weinen, nicht hier, vor den Kartoffelfressern, nicht hier vor Marianne, die es vielleicht Hans erzählen würde. Gerade noch war er stolz auf sich und keine zwei Minuten später wäre er am liebsten zu Hause in Santa Lucia, um seiner Schwester Emma beim Kochen zuzuschauen. Emma war die Einzige – abgesehen von seiner Mutter –, die ihn verstand. Sie verstand ihn, ohne ihn zu fragen. Er hätte auch nicht gewusst, welche Fragen sie ihm hätte stellen sollen, kannte er sie doch selbst nicht. Ohne Fragen keine Antworten. Manchmal erschien ihm sein Leben wie eine leere Form, eine Silhouette ohne Inhalt, ohne Farbe, ohne Substanz, nur eine Hülle, die von außen anderen Hüllen glich, aber noch darauf wartete, das zu werden, was für sie bestimmt war. Die richtigen Fragen kannte er nicht. Noch nicht.

Mama, was mache ich hier? Was meinst du, Luca? Ich bin allein. Du bist nicht allein. Doch, ich bin allein. Ich bin bei dir. Ich habe Angst. Das musst du nicht. Ich habe Angst. Wovor? Ich weiß es nicht.

Kapitel 4

Nicht gewollt

„*Ladra! Ladra!*“ Diebin, Diebin, schrie La Colomba, als Luca in die Eisdiele kam. Signor Colombo hielt seine Frau zurück, die mit den Armen in der Luft herumfuchtelte und mit hochrotem Kopf versuchte, sich aus dem Griff ihres Mannes herauszuwinden.

„Da geben wir ihnen alles! Zu essen, zu trinken, einen Platz zum Schlafen, sind ihnen Mutter und Vater und dann bestehlen sie uns vor unseren Augen!“, spuckte sie Caterina die Worte ins Gesicht in einer Tonlage, die einem Sopran alle Ehre gemacht hätte. Caterina, die noch mit Mantel und Kopftuch bekleidet weinend in der Ecke stand, zog die Schultern schützend hoch und hielt die Revers ihres Mantels mit verkrampften Händen fest.

„Was ist denn los?“, fragte Luca Ernesto, der hinter der Kaffeemaschine stand. Es waren keine Gäste in der Eisdiele, denn bei dem Regen zog es am frühen Nachmittag niemanden in die Gelateria, was unter diesen Umständen auch gut war, denn La Colomba hätte sich auch im laufenden Betrieb niemals zurückgehalten. Das musste man ihr ja lassen: Man wusste immer gleich, woran man bei ihr war.

„Caterina soll der Colomba ihre Brosche geklaut haben“, sagte Ernesto in der für ihn typischen Art, die darin bestand, beim Reden den Mund kaum zu öffnen.

Caterina musste die Brosche also aus der Kammer geholt haben. Hatte Luca doch richtig vermutet: C wie Caterina. Oder war es ein Zufall? Und wer hatte sie dann dort versteckt? Caterina selbst? Das ergab keinen Sinn.

„Sie hat sicherlich vergessen, sie wieder abzunehmen, bevor sie reingekommen ist. Sie musste doch damit rechnen, dass sie Signora Colomba gehört, wenn es nicht ihre ist", tuschelte ihm Elsa zu, die sich dicht an Ernesto drängte, nicht aus Zuneigung, sondern weil man aus der Position im Schatten der Kaffeemaschine die Szene am besten beobachten konnte, ohne gleichzeitig in La Colombas Kreuzfeuer zu geraten.

„Ich habe sie nicht gestohlen", schluchzte Caterina, „sie lag in der Wäschekammer auf dem Boden, in ein Taschentuch eingewickelt. Ich konnte ja nicht wissen, dass sie der C*o*..., dass sie der *Signora* gehört."

„Caterina, gib sie mir. Sie gehört meiner Frau." Signor Colombo war wie immer ruhig und zeigte keine Emotion. Luca fragte sich, ob er seine Gefühle an seiner Frau aufgerieben hatte oder ob es die Eisdiele war, die ihn nach so vielen Jahren zu dem fast stummen und stoischen Mann hatte werden lassen, der er nun war. Man konnte auch nicht sagen, er sei frustriert. Frustration wäre für ihn viel zu emotional gewesen. Es war eher eine permanente Apathie. Komischerweise erinnerte Signor Colombo Luca oft an Don Alfonso, der bei Hochämtern wie Weihnachten oder Ostern während der Messe keine Miene verzog, wohl aus Ehrfurcht vor der großen Aufgabe oder um dem Akt der Liturgie mehr Würde zu verleihen. Signor Colombo schien aber nicht aus einer bewussten Entscheidung heraus seine Gefühle verbergen zu wollen. Er hatte sie – so zumindest wirkte es auf Luca – ganz tief in sich verloren. Oder vielleicht vergraben. Doch warum?

„Hier haben Sie sie! Und ich bin keine Diebin! Noch nie habe ich etwas gestohlen und ich werde es auch nie tun!" Caterina hingegen – im Gegensatz zu Signor Colombo – durchlief in den drei Sätzen, die sie ihm entgegnete, dabei aber seine Frau anschaute, die Emotionen Trauer, Wut und Stolz in einem beeindruckenden Wechsel, der an Gewitterwolken erinnerte, die vom Wind über den Himmel gepeitscht wurden. Sollte sie sie doch zurückhaben, diese Brosche, die an ihrem Mantel so schön aussah, diese Brosche, die sie während des Spaziergangs im Regen zur Schau getragen hatte.

Signor Colombo nahm die Brosche und gab sie seiner Frau, die sie sich mit beiden Händen an die Brust drückte, als hätte man ihr gerade das Liebste zurückgegeben. Gerade sie, die jeden Tag behängt wie eine geschmückte Kuh beim Almabtrieb herumstolzierte, tat so, als wäre die Brosche ihr Lieblingsschmuckstück gewesen. Warum hatte Luca sie dann noch nie an ihr gesehen?

Caterina nahm all ihren Mut zusammen und drückte sich an den Colombos vorbei, um nach hinten zu gehen. Auch ihre Regenpause war für heute vorbei. Auf sie warteten Schürze, Haube und Portemonnaie.

„Du brauchst heute kein Portemonnaie mehr, meine Liebe, du löst Maria am Spülbecken ab. Bei dem Betrieb schafft Elsa die paar Tische auch alleine. Wollen wir doch mal sehen, wohin dich dein Stolz noch bringt, du Diebin!" Die Furie hatte sich in eine Schlange verwandelt. Das beherrschte La Colomba zur Perfektion: von einem Moment auf den anderen eine Maske fallen zu lassen und eine andere aufzusetzen. Manchmal dachte Luca, dass man in La Colombas Gegenwart eine venezianische Pestmaske brauchte, um ihr nicht zu nahe zu kommen.

„Ich habe die Brosche nicht gestohlen", schluchzte Caterina. Auch Luca war ihr gefolgt. Sie waren nun in dem kleinen Raum, der sich an das Laboratorio anschloss und den sie als Garderobe nutzten. Durch das schmale

Fenster, das zu einem Schacht hinausging, der die Rückseiten vierer Häuser miteinander verband, fiel kaum Tageslicht hinein. Dennoch schaltete niemand das Licht ein. Caterina hatte sich nicht ihre mit Spitze besetzte Serviererinnenschürze umgebunden, sondern die schmucklose. Nicht nur, dass sie die schöne Schürze für den Dienst am Spülbecken nicht brauchte, es war ihr sogar untersagt, sie dort zu tragen. Hätte sie es dennoch gewagt, hätte sie sich gleich noch einen Rüffel von La Colomba eingefangen, was nach der Szene mit der Brosche weitaus unangenehmer ausgefallen wäre.

„Wo hattest du sie denn dann her?" Auf keinen Fall wollte Luca preisgeben, dass auch er die Brosche schon in der Hand gehalten hatte. Nicht, dass jemand auf die Idee kam, er hätte sie der Colomba gestohlen.

„Sie lag in der Wäschekammer unter den Handtüchern, in ein Taschentuch eingewickelt. Auf dem Taschentuch ist ein C eingestickt. Natürlich denken jetzt alle, dass ich die Brosche gestohlen habe. C wie Caterina. Ich schwöre aber, dass ich sie dort gefunden habe, heute Morgen, als ich mir ein frisches Handtuch aus der Kammer geholt habe."

„Aber wer hat sie dort versteckt?"

„Ich habe keine Ahnung. Ist dir heute Morgen nichts aufgefallen? Du hattest doch das Klopapier aus der Kammer geholt."

„Nein, die Brosche habe ich nicht gesehen. Und auch kein Taschentuch", log Luca.

„Caterina!", rief La Colomba. „Brauchst du noch lange, um deine Tränen zu trocknen? An der Spüle bemerkt man nicht, wenn du weinst. Du kannst die Tränen ins Spülwasser laufen lassen. Ich zähle jetzt bis drei und du kommst aus der Kammer raus!" La Colomba war – angesporn durch die Aufdeckung des Diebstahls – in Höchstform.

„Caterina!", rief Nina unvermittelt hinter der Wursttheke in einer Lautstärke, dass es Luca bis ins Mark traf. Dann lächelte sie ihn, seine Schwester Emma und die anderen Kundinnen an, die nicht alle so verdutzt waren wie Luca. In Santa Lucia gab es zwei kleine Supermärkte: Den von Nina und den anderen. Sie gingen immer zu Nina. Nina war die Chefin, die in einem weißen Kittel, mit braun gefärbten und aufgedrehten Haaren hinter der Wurst- und Käsetheke residierte, wo sich auch die Kasse befand. Sie verließ die Theke eigentlich nur, um Obst oder Gemüse abzuwiegen, was aber selten geschah, da die meisten ihrer Kunden – oder besser gesagt, Kundinnen, denn als Mann schickte es sich nicht, Lebensmittel einzukaufen, zumindest nicht den täglichen Bedarf in einem Supermarkt – selbst Obst und Gemüse anbauten oder was sie nicht hatten, bei Nachbarn gegen Eier, Milch oder selbst gebackenes Brot eintauschten.

„Sie hat ihre Mortadella liegen lassen", erklärte Nina lächelnd.

Da steckte Caterina, von der Luca bis dahin nicht wusste, dass sie so hieß, ihren Kopf durch den Fliegenvorhang und lächelte verschämt. „Ich habe meine Mortadella liegen lassen."

Caterina hatte ihre Einkäufe in den Korb gepackt und dabei wohl die Mortadella übersehen, die Nina von der Riesenwurst, die in der Kühlvitrine lag und mit der man einen ausgewachsenen Mann hätte erschlagen können, immer – so wie Luca es mochte – in fast durchsichtige Scheiben schnitt.

Luca liebte es, wenn er mit seiner großen Schwester Emma zum Einkaufen gehen durfte. Der kleine Laden von Nina war in Santa Lucia eine Institution. Nina hatte ihn von ihrer Mutter übernommen und die dritte Generation stand mit ihrem Sohn Mirco auch schon in den Startlöchern. Auf einer Größe, die in etwa der der Küche bei Luca zu Hause entsprach, gab es alles. Und was nicht vorrätig war, wurde bestellt und stand dann spätestens in der darauffolgenden Woche zur Verfügung. Abgesehen von der Wurst- und Käsetheke war der Laden mit Regalen durchzogen, die bis zur Decke reichten und zwischen sich einen schmalen Gang freiließen, durch den nicht jeder immer unbedingt hindurchpasste.

Luca liebte es, durch den Laden zu wandeln, was eigentlich ganz schnell erledigt gewesen wäre, würde er nicht mit weit geöffneten Augen staunend, ja fast andächtig zwischen den Regalen umherschreiten. In einem Gang duftete es nach Mehl, Kaffee, Zucker, Keksen und Schokolade und im nächsten folgten gleich Waschmittel, Spülmittel, Bürsten jeglicher Art, Handcremes, Rasierseife und und und.

Bis zu dem Morgen hatte Luca mit seiner Kollegin Caterina kaum mehr verbunden als mit der Kundin Caterina aus Ninas Supermarkt. Sicherlich arbeiteten sie beide in der Gelateria, aber bis zu dem Zeitpunkt hatten sie nur wenig miteinander zu tun gehabt, wenn nun nicht die Brosche gewesen wäre.

Der Tag in der Eisdiele endete genauso verregnet, wie er begonnen hatte. Am Nachmittag verirrte sich kaum ein Gast in die Gelateria. Bis auf die Terroni natürlich, die Espressogäste, die nach der Frühschicht auf einen Kaffee, eine Zigarette und einen Flirt kamen.

„Caterì, was machst du dort am Spülbecken?“ Das war Crucifisso, einer der Süditaliener. Namen wie Crucifisso und Rosario – also Kruzifix und Rosenkranz – schien es nur im *Mezzogiorno*, im Süden Italiens zu geben. Zumindest hatte Luca diese Namen noch nie gehört. Selbstverständlich kannte er die Worte aus der Kirche. Aber als Name? Auch war es wohl eine Eigenart der Terroni, in der Anrede bei Vornamen die letzte Silbe wegzulassen, was aus Caterina nun Caterì machte.

„Ach, lass mich in Ruhe und trink deinen Kaffee!“, blaffte Caterina, die offensichtlich keine Lust hatte, mit ihm zu sprechen, Crucifisso an.

„Wenn du da an der Spüle stehst, kann ich dein hübsches Gesicht gar nicht sehen!“, fuhr er aber unbeirrt fort.

„Sprich mit Ernesto! Der hat auch ein hübsches Gesicht. Und lass mich in Ruhe!“

„Ernè, hast du das gehört? Jetzt will sie glatt *froci* aus uns machen!“, lachte Crucifisso.

„Crucifisso, lass sein! Caterina geht es heute nicht gut“, sagte Ernesto gewohnt nüchtern.

Hatte er wirklich *froci* gesagt? Das hieß so viel wie Schwuchtel. Jemanden als *frocio* zu bezeichnen, war eine der schlimmsten Beleidigungen, die man einem Mann gegenüber äußern konnte. So richtig wusste Luca nicht, was *frocio* genau bedeutete, aber es hieß nichts Gutes. Wenn jemand den Begriff verwendete, dann um zu beleidigen. Die Stimmung in solchen Situationen variierte stets zwischen albern, belächelnd und aggressiv. Komisch, dass Frauen sich kaum über *froci* unterhielten. Wenn, dann waren es immer Männer, bei denen es ein Thema war. Manchmal hatte Luca den Eindruck, man müsste vor *froci* Angst haben.

Luca konnte sich an einen Mann in Santa Lucia erinnern, von dem behauptet wurde, er sei ein *frocio*. Das hatte zumindest Lucas ältester Bruder Pasquale mal gesagt. Es war an einem Sonntag, als sie alle beim Essen saßen und Emma erzählt hatte, dass sie am Samstag bei Nina im Supermarkt Mario getroffen hätte. Er hätte für seine Mutter eingekauft: Mehl, Eier und Garn zum Häkeln. Seine Mutter war krank und konnte nicht selbst in den Supermarkt gehen. Mario war mit Pasquale in derselben Schulklasse gewesen, und als sie jünger waren, hatten sie viel Zeit miteinander verbracht, was dann irgendwann plötzlich aufhörte.

„Mario ist ein *frocio*, ein *ricchione*!", fauchte Pasquale verächtlich. Das war noch ein weiteres Wort, das im Grunde das Gleiche bedeutete. Alle schauten verschämt und betroffen auf ihre Teller. Emma wollte gerade protestieren, doch sie wurde von ihrem Vater unterbrochen.

„In diesem Haus wird nicht geflucht und es werden auch nicht solche Worte verwendet. Esst und seid still." Damit war das Thema beendet. Zumindest fast.

„Papa, was ist ein *frocio*?", hatte Anna gefragt, als Luca und Emma die Teller abräumten.

„Es ist nichts Gutes und deshalb sprechen wir nicht darüber. Hast du mich verstanden?"

Das hatte sie. Luca nicht.

Als die letzten Gäste die Gelateria verließen, war es kurz nach sieben Uhr abends und Signor Colombo schloss die Tür von innen ab. Eines von La Colombas Ritualen war es, jeden Abend zu überprüfen, ob ihr Konkurrent – der einzige Konkurrent in der Stadt – die Gelateria *L'Aquila* bereits geschlossen hatte. *L'Aquila* befand sich die Einkaufsstraße ein Stück weiter stadtauswärts vom

Zentrum aus betrachtet, aber immer noch in bester Lage, ganz ähnlich wie die Gelateria *Colombo*. Ganz unauffällig ging La Colomba jeden Abend nur gerade so weit, dass sie sehen konnte, ob im *L'Aquila* noch Licht brannte. Wenn das der Fall war, dann kam sie zurück und verkündete: *„Abbiamo aperto."* Wir haben geöffnet. Es klang weniger wie eine Aufforderung als wie eine Feststellung. Es gab Abende, an denen sie diese Konkurrenzbeobachtung drei- oder viermal hintereinander durchführte, bis sie schließlich mit einem „Wir schließen!" in die Gelateria zurückkam und den Blicken sowohl ihres Mannes als auch denen des Personals auswich, denn sie wusste, dass dieser allabendliche Kontrollgang für Belustigung oder auch Verärgerung sorgte, orientierte sich der Feierabend überhaupt nicht daran, wie lange es schon her war, dass der letzte Gast die Gelateria verlassen hatte, sondern daran, ob die zweite Eisdiele in der Stadt die Türen geschlossen hatte. Oder war es vielleicht die erste Eisdiele in der Stadt? Schließlich hieß *l'aquila* der Adler und *la colomba* ja die Taube. Sollte *nomen omen* sein, dann würde es schlecht aussehen für die Gelateria *Colombo*. Zumal La Colomba auch gern schon mal Gäste hinauskomplimentierte, wenn Feierabend war, und zwar dann, wenn im *L'Aquila* kein Licht mehr brannte. Bei schönem Wetter konnte es auch schon mal Mitternacht werden, bis sich die letzten Gäste verabschiedeten. Davon hatte Luca aber nur von seinen Kollegen gehört. Erlebt hatte er es selbst noch nicht, was in den ersten Monaten dieser Saison am vielen Regen lag.

„Wenn es weiterhin jeden Tag regnet, dann müssen wir eines der Mädchen wieder nach Hause schicken", hatte Luca La Colomba gehört, wie sie mit Signor Colombo sprach. Luca war gerade in die Küche gekommen, weswegen das Gespräch abrupt endete. Es duftete nach Abendessen.

„Hast du die Theke schon sauber, Luca?“, fragte sie ihn in ihrem üblichen Kommandoton.

„Es ist alles sauber“, bestätigte Luca verunsichert.

„Es ist alles sauber, *signora*!“ Ihr Blick war scharf. Sie zog eine Augenbraue hoch und ließ die Mundwinkel fallen.

„Wie meinen Sie das?“, fragte Luca verdutzt.

„Sprich mich gefälligst mit *Signora* an und nicht wie eines der Mädchen!“ Sie war offensichtlich empört darüber, dass er sich erdreistete, auch noch nach einer Erklärung zu fragen.

„Es ist alles sauber, *signora*.“ Luca wäre am liebsten weggelaufen.

„Dann schau noch mal nach! Ich komme gleich und sehe mir das an.“ Der scharfe Blick wich einem süffisanten.

„*Sì, signora*, das tue ich.“ Luca stand noch im Türrahmen, drehte sich um und ging in die Eisdiele zurück. Er würde nicht nachschauen. Sollte sie doch ruhig kommen und kontrollieren. Er wusste, dass alles sauber war. Schließlich hatten sie den ganzen Nachmittag kaum etwas anderes getan, als zu putzen, weil das Wetter so schlecht war.

Sie wollten also eines der Mädchen nach Hause schicken, wenn das Wetter nicht besser werden würde. Das zumindest hatte La Colomba gesagt. Luca hätte gerne gewusst, wie Signor Colombo dazu stand und wen es treffen würde. Oder wäre es eine Erlösung für die, die ging? Luca würde selbst gerne zurückreisen, zurück nach Santa Lucia, aber er war ja auch nicht in Deutschland, um Spaß zu haben. Er war hier, um Geld nach Hause zu bringen. Auch wenn er es nicht selbst mitbringen würde. Zu gern würde er seinem Vater im Oktober das Geld überreichen, das er in Deutschland verdienen würde. Aber bis auf das Taschengeld, das er jede Woche von Signor Colombo bekam, würde er seinen Lohn nicht zu Gesicht bekommen. So wurde es bei allen gehandhabt, die noch nicht erwachsen waren. Sein Vater rechnete mit dem Geld.

Wen würden sie nach Hause schicken? Maria, weil sie die Jüngste war und am wenigsten konnte? Oder Caterina, weil sie bei La Colomba in Ungnade gefallen war? Und was heißt „schicken"? Maria war genauso alt wie er, sechzehn. Würden sie sie alleine in den Zug setzen? Im März waren sie alle gemeinsam von Conegliano über Verona und München hierhergefahren. Würde Luca sich trauen, ganz allein von Deutschland nach Italien zu reisen? Aber die Frage musste er sich gar nicht stellen und somit schob er sie beiseite. Eines der Mädchen sollte nach Hause geschickt werden. Er durfte also bleiben. Er hatte entschieden, nicht zu denken, dass er bleiben *müsse*, denn die Aussicht darauf, seinen Vater und die Familie mit dem Geld unterstützen zu können, fühlte sich gut an. Dafür würde er die kommenden Monate durchhalten.

Es gab an diesem Abend *polenta e sopressa* zu essen. Es war wie zu Hause: Heiße Polenta mit hausgemachter grober Salami, die in dünne Scheiben geschnitten wurde. Um das Essen kümmerte sich meist La Colomba selbst. Und das war auch so ziemlich das einzig Gute an ihr. Kochen konnte sie ja. Wenn es an diesem Abend auch nur Polenta war, aber die schmeckte wie zu Hause. Die Salami hatte Signor Colombo aus Italien über die Grenze geschmuggelt. Eine seiner Schwestern hatte sie selbst gemacht. Und da es in Italien in einigen Regionen kranke Schweine gab, durfte man keine Wurst mit nach Deutschland nehmen. Das zumindest hatte Ernesto Luca erklärt, als La Colomba mit hochrotem Kopf ihrem Mann vorhielt, dass er es zu verantworten hätte, wenn sie alle wieder nach Hause geschickt würden, dazu noch eine Strafe bezahlen müssten oder gar im Gefängnis landeten. Bei diesen Deutschen wisse man schließlich nie.

Wenn Signora Colombo in der Küche stand und kochte, war sie wie ausgewechselt. Kochen schien sie glücklich zu machen. Dann war sie nicht die Furie und nicht die Schlange, sondern gut gelaunt, beschwingt und fröhlich, meist sang sie sogar. Dabei gab sie auch ein kurioses Bild ab, wie sie mit all ihrem Schmuck, den sie am Hals, an den Ohren, den Fingern und den Handgelenken trug, und mit ihrer teuren Kleidung in der Küche umherwirbelte, ohne Kittel und ohne Schürze und sich dabei nie schmutzig machte. Luca kannte kochende Frauen bisher nur mit Schürze. Signora Colombo war anders.

Gekocht wurde immer nur abends. Mittags gab es kalte Küche: Brot, Wurst und Käse, mal eine Tomate oder Oliven. Letzteres hatte Luca erst in Deutschland kennengelernt. Oliven gab es bei ihm zu Hause nicht. Signora Colombo kaufte sie in Paderborn in einem kleinen spanischen Lebensmittelgeschäft.

An diesem Abend saßen und aßen sie alle zusammen, da es regnete. Wenn die Eisdiele länger geöffnet hatte, aßen sie im Wechsel, sodass die Gäste bedient werden konnten. Luca fiel es immer besonders schwer, wenn er an der Küche vorbeiging, um etwas aus dem Lager zu holen, und ihm der Duft des Abendessens in die Nase stieg, er aber noch nicht an der Reihe war. Anders als beim Frühstück und Mittagessen achtete La Colomba aber mit Argusaugen darauf, dass abends auch für die Letzten genug übrigblieb. Auch das musste man ihr lassen.

„Wir brauchen leistungsfähiges Personal. Ihr müsst was essen, sonst könnt ihr nicht arbeiten!“

„Leistungsfähiges Personal.“ Das hörte sich an wie aus einem Text aus der Schule. Es war nicht die Sprache, die er und die anderen in der Gelateria sprachen. Selbst Signor Colombo redete nicht so. Aber irgendwie passte es zu La Colomba, zu ihrem Schmuck, ihren Kleidern, ihrem ganzen Wesen.

Kapitel 5

Wer war er?

„Und? Hast du dich noch gut mit diesem *Anze* unterhalten?“ Sie lagen schon in den Betten. Der Regen prasselte gegen die Fenster und das Licht der Straßenbeleuchtung schien herein.

„Er heißt *Anz* und nicht *Anze*“, sagte Luca, der keine Lust hatte, sich mit Paolo zu unterhalten. „Er heißt genauso wenig *Anze* wie du Pa-olo“, hing er aber noch dran.

„Oh, Entschuldigung, der Herr. Also hast du dich noch gut mit *Anze* unterhalten?“, lachte Paolo. „Richtig süß, wie ihr zwei da mit euren Schokoladen gesessen habt!“

„Du hast die Schokolade für mich bestellt! Ich hätte eine Limonade genommen!“, protestierte Luca.

„Limonade, Limonade … echte deutsche Männer trinken Bier!“

„Was soll das denn heißen: Echte deutsche Männer?“

„Du wirst schon sehen, was das heißt. Und jetzt gute Nacht“, beendete Paolo das Gespräch.

„Und was soll das nun schon wieder? Nur weil du Bier trinkst, oder was?“, setzte Luca aber nach.

„Ja, zum Beispiel, weil ich Bier trinke. Da hast du ganz recht. Schlaf jetzt!“ Wie meist hatte Paolo das letzte Wort.

Luca wurde vom Regen wach, der an die Fensterscheiben prasselte. Draußen schien der Tag gerade zu beginnen. Er schaute auf den Wecker, der auf dem kleinen Nachttisch zwischen den beiden Betten stand. Es war fünf Uhr. So im Bett liegend hatte der Klang der Regentropfen eine beruhigende Wirkung auf ihn. Eigentlich gab es keinen Grund für Luca, sich wohlzufühlen. Seit Tagen ging ihm so vieles durch den Kopf: Er war so weit weg von zu Hause – auch wenn er sich entschieden hatte, diesem Gedanken nicht mehr nachzuhängen. Dann Paolo, der ihn zunehmend nicht ernst zu nehmen schien und sich ständig über ihn lustig machte oder ihn ärgerte. Und schließlich war es gerade der Regen, der ihn eigentlich beunruhigen sollte. Was, wenn die Colombos nicht nur eines der Mädchen wegen des schlechten Wetters nach Hause schickten, sondern sich dazu durchringen sollten, sich auch von einem der Jungs zu trennen? Das würde unweigerlich ihn treffen.

Seltsamerweise genoss er diesen Moment am frühen Morgen, obwohl er eigentlich ein Langschläfer war, auch wenn er zu Hause selten wirklich ausschlafen konnte. In der Woche rief die Arbeit auf dem Hof und an Sonn- oder Feiertagen der Gottesdienst, der ihn daran hinderte, sich im Bett einfach umzudrehen. Und in Deutschland endete die Nacht um sechs Uhr morgens. Nun war es erst fünf. Er fühlte sich hellwach und ausgeschlafen. Allerdings mussten sie gestern auch nicht bis spät arbeiten. Paolo schlief noch. Das konnte Luca hören. Sein ganzes Leben schon teilte Luca sich sein Schlafzimmer mit seinen drei Brüdern. Er wusste, wie es sich anhörte, wenn jemand schlief. Er hatte also noch eine volle Stunde, seinen Gedanken nachzuhängen.

Hans. Irgendwie kam ihm Hans in den Sinn. Das Kakaotrinken mit Hans am Vortag im Kaffeehaus hatte ihn verlegen gemacht, ihm aber gleichzeitig gefallen. Es war ein gutes Gefühl gewesen, dort zu sitzen, in einem Café, an einem Tisch, sich bedienen zu lassen und mit einem

… ihm fiel das passende Wort nicht ein. Der Gedanke endete damit, dass er sich mit Hans unterhalten hatte. Wenn man es als Unterhaltung werten konnte. Aber als was sollte er Hans eigentlich bezeichnen? Als Gleichaltrigen? Das klang blöd. Und das wusste Luca auch nicht genau, aber er ging davon aus, dass sie in etwa gleich alt sein müssten. Oder sollte er ihn als *deutschen Schüler* beschreiben? Was aber sagte das dann über ihn, Luca, aus? Kartoffelfresser? Nein, Hans war nicht der Typ Deutscher, der ihn, Luca, als *Spaghetti* bezeichnen würde. Freund? Nein, das passte nun wirklich auch nicht. *Bel biondo?* Unweigerlich musste Luca grinsen. Da lag er um kurz nach fünf morgens unter der Bettdecke und dachte über den schönen deutschen, blonden Jungen nach. Nein, er beschloss, ihn in seinen Gedanken einfach Hans zu nennen. So hieß er ja schließlich auch und das reichte.

Wie sehr unterschied sich sein Leben von dem von Hans? Was hatten sie gemeinsam? Abgesehen davon, dass sie gleichalt waren und beide Kakao tranken? Und den Kakao hatte Luca auch nur getrunken, weil Paolo ihn damit ärgern wollte. Und gerade dieser Kakao war an dem Vormittag zu einer Art Verbindung zwischen ihm und Hans geworden. Verbindung? Lächerlich! Hans war Deutscher, ging auf das Gymnasium, sprach Latein, studierte und würde sicherlich eines Tages Anwalt oder Arzt werden. Er, Luca, befand sich in einem fremden Land, dessen Sprache er kaum verstand, arbeitete in Paderborn, damit es seiner Familie in Italien ein wenig besser ginge. An Schule oder gar an ein Studium war für ihn nicht zu denken. Er arbeitete in der Gelateria. Und was würde danach kommen? Und er meinte nicht nur, was nach dieser Saison sein würde. Natürlich wusste er, dass er dann nach

Hause fahren würde, um mit auf dem Hof zu arbeiten. Und dann würde er im nächsten Jahr erneut mit den Colombos und den anderen nach Deutschland fahren, um wieder Eis zu machen und zu verkaufen? Und dann? Würde er so wie Ernesto jedes Jahr in der Gelateria arbeiten? Wie lange? Wofür war er in seinem Leben bestimmt? Es erschien ihm alles so sinnlos.

Er erinnerte sich an eine *canzone* von Petrarca, in der es gleich in der ersten Strophe darum ging, dass Petrarca oder der Erzähler oder das lyrische Ich der Erde entfliehen wollte. Er wollte Flügel bekommen, um dem irdischen Leid zu entrinnen. Irdisches Leid? War das nicht ein bisschen übertrieben, dass Luca nun in seiner Situation diese Formulierung bemühte? Und sagte Petrarca nicht auch, dass er sich quasi in Selbstmitleid verlor? So weit war Luca noch nicht, oder? Und dennoch hatte er das Recht, sich zu bemitleiden. Oder etwa nicht? Er hatte mit sechs Jahren seine Mutter verloren. Er durfte nicht mehr zur Schule gehen, obwohl die Schule einen der wenigen Orte darstellte, an denen er das Gefühl hatte, dass er dort hingehörte, wenngleich es eigentlich nicht die Schule als Institution war, die ihm das Gefühl der Zugehörigkeit gab.

Ganz im Gegenteil fühlte er sich nie wirklich zugehörig. Mit seinen Mitschülern hatte er nicht viel gemein. Er war immer irgendwie anders: stiller, in Gedanken verloren, sauber, ja sauber. Er prügelte sich in den Pausen nicht im Dreck und machte nicht mit, wenn die anderen Füße-Treten oder irgend so einen Quatsch spielten. Wohl fühlte er sich nur in der Sicherheit und Geborgenheit des Unterrichts, der ihm das Gefühl zu leben gab. Die unendliche Weite der Gedanken in Geschichten, Dramen oder Gedichten faszinierte ihn und ließ ihn

Zeit und Raum vergessen. Dieses Gefühl der Schönheit, die aus einer Welt stammte, die nichts mit seinem Leben außerhalb des Unterrichts zu tun hatte. Diese Schönheit in Worten, Gedanken und Bildern, die einfach nur existierte, um da zu sein. Sie erfüllte keinen profanen Zweck wie das Stillen von Durst oder Hunger. Sie war nicht dazu da, um den Kamin zu heizen oder das Dach zu reparieren. Diese Schönheit war einfach nur da, weil es sie gab. Weil sie möglich war. Weil Menschen sie erschaffen hatten.

Wenn Luca so über sich und sein Leben nachdachte, dann kam es ihm vor, als würde er in zwei Realitäten leben: Die eine war die der Dinge, die er tat. Die andere die seiner Gedanken. Ihm war, als gäbe es zwei Welten: Die eine befand sich außen und die andere innen. Bevor er nach Deutschland kam, wurde das Außen durch die Arbeit auf dem Hof zu der einen Welt. Den Hof hatte er – zumindest für ein halbes Jahr – hinter sich gelassen. Die Welt innen hatte er mit nach Deutschland gebracht. Aber auch in Paderborn gab es genauso wenig wie zu Hause eine Verbindung zwischen außen und innen. Er konnte jedoch nicht behaupten, dass der Luca, der außen und damit sichtbar war, nicht er wäre. Dieser Außen-Luca war ein Teil von ihm. Und es gab auch Dinge, die er immer gerne tat. Gut, bei den Colombos konnte er spontan nicht vieles aufzählen, was ihm wirklich Freude bereitete, eigentlich nichts. Zu Hause war es auf jeden Fall die Arbeit mit den Bienen, die ihm viel gegeben hatte. Das vermisste er sehr. Gerade im Frühjahr, wenn die Bienensaison begann. Aber er wusste, dass sich sein Vater um alles kümmern würde.

Der Innen-Luca war jedoch der, der nicht in die Außenwelt passte. Zumindest nicht, wenn man unter Außenwelt verstand, dass es sich um jene handelte, in der auch die anderen lebten: seine Brüder, seine ehemaligen Mitschüler, die Kollegen in der Eisdiele, die Espressotrinker, Paolo – ja vor allem Paolo. Luca gehörte nicht in diese Welt. Er fand sich zwar in ihr zurecht, er konnte ihren Pfaden folgen, aber er hatte noch nie einen dieser Pfade selbst angelegt. Sein Leben schien wie durch andere vorgezeichnet, abgesteckt und überwacht.

Und wer war der Luca in ihm? Wer war er? Es fiel ihm leicht, sich durch das zu definieren, was er nicht war. Denn davon gab es vieles. Und er hatte das Gefühl, dass das, was er nicht war, immer mehr wurde. Immer mehr unterschied ihn von dem, was andere von ihm erwarteten. Oder zumindest von dem, wovon er dachte, dass es von ihm erwartet wurde. Musste er nicht mit seinen sechzehn Jahren schon bald erwachsen sein? Er meinte damit nicht, dass er in zwei Jahren achtzehn werden würde. Aber musste er nicht schon wissen, wer er war, wo er hingehörte und was er im Leben erreichen wollte? Musste er nicht sicher sein in allem, was er tat? Musste er nicht eine Freundin haben oder zumindest für ein Mädchen schwärmen? Wurde nicht von ihm erwartet, dass er mit Gleichaltrigen zusammensaß, Zigaretten rauchte, zotige Witze machte, sich betrank und seine Ansichten lauthals vertrat? Seine Ansichten. Welche Ansichten hatte er denn? Was wusste er schon vom Leben? Vom Leben draußen? So viel passierte *in* ihm. Doch welches war das wirkliche Leben? Was war anders an ihm? Und war dieses *anders* unnormal?

Wenn er auch nicht viel von Paolo hielt, so schien der Kollege zufrieden mit sich zu sein. Das lag mit Sicherheit nicht nur daran, dass er ein Jahr älter als Luca war. Paolo war nie um eine Antwort verlegen, schlagfertig, wenn auch nicht unbedingt intelligent. Aber er sprach mit Ernesto und Michele über Fußball, über Politik, über Frauen. Wenn solche Gespräche in der Eisdiele stattfanden – entweder dann, wenn La Colomba nicht in der Nähe war, oder abends beim Putzen –, versuchte Luca immer Abstand zu halten. Nah genug, dass er mitbekam, worum es ging, aber auch entfernt genug, um bloß nicht angesprochen zu werden. Nicht weil er seine Kollegen nicht mochte. Nun, Paolo war, wie er war, Michele nicht viel anders und Ernesto sagte ja kaum etwas. Nein, weil Luca Angst hatte, dass sie ihn nach seiner Meinung fragen würden. Denn er hatte keine Meinung zu Fußball, er kannte sich in der Politik nicht aus und er vermied das Thema Mädchen oder Frauen, wo es nur ging. Worüber hätte er mit ihnen sprechen sollen? Über Sonette, stilistische Mittel in der Lyrik, über *La divina commedia*, Laura oder Beatrice, auch wenn es sich in dem Fall um Frauen handelte? Über die Bienen? Ja, vielleicht. Vielleicht hätte er sie damit beeindrucken können.

Er erinnerte sich an einen Nachmittag im Gemeindehaus vor einigen Jahren. Don Alfonso hatte Jugendliche in Lucas Alter dazu eingeladen, um über ihre „Leidenschaften" zu sprechen. Damit beabsichtigte der Geistliche, die Gemeinschaft unter den Jugendlichen zu fördern. Luca widerstrebte es eigentlich hinzugehen, doch sein Vater hatte ihn dazu gedrängt. Und auch Emma meinte, es sei eine gute Idee, damit er nicht weiter vereinsame. Das hatte ihn erschreckt, diese Formulierung. Er erinnerte sich an den Sonntag, als sie nach dem Essen noch am Tisch saßen. Seine älteren Brüder hatten sich schon verabschiedet, um sich mit ihren Freunden zum Kartenspielen zu treffen. Die einzige Zerstreuung, die sie in der Woche hatten und die von ihrem Vater geduldet wurde. Sein christlicher Glaube und die Tragödie des durch das Kartenspielen verlorenen Familienbesitzes zeichneten ihrem Vater dennoch stets eine entsetzte Fassungslosigkeit ins Gesicht, wenn Pasquale und Francesco sich sonntags wie kleine Kinder darauf freuten, mit ihren Kumpels in dem verrauchten Hinterzimmer der Dorfkneipe bei gutem Rotwein und schlechten Flüchen die Karten auf den wackeligen Tisch zu hauen, der eines Tages den Erschütterungen bestimmt nicht mehr standhalten würde, die durch zu viel Alkohol und Testosteron und zu wenig Alternativen verursacht wurden. Erschrocken war Luca darüber, dass Emma meinte, er würde vereinsamen. Wie konnte sie das sagen! Er hatte doch seine Familie. Und sie waren keine kleine Familie. Er hatte doch … ja, wen noch? Er beschloss, zu diesem Treffen in das Gemeindehaus zu gehen, auch wenn er eigentlich keine Lust hatte oder vielmehr sich davor fürchtete. Er wusste auch nicht, was dort passieren sollte. Don Alfonso hatte gesagt, er wolle die Gemeinschaft fördern. Nur wie? Luca hoffte, dass es nicht darin enden würde, dass sie Fußball spielten oder Ähnliches. Aber dafür hätte Don Alfonso wahrscheinlich nicht in das Gemeindehaus eingeladen. Dass es um ihre Leidenschaften gehen sollte, das wusste Luca am Küchentisch nicht.

Das Treffen fand an einem Sonntagnachmittag um drei statt. Luca ging schon zehn Minuten vorher hin. Er mochte es, wenn er sich erst einmal einen Überblick verschaffen konnte. Nun, das Bild, das sich ihm bot, bestand aus einem Dutzend Stühle, die in einem kalten, spärlich beleuchteten Raum, der dazu muffig roch, im Kreis aufgestellt waren. Den Raum kannte er nicht. Es handelte sich nicht um den Raum, in dem der Vorbereitungsunterricht für die Erstkommunion und die Firmung abgehalten wurde. Außer ihm war Don Alfonso da und sonst noch niemand.

„Du wirst sehen, es kommen gleich noch weitere Jungen“, sagte der Geistliche, der sich Luca in dem Stuhlkreis genau gegenübergesetzt hatte, sodass Luca seinem Blick nur schwerlich ausweichen konnte. Es kommen also noch weitere Jungen, dachte er. Das hieß, dass nur Jungen und keine Mädchen eingeladen waren. Hatten die Mädchen in der Gemeinde schon genügend Gemeinschaft, sodass diese nicht gefördert werden musste, oder fand für sie ein separates Treffen statt? Plötzlich fiel ihm auf, dass zu Hause auch nicht die Rede davon gewesen war, dass seine Schwestern zu solch einem Treffen gehen würden. Oder lag das vielleicht daran, dass diese nicht Gefahr liefen zu vereinsamen so wie er?

„Über welche Leidenschaften möchtest du gleich berichten?“, fragte ihn Don Alfonso unvermittelt.

„Ich weiß nicht“, entgegnete Luca. Leidenschaften? Was sollte das heißen, er solle über seine Leidenschaften berichten?

„Dein Vater hat mir erzählt, dass du so gern mit ihm an die Bienen gehst.“

„Ja, das stimmt.“ Könnten die Bienen eine von Lucas Leidenschaften sein? Hatte er überhaupt Leidenschaften? Darüber hatte er sich noch nie Gedanken gemacht. Es war auch zu Hause nie ein Thema gewesen, ob man Leidenschaften hätte.

„Meine Brüder spielen Karten.“ Das könnte vielleicht eine Leidenschaft sein, dachte er.

„Das würde ich allerdings eher als Laster bezeichnen, mein Lieber“, sagte Don Alfonso mit großen Augen und lächelte dann.

„Sie spielen nur sonn…“ Luca sprach das Wort nicht aus. Gerade sonntags Karten zu spielen würde sicherlich nicht dazu beitragen, dass Don Alfonso es weniger als Laster bezeichnen würde.

„*Salve*!“, rief es gerade wie im Chor.

„Kommt herein! Schön, dass ihr gekommen seid!“, begrüßte Don Alfonso zwei Neuankömmlinge. Es waren die Cannetti-Zwillinge. Ihre Eltern hatten die Käserei im Dorf. Sie waren so alt wie Luca und gingen mit ihm in dieselbe Klasse. Wie es hieß, würden sie in der Stadt die Schule fortsetzen und sollten dann studieren. Was, wusste Luca nicht. Der eine hieß Sergio und der andere Pietro wie Lucas Vater. Pietro war mit seinem Namen gar nicht glücklich, denn er wurde *Pierino* genannt. Das heißt, eigentlich waren sie beide nicht glücklich darüber, denn sie wurden aufgrund ihres für eineiige Zwillinge typischen fast identischen Aussehens beide der Einfachheit halber *Pierino* genannt. Und das war deshalb nicht komisch für sie, da eine ganze Reihe an Witzen über *Pierino* und dessen Klugheit populär war. In ihrer Schule war es jedoch keine Auszeichnung, denn klug hieß so viel wie Streber und Angeber und war daher nichts, was sich ein Halbwüchsiger auf die Fahnen schreiben wollte. Ob Sergio und Pietro wirklich klug waren, wusste Luca nicht. Ihre Noten waren zumindest nicht sehr gut und im Unterricht taten sie offenbar alles, um diesem *Pierino*-Bild eben gerade nicht zu entsprechen. Ihren Spitznamen wurden sie dadurch dennoch nicht los.

Sie besetzten zwei Stühle, die zu Lucas Rechten genau zwischen ihm und Don Alfonso standen. Somit hatten sie alle den größtmöglichen Abstand zueinander.

Nach und nach trudelten weitere fünf Jungen ein, die Luca alle aus der Schule kannte, auch wenn drei davon eine Klasse unter ihm und damit auch etwa ein Jahr jünger waren. Es war nun etwa Viertel nach drei. So lange hatten sie noch gewartet. Es saßen also acht Jungen und Don Alfonso im Kreis in einem muffigen, halbdunklen und kalten Zimmer und sollten über ihre Leidenschaften sprechen. Eigentlich hatte Luca schon genug gesehen und wäre am liebsten nach Hause gegangen. Doch er sollte ja etwas gegen seine Vereinsamung tun. Also blieb er.

Don Alfonso ergriff das Wort: „Liebe Jungs, ich habe euch heute hierher in unser schönes Gemeindehaus eingeladen, um mit euch über das zu sprechen, was euch am Herzen liegt: über eure Leidenschaften. Die Leidenschaft – also die Passion – ist von Gott gegeben. Es ist die Liebe für etwas, das wir gerne tun. Für etwas, das wir so gerne tun, dass wir nicht ohne sie können. Es ist etwas in uns, das fast so stark wie unser Glaube an Gott ist. Wer möchte beginnen, über seine Leidenschaft zu berichten?"

Sergio und Pietro saßen verlegen auf ihren Stühlen und schauten auf ihre blitzblankgeputzten Sonntagsschuhe. Man konnte ihnen unschwer ansehen, dass sie inständig hofften, nicht angeschaut, geschweige denn angesprochen zu werden. Dann waren da noch Tullio, Filippo und Angelo, die aus der Klasse unter Luca waren. Sie schauten sich verlegen an und kicherten. Tullio strich sich den Scheitel zurecht, während die anderen beiden an ihren Hosenträgern herumnestelten. Federico und Alfonso – er hieß genauso wie Don Alfonso, nur ohne Don – saßen erstarrt auf ihren Stühlen und bereuten anscheinend ebenso wie alle anderen, dort zu sein. Sie waren aus Lucas Klasse und so etwas wie Helden, denn sie hatten richtige Fußballschuhe mit Stollen, die sie in der Pause auch immer anzogen, wenn sie mit den anderen auf dem Schulhof spielten. Federicos Vater hatte den Eisenwarenhandel im Dorf und Alfonso war der Sohn des Bäckers.

Luca hatte vorhergesehen, was passierte. Selbstverständlich sprach Don Alfonso ihn an. Warum wusste er das nur? Oder hatte er es gar durch diese Vorahnung heraufbeschworen? Hätte er sich doch nur seinem Vater und seiner Schwester Emma widersetzt und wäre bloß nicht hierhergekommen. „Tu es deiner Mutter zuliebe", hatte sein Vater ihm noch gesagt. „Sie würde sich freuen", hieß es. Das konnte nur falsch sein. Seine Mutter hätte nie gewollt, dass er sich so unwohl und fehl am Platz fühlen sollte. Mit seiner Mutter verband Luca nur Liebe, Nähe, Freude und Glück. Er weigerte sich, dieses Gefühl, das er für seine Mutter hatte, in diesen Raum zu lassen, also schloss er es schnell wieder in seinem Herzen ein, wo es hingehörte.

„Luca, was ist deine große Leidenschaft? Ich habe gehört …", jetzt kommt er mit den Bienen, war sich Luca sicher, „dass du gerne Gedichte liest", beendete Don Alfonso den Satz. Wie versteinert saß Luca auf seinem Stuhl und starrte Don Alfonso an, der ihn anlächelte, als erwartete er Dankbarkeit dafür, dass er einen Zwölfjährigen vor seinen Klassenkameraden bloßstellte.

„Mann, sag mal, Alter, hast du dir gerade einen runtergeholt oder was schaust du so entgeistert an die Decke?" Paolo war wach geworden, noch vor dem Wecker, lag auf der Seite und schaute zu Luca herüber. Luca war wieder in Deutschland, es war kurz vor sechs und der Regen prasselte gegen die Fensterscheiben.

„Lass mich in Ruhe, du Idiot!" Luca hatte sich noch nie selbst dabei zugesehen, aber er hoffte, dass er, wenn er masturbierte, nicht so schaute, wie er Don Alfonso angeschaut hatte, als ihm an jenem Tag im Gemeindehaus das Entsetzen ins Gesicht gefahren war.

„Es wird sich schon noch zeigen, wer hier der Idiot ist. Geh du schon mal aufs Klo. Ich rasiere mich." Warum meinte Paolo nur, er müsste Luca immer sagen, was dieser zu tun und zu lassen hatte? Luca stieg aus dem Bett und ging zur Toilette.

Kapitel 6

Der Schmerz

Das Eis war fertig. Viel mussten sie an diesem Tag nicht zubereiten, da sie aufgrund des schlechten Wetters wenig verkauften. Selbst die gängigsten Sorten wie Vanille, Schokolade und Erdbeere waren noch vom Vortag übrig. Aber laut Wetterbericht sollte der Regen am Nachmittag nachlassen und da war es besser, auf Nummer sicher zu gehen. Die Menschen nutzten in diesem verregneten Frühjahr jedes auch noch so kleine Sonnenfenster, um vor die Tür zu gehen, und es konnte manchmal passieren, dass wie von einem Moment auf den anderen plötzlich zehn Tische besetzt waren und dreißig Personen vor dem Mitnehmfenster standen. Also hatten sie ein wenig Eis neu gemacht. Bevor Luca in die Kunst des Eismachens eingewiesen wurde, war er der Überzeugung, dass Eis, auch wenn es ein paar Tage alt war, immer gleich schmecken würde. In der Gelateria hatte er jedoch gelernt, dass das Eis zwar geschmacklich kaum an Qualität einbüßte, sich aber die Konsistenz veränderte. Das lag daran, dass in dem Eis, das schon ein paar Tage alt war, weniger Luft als in dem neu zubereiteten eingeschlossen war. Die Luft entwich von Tag zu Tag und mit ihr das cremige Gefühl auf der Zunge.

Was der Nachmittag bringen würde, sollte sich zeigen. Der Vormittag jedoch blieb grau, trist und verregnet. Für Mai war es viel zu nass und zu kühl. Es war noch nicht daran zu denken, die Mitnehmvitrine aufzuschieben, da der Regen schräg gegen die Fassade der Gelateria prasselte und die geöffnete Vitrine den launigen Mai noch mehr ins Innere hätte eindringen lassen.

Eine der wenigen Konstanten in diesen verregneten Tagen waren die Espressotrinker. Fremd und vertraut zugleich waren sie zumindest für Luca eine Verlässlichkeit. Ob nun die Sonne schien oder nicht, sie waren im Zweischichtrhythmus da. Schließlich hatten sie die Gelateria zu ihrem Wohnzimmer, Forum und Boxring erklärt. Hier fühlten sie sich wohl, diskutierten miteinander und trugen auch den ein oder anderen Streit aus. Der alleinige Unterschied im Vergleich zu sonnigen Tagen bestand darin, dass sie an solchen nassen und kühlen Tagen ihre Hemden nicht ganz so weit aufgeknöpft hatten. Es reichte aber immer noch dafür aus, dass ihre Goldkettchen hervorblitzten. Ernesto war nun der Einzige, der zu tun hatte. Er stand an der Kaffeemaschine und befeuerte die lauten, tabakgeschwängerten Dispute unfreiwillig mit Koffein.

Maria, Elsa und Francesca standen brav und züchtig, wie La Colomba es von ihnen erwartete, am Tresen, erlaubten sich aber hier und da eine mimische Eskapade. Luca und seine Kollegen konnten sich – bis auf Ernesto, der ja an der Kaffeemaschine Stellung hielt – eine kleine Pause gönnen. Also gingen sie nach hinten und wussten eigentlich gar nicht so recht, was sie mit der Zeit anfangen sollten. Hungrig waren sie noch nicht, Kaffee hatten sie bereits getrunken, wirklich ausruhen mussten sie sich auch nicht, da sie noch nicht viel getan hatten. Sollte die Saison weiterhin so verregnet bleiben, würden die Colombos eine Entscheidung treffen müssen.

Luca kam nach seinen Kollegen als Letzter in den Pausenraum, wo die Jungs um die weinende Caterina herumstanden. In diesem Augenblick fiel Luca auf, dass sie ja auch gar nicht bei den Mädchen vorne am Tresen gestanden hatte. Die Colombos waren nicht zu sehen. An solchen schwachen Tagen verabschiedeten sie sich gerne für einige Stunden und ließen die Gelateria in der Obhut von Ernesto.

„Sie wollen mich nach Hause schicken, weil La Colomba immer noch meint, dass ich ihre Brosche geklaut hätte. Dabei habe ich sie nur gefunden", schluchzte Caterina.

„Du hättest sie nicht behalten sollen, auch wenn du sie nur gefunden hast", versuchte Michele ihr verständnisvoll zu erklären.

„Jetzt schlägst du dich auf ihre Seite?", wollte Caterina wissen.

„Ich schlage mich überhaupt auf keine Seite! Ich versuche dir nur klarzumachen, was du meiner Meinung nach falsch gemacht hast!", ließ Michele den Vorwurf nicht auf sich sitzen.

„Wie soll ich das meinem Vater erklären, dass ich schon im Mai nach Hause komme? Wie soll ich ihm erklären, dass ich nicht das Geld mitbringe, mit dem er für dieses Jahr rechnet?" Caterina war verzweifelt.

„Ich werde gehen. Ich habe die Brosche genommen." Ernesto stand in der Tür. Er hatte die Espressotrinker wohl den Mädchen überlassen. Oder war es vielleicht andersherum?

„Ich habe die Brosche genommen. Sie sollte für meine Verlobte Cecilia sein. Ich hatte sie in der Wäschekammer versteckt, eingewickelt in ein Taschentuch, das ich von ihr habe. Daher auch das C. Nicht wie Caterina, sondern wie Cecilia. Ich werde die Verantwortung dafür übernehmen. Wenn ich ihnen sage, dass ich es war, werden sie dich hierbehalten und du brauchst nicht nach Hause."

Luca hatte Ernesto noch nie so viele Sätze hintereinander sprechen hören, sprach der doch nur, wenn es wirklich nötig war. Und letztlich hatte er auch jetzt nur das gesagt, was gesagt werden musste. Alle schauten sie ihn entgeistert an. Ernesto hatte die Brosche geklaut? Gerade er? Das hätte Luca nicht für möglich gehalten. Es war entweder die Verwunderung oder der auch jetzt noch aufrechterhaltene Respekt ihm gegenüber, der sie davon abhielt, auch nur irgendetwas zu sagen. Er war der Dienstälteste, derjenige mit der meisten Erfahrung, den nichts aus der Ruhe zu bringen vermochte. Ernesto strahlte stets eine stoische Souveränität aus. Jedoch klang dieses Geständnis nicht wie ein Geständnis. Der Ton, mit dem er gerade gesprochen hatte, war nicht anders, als man es sonst von ihm kannte. Genauso hätte er sagen können, dass die Kaffeemaschine defekt sei und er jetzt in den Keller gehe, um nach einem Ersatzteil zu schauen. Auch darüber hätte er sich nicht geärgert, sondern es mit seiner verlässlich nüchternen Art einfach gesagt und getan. Auch zeigte er kein Mitleid mit Caterina. Schließlich war die Sache für ihn nun geklärt. Ohne auch nur eine Reaktion von irgendjemandem abzuwarten – auch nicht von Caterina –, drehte sich Ernesto um und ging an seinen Arbeitsplatz zurück.

Caterina schluchzte indes noch immer. Luca konnte in ihrem Schluchzen nichts ausmachen, was sich von dem von vor einer Minute unterschied, auch wenn sie nicht mehr befürchten musste, nach Hause geschickt zu werden – zumindest nicht wegen der Brosche. Michele und Paolo schauten sich an. Paolo war der Einzige, der ein Grinsen nicht unterdrücken konnte. Michele schien eher verunsichert oder enttäuscht.

„Na, dem würde ich was erzählen! Fast hätten sie dich nach Hause geschickt! Und dabei hast du gar nichts getan!“ Luca wunderte es nicht, dass das von Paolo kam.

„Sie hätte die Brosche dennoch nicht behalten dürfen“, wiederholte Michele, der Caterina trotz Ernestos Geständnis einen Teil der Verantwortung für die Situation zuschob.

„Ich bin ihm nicht böse“, schluchzte Caterina immer noch, aber dann etwas gefasster: „Ich wäre stolz, wenn mein Verlobter für mich gestohlen hätte, insbesondere von Menschen, die so viel haben, dass sie den Diebstahl erst bemerken, wenn man ihn ihnen unter die Nase hält!“

„Hast du denn einen Verlobten?“, wollte Paolo – immer noch grinsend – wissen.

„Lass sie jetzt in Ruhe und geh nach vorn! Hast du gar nichts zu tun?“, blaffte Michele Paolo an.

„Was soll ich denn zu tun haben? Es ist doch alles fertig!“ Die begleitende Geste, die Paolo sich den Espressotrinkern abgeschaut hatte und zum Ausdruck brachte „*Was willst du von mir?*“ kannten sie von ihm ja schon.

„Geh und such dir was zu tun! Und wenn du nichts findest, komme ich gleich dazu und suche dir etwas! Sieh zu, dass du nach vorne kommst!“, wurde Michele deutlicher.

Luca war überrascht, dass sich Paolo – auch wenn es ihm schwerzufallen schien – jegliche weitere Rechtfertigung verkniff und den Pausenraum verließ. Die Hackordnung in der Gelateria war klar. Jedoch bezweifelte Luca, dass Paolo sich wirklich etwas zu tun suchte. Er ging eher davon aus, dass Paolo versuchen würde, sich verbal an Ernesto zu messen. Zusätzlich überrascht war Luca darüber, dass er nicht mit Paolo nach vorn geschickt wurde. Vielleicht, weil er sich aus der Diskussion über die Brosche komplett herausgehalten hatte.

„Einen Verlobten habe ich nicht. Aber wenn, dann soll es einer wie Ernesto sein. Seine Cecilia – auch wenn ich sie nicht kenne – ist zu beneiden, dass sie von einem wie Ernesto zum Altar geführt wird." Caterina schien es wichtig gewesen zu sein, das klarzustellen, war sie dafür doch extra vom Stuhl aufgestanden, hatte sich die Schürze glattgezogen und mit einigen wenigen, aber gekonnten Griffen die Frisur gerichtet.

Luca wusste noch gar nicht, wie er die Episode einordnen sollte. Merkwürdigerweise fühlte er sich in dieser Angelegenheit wie ein unwissender Mitwisser schuldig, wenn es so etwas gab. Auf keinen Fall würde er erwähnen, dass auch er die Brosche in der Hand gehalten hatte. Ein wirklich gutes Versteck war die Wäschekammer nun wirklich nicht gewesen.

„Luca, geh ruhig spazieren. Es ist jetzt elf. Es reicht, wenn du um halb zwei zum Essen wieder zurück bist. Paolo und ich halten hier die Stellung. Ich habe den anderen auch schon freigegeben", fing Ernesto Luca ab, als dieser von der Toilette kam. „Hier, nimm das!" Er drückte Luca einige Münzen in die Hand. Das reichte für eine Limonade – oder auch für einen Kakao.

„Gerne. Danke", brachte Luca nur hervor, der über die Aussicht auf eine spontane Pause überrascht war.

Luca nahm seine Schürze ab, hängte sie an einen der dafür vorgesehenen Haken im Pausenraum, nahm seine Jacke und einen Schirm und freute sich auf den freien Vormittag.

Es war Samstag. Eigentlich sollten die Schüler vom nahegelegenen Gymnasium vor der Vitrine Schlange stehen, um sich ihr Eis für den Nachhauseweg bei *Colombo* zu kaufen. Samstags – das hatte Luca in den letzten Wochen verfolgt – hatten sie immer früher Schulschluss als in der Woche. Doch heute stand das Eis nicht hoch im Kurs, war es nicht nur nass, sondern auch kalt, wie es Luca auffiel, als er aus der Eisdiele auf die Straße trat. Wind und Regen bliesen ihm ins Gesicht und schnell spannte er den Schirm auf. Er war froh, einen mitgenommen zu haben. Paolo wäre es peinlich gewesen, mit Schirm gesehen zu werden, doch gerade war Luca nicht in Begleitung von Paolo und das war auch gut so.

Es war erstaunlich, wie unterschiedlich die Welten außerhalb und innerhalb der Eisdiele waren. Hinter den mit goldener Schrift verzierten Scheiben der Gelateria war ein Mikrokosmos, der Luca anfangs noch fremd gewesen war, an den er sich aber nach nur wenigen Monaten gewöhnt hatte und der ihm auch eine gewisse Sicherheit gab. Er hatte gelernt, seine Aufgaben zu allgemeiner Zufriedenheit – und insbesondere zu der von La Colomba – zu erledigen. Und sein Außen-Luca hatte auch gelernt, seinen Innen-Luca vor den anderen zu verbergen. In seinem Leben hatte er es perfektioniert, sich auf seine Umwelt so zu kalibrieren, dass der Luca, der in ihm war, von den anderen außen nicht wahrgenommen wurde. Das war ihm allerdings selbst gar nicht bewusst. Das sollte erst in vielen Jahren der Fall sein. An diesem Tag war es für ihn einfach nur normal, nicht der zu sein, der er eigentlich sein musste. Aber auch diese Erkenntnis nahm gerade erst in ihm Gestalt an.

„*Salve*, Luca!"

Luca schaute sich um. Das war Hans, *il bel biondo*.

„*Ciao, Anz!*", sagte Luca und es war gut, dass er nicht darüber nachdachte, ob er rot wurde, denn sonst wäre er es vielleicht geworden.

Hans hatte eine Ledertasche geschultert und stand mit hochgeklapptem Kragen und aufgespanntem

Schirm vor Luca mit einem breiten Lächeln im Gesicht, das die Lücke zwischen den oberen Schneidezähnen preisgab.

„Hast du wieder frei?" Hans schaute Luca erwartungsvoll an. Luca verstand nicht.

„*Libero*?", fragte Hans weiter.

„*Sì eh* ja, *libero*!", bestätigte Luca und weiter: „*Pioggia, brutto tempo!*" Das verstand Hans nicht, zumindest nicht richtig.

„*Tempo, tempus.* Du meinst, du hast Zeit. Sehr schön! Komm doch mit ins Kaffeehaus!", schlug Hans vor und Luca hatte in etwa verstanden, denn das Wort Kaffeehaus kannte er nun mittlerweile, auch wenn es sich anders als „*caffè aus*" anhörte.

„*No eh neine. Spaziere.*" Wie sagte man das nur? Luca wollte einfach etwas durch die Stadt laufen und sich an der frischen Luft bewegen. „*Aria fresca, bello*", versuchte er zu erklären.

„*Aria?* Luft? Du meinst, du möchtest an der frischen Luft spazieren gehen?" Das schien Hans zu belustigen. „Da hast du dir aber nicht das schönste Wetter ausgesucht! Eh, *aqua, caelum, pluvia*", versuchte Hans sich mit einigen lateinischen Vokabeln zu behelfen. Wasser, Himmel, Regen. Vielleicht war ja etwas dabei, das sich auf Italienisch ähnlich anhörte.

Luca verstand.

„*Bel tempo: lavoro. Brutto tempo: libero*", näherte sich Luca einer Konversation.

„Ah, du meinst, dass du bei schönem Wetter arbeiten musst! Klar! Es soll allerdings ein verregneter Sommer werden. Das zumindest sagen die Wetterexperten." Hans wusste nicht, ob das nun eine gute oder eine schlechte Nachricht für Luca war. Schließlich war er in Deutschland, um zu arbeiten, und nicht, um im Regen spazieren zu gehen.

„*Non ho capito. Mi dispiace.*"

„*No capito.*" Hans verstand, dass Luca nicht verstanden hatte. „Egal. Das war nicht so wichtig!", drehte sich die Konversation im Kreis. „Wie viel Zeit hast du? Du bist ja gerade erst aus der Eisdiele gekommen."

Von außen betrachtet sah man zwei Jugendliche, die sich beide mit ihren Schirmen vor dem Regen schützten und sich angeregt unterhielten. Um sie herum hasteten Passanten zwischen die Regenpfützen hindurch, hinter ihnen rollten einige Autos über die Straße, an ihnen vorbei bimmelte die Tram. Für Luca und Hans jedoch war es, als versuchten sie gerade drei Sprachen so lange übereinanderzulegen, bis eine verständliche Einheit daraus werden würde. Jedoch war ihnen das längst noch nicht gelungen.

„Komm mit! Wir gehen zu mir nach Hause. Da können wir noch ein Stück laufen." Und dann noch mal: „*Veni, mi casa su casa!*" Hans konnte sich ein Lachen nicht verkneifen und auch Luca musste lachen.

Aber dennoch: „*No, no, grazie! Solo spaziere*", versuchte Luca ihm zu erklären.

„Nix *solo*! Ich komme mit! Los! Hierher! *Veni!*", lud Hans Luca mit einer Kopfbewegung ein und ging voran. Sie hatten die ganze Zeit vor dem Nachbargebäude der Gelateria gestanden – Ob seine Kollegen ihn mit *il bel biondo* gesehen hatten? – und gingen nun weiter in Richtung der Kathedrale, von der Luca bisher nur den Glockenschlag und das Kirchengeläut kannte.

„Meine Eltern sind auch zu Hause. Meine Mutter spricht etwas Italienisch. Sie ist Französischlehrerin. Aber das verstehst du nicht, richtig? *No capito?*", schaute

Hans Luca an. Sie waren beide stehen geblieben und Luca hob nur die Schultern an: *„Non ho capito."*

„Mama et papa casa mia." Hans schaute Luca erwartungsvoll an.

„Du meinst, dass deine Eltern auch zu Hause sind?", fragte Luca auf Italienisch.

„Sì, a casa, zu Hause!" Es gab zunehmend weniger Ecken und Kanten zwischen den Sprachen.

Sie gingen also zu Hans nach Hause, zu seinen Eltern. Einerseits sollte Luca das nicht tun. Er kannte Hans kaum. Warum ging er also mit? Andererseits fühlte es sich gut, natürlich und spannend zugleich an. Er unternahm etwas. Allein. Soll heißen: ohne Paolo. Die letzten zwei Monate hatte er die freien Stunden – und das waren bei dem Wetter nicht wenige gewesen – stets mit Paolo verbracht. Im Kaffeehaus, in der Kneipe und wieder im Kaffeehaus. Die Colombos hatten ihm Paolo wie eine Art Kindermädchen zur Seite gestellt. Zumindest kam es Luca so vor. Es reichte nicht, dass er sich das Zimmer mit Paolo teilte und bei der Arbeit fast immer neben ihm stand, da musste er auch noch die freien Stunden mit ihm verbringen. Anfangs dachte Luca, es hätte sich eine Freundschaft zwischen ihnen entwickeln können, waren sie doch etwa gleich alt, aber zu viel unterschied sie voneinander. Paolo gehörte zu denen, mit denen Luca sein ganzes Leben nichts und doch wieder alles gemein haben wollte. Es wäre so viel einfacher, *ein Paolo* zu sein. Aber das war er nicht.

„Komm, lass uns hier die Treppen runtergehen!" Hans ging voraus. Sie stiegen alte, in der Mitte durch das Auftreten vieler Generationen vertiefte Stufen hinunter, die direkt hinter der Kathedrale in einen Park führten, vorbei an einem mit einem Gatter abgedeckten alten Brunnen, hinunter zu einem kleinen Fluss. Links stand ein prachtvolles altes Gebäude, das für Luca wie ein kleines Schloss aussah.

„Das ist die Stadtbibliothek!“, rief Hans und dann: „*Bibliotheca*!“ und schaute Luca an, um auf dessen Reaktion zu warten.

„Ah, biblioteca, libri. Bella!“ Es war wirklich ein schönes und eindrucksvolles Gebäude.

„Ja, *bella*! Komm!“, sagte Hans vergnügt.

Was für eine schöne Stadt es doch außerhalb der Gelateria gab. Hinter der Bibliothek war ein Wäldchen mitten in der Stadt, keine fünf Minuten von der Eisdiele entfernt. Rechts neben der Bibliothek und dem Wäldchen ein Park mit einem geschlungenen Weg und hin und wieder einer Bank, auf der sich bei schönem Wetter sicher Spaziergänger ausruhten oder auch nur dort saßen, um den Blick auf die Kathedrale und die gesamte Szenerie zu genießen. Gerade saß dort niemand und auch sonst war kein Mensch außer Luca und Hans zu sehen. Der Regen hatte an Intensität zugenommen, aber das war Luca egal. Ohne den Regen hätte er das hier – zumindest heute – nicht gesehen.

Sie gingen weiter an dem kleinen Fluss entlang. Zu dieser Jahreszeit blühte trotz des schlechten Wetters schon einiges. Allerdings kannte Luca die Pflanzen nicht. Es waren andere als die, die bei ihm zu Hause wuchsen. Dann liefen sie an einer alten Wassermühle vorbei, deren Mühlrad sich drehte und im Spiel mit dem Wasser mächtigen Lärm erzeugte. Doch wenn auch laut, war es ein fast harmonischer Zweiklang, der sich aus dem schöpfenden Geräusch des nahezu behutsamen Wasseraufnehmens auf der Vorderseite und dem doch brutalen Hinabstürzen auf der gegenüberliegenden Seite zusammensetzte. Dann gingen sie rechts über eine kleine Brücke und weiter auf dem Fußweg, der auf einem großen Parkplatz abrupt endete, oder man könnte auch sagen, sich in diesem verlor. Schweigend hastete Luca hinter Hans über den Parkplatz zwischen den abgestellten Fahrzeugen hindurch. Noch nie hatte Luca so viele Autos auf einmal gesehen. Mit großen Augen schaute er unter seinem Schirm auf Blech, Chrom und Glas und übersah die eine oder andere Pfütze, was auch sogleich – mal wieder – mit nassen Füßen gestraft wurde.

„Wir sind bald da! Es ist nicht mehr weit!", rief Hans nach hinten. Luca hatte das nicht verstanden, aber es machte nichts. Zu sehr war er beeindruckt von dem, was er sah, gingen sie doch an einer kleinen Burg vorbei.

„Wo bleibst du?" Hans hatte sich nach Luca umgeschaut, der aber vor der Burg stehengeblieben war.

„Das ist eine Jugendherberge. Eine alte Burg", erklärte Hans, der die wenigen Meter zu Luca zurückgegangen war. Nun standen sie gemeinsam vor der Burg und mussten beide den Kopf in den Nacken legen, um sich den zwar kleinen, aber dennoch trutzigen Turm in seiner ganzen Pracht anschauen zu können.

„Un castello?", fragte Luca erstaunt, wenngleich er diese Frage eher sich selbst als Hans stellte.

„Sì, castellum, eine Burg. Schön, nicht wahr?", sagte Hans stolz und fragte dann: *„Bello, sì?"*

„Sì, molto bello!", schwärmte Luca.

„Es ist jetzt eine Jugendherberge." Wie sollte Hans das erklären? *„Eh, casa juventus."* Hans war auf die Reaktion von Luca gespannt.

Er hatte jetzt nicht wirklich *Juventus* gesagt. Meinte er den Fußballclub aus Turin?

„Juventus?", fragte Luca ungläubig.

„Sì, juventus!“, freute sich Hans, verstanden worden zu sein. Und dann: „Komm, wir sind bald da!“

Hans wohnte in einem kleinen Haus, verglich man es mit dem Bauernhof, in dem Luca aufgewachsen war. Jedoch handelte es sich um alles andere als einen Bauernhof. Sie befanden sich vor einem weißen Haus mit schwarz gedecktem Dach, das einen nahezu quadratischen Grundriss zu haben schien. Es gab zwei Etagen, im Dachgeschoss zwei Erker und im Erdgeschoss rechts neben der Haustür ein großes Fenster und links zwei kleinere. Das zumindest konnte Luca sehen, als sie durch das kleine Tor gingen, das zu beiden Seiten von einer hüfthohen weißen Mauer eingefasst wurde. Luca folgte Hans weiter über den kleinen, geschlungenen Weg durch eine ordentlich gepflegte Rasenfläche, die hier und da durch sauber geschnittene und teils blühende Büsche aufgebrochen war. Während Luca sich alles anschaute und bewunderte, wie sauber und ordentlich es wirkte, hatte Hans klimpernd einen Schlüssel aus seiner Hosentasche herausbefördert. Nicht, dass sie bei Luca zu Hause nicht auch alles sauber und ordentlich hielten, aber hier schien es für den Betrachter arrangiert zu sein. Es war alles hübsch zu einem Gesamten komponiert. Unwillkürlich musste Luca lächeln, passte doch dieser erste Eindruck von Hans' Zuhause zu *il bel biondo*.

„Hans, bist du das?“, rief eine Frauenstimme, als sie in das Haus traten.

„Ja, Mama! Ich habe Besuch mitgebracht! Luca aus der Eisdiele!“, rief Hans in den Flur, von dem vier Zimmer abgingen, jeweils eines nach rechts und links und zwei nach hinten und in dessen hinterem Bereich in der Mitte eine geschwungene hölzerne Treppe nach oben führte. Rechts konnte Luca die Küche sehen, zu der das große

Fenster gehörte, das ihm von draußen gleich aufgefallen war. Die Stimme von Hans' Mutter kam nicht aus der Küche, sondern vom gegenüberliegenden Raum, in den durch die zwei kleinen Fenster, die Luca ebenfalls von draußen bereits gesehen hatte, Licht fiel. Hans zog sich die Schuhe aus und stellte sie neben die Haustür auf eine Fußmatte, die wohl eigens dafür dort hingelegt worden war, lagen darauf bereits andere: Ein Paar hochhackiger Frauenschuhe und ein Paar brauner, geschnürter Männerschuhe.

„Schön! Wir essen um eins. Wenn ihr schon Hunger habt, es ist Obst in der Küche!", rief Hans' Mutter aus dem Zimmer, wenngleich Luca auch nicht verstand, worum es ging.

„*Sì*, Mama!", antwortete Hans und lächelte Luca verschmitzt zu. Das hatte Luca verstanden.

Es wurde wohl von Luca erwartet, dass auch er seine Schuhe auszog. Er war es durchaus gewohnt, seine Schuhe zu Hause und auch in seinem Zimmer, das er sich mit Paolo teilte, auszuziehen. Jedoch war es ihm unangenehm in einem fremden Haus. Noch dazu wusste er nicht, in welchem Zustand sich seine Socken befanden, die er am Morgen schnell angezogen hatte. Niemals hätte er beim Anziehen damit gerechnet, dass seine Socken nur wenige Stunden später einer solchen Prüfung würden standhalten müssen. Und dann waren sie aller Voraussicht nach auch noch völlig durchnässt. Er zog die Schuhe aus. Zumindest zeugte der Zustand der Socken davon, dass sie sowohl zusammengehörten als auch ihren Träger nicht vollends in Verlegenheit bringen würden. Genau wie Hans hängte er seine Jacke an eine Garderobe, die sich über der Matte an der Wand befand. Die Schirme hatten sie beide vor der Haustür stehen lassen.

„Möchtest du etwas essen?“ Und dann: *„Mangiare?“*

„No, no, grazie“, sagte Luca, als er Hans in seinen nassen Socken in die Küche folgte. Der Flur war mit hölzernem rotbraunem Parkett ausgelegt und die Küche weiß gefliest. Hans nahm sich einen Apfel aus einer Holzschale, die in der Küche auf einem Tisch stand. Der Tisch befand sich direkt am Fenster, das nach vorn ging, und um ihn herum standen drei Stühle, wohl einer für Hans und jeweils einer für seine Mutter und seinen Vater. Das zumindest schloss Luca daraus. Dieses Bild der familiären Idylle ließ Luca unwillkürlich an seine Familie zu Hause denken. Wie viele Wochen waren es jetzt, die er von seiner Familie getrennt war? Es tat weh, sie alle so lange nicht mehr gesehen zu haben.

„Du hast ganz nasse Socken!“, sagte Hans erstaunt und ein wenig belustigt, als er den ersten Bissen des Apfels zwar noch nicht ganz, aber doch fast heruntergeschluckt hatte. Luca verstand nicht.

„Aqua!“, sagte Hans und zeigte mit der freien Hand erst auf Lucas Füße und dann auf die nassen Fußabdrücke hinter ihm. Luca, der gerade mit gekreuzten Beinen dastand und die Fußspitzen aufeinanderdrückte, sah plötzlich auch, dass die Spur von der Küchentür bis zu ihm verlief.

„Sì, mi dispiace, ho i piedi bagnati“, wies Luca auf seine nassen Füße hin.

„Ah, *piedi, pedibus! Capito!*“, erwidert Hans, jetzt ohne Apfel im Mund. „Komm!“

Hans ging an Luca vorbei und deutete ihm mit einer Geste, ihm zu folgen. Sie liefen die Treppe nach oben, wo sie einen Flur betraten, der in seinem Grundriss dem großen Bruder unten entsprach, aber um einiges kleiner war. Hans ging zielstrebig in das Zimmer hinten rechts, das über dem Zimmer sein musste, aus dem seine Mutter mit ihnen gesprochen hatte. Die Tür stand offen. Es handelte sich wohl um Hans' Zimmer und es maß in etwa dreimal so viel wie die Kammer, die Luca sich mit Paolo teilte. Neben der Unordnung und einem Bett mit einem dreitürigen Schrank sah Luca noch einen Schreibtisch samt Stuhl und ein Klavier. Ja, ein Klavier. Noch nie hatte Luca in einem Wohnhaus ein Klavier gesehen. Don Alfonso hatte eines im Pfarrhaus, wenn auch Luca weder den Pastor noch irgendjemanden sonst je darauf hatte spielen hören.

„*Veni, vidi, vici!*", riss Hans Luca aus seinen Gedanken und hielt ihm stolz ein Paar graue Wollsocken hin, die akkurat flach zusammengelegt waren. „Hier, zieh die an!"

„*Grazie*", entgegnete Luca, nahm die Socken und schaute sich im Zimmer nach einer Sitzgelegenheit um. Auf der einen Seite war es ihm peinlich, dass er sich in Hans' Zimmer seine nassen Socken ausziehen sollte. Auf der anderen Seite wollte er auch nicht unhöflich oder undankbar erscheinen und wiederum wäre es ja auch wirklich schön, aus den nassen Socken herauszukommen.

„Hier, setz dich!", sagte Hans, der sich auf sein Bett hatte fallen lassen und mit der flachen Hand auf den Platz neben sich deutete. Luca nahm das Angebot an und begann, seine nassen Socken abzustreifen. Seine Fußnägel hatte er sich schon seit einigen Wochen nicht geschnitten und er ärgerte sich darüber, dass er unter den Nägeln der beiden Großzehen Fussel hatte, die sich wie Dreck festsetzten und den Eindruck erweckten, als würde er sich nicht regelmäßig die Füße waschen. Es war ihm peinlich und er versuchte, so schnell wie möglich in die frischen Socken zu kommen, was aber mit den feuchten Füßen gar nicht so einfach war. Doch die Socken passten und fühlten sich gut an: trocken und flauschig. Luca stand auf und stopfte sich seine nassen Socken hastig in die Hosentasche.

Seine älteren Schwestern und insbesondere Emma, die Älteste, verbrachten im Winter stets viel Zeit damit, Socken für alle zu stricken und Löcher zu stopfen, so wie ihre Mutter es auch getan hatte. Er erinnerte sich, wie er nicht lange nach ihrem Tod seine Schwester Emma darum bat, ihm das Stricken beizubringen.

„Das brauchst du nicht. Das ist nichts für dich", war ihre abrupte Reaktion.

„Aber Mama wollte es mir beibringen!", protestierte er. Er war damals etwa sieben Jahre alt und fand es faszinierend, wie man aus Garn mit fünf Stricknadeln eine Socke erschuf.

„Jungs stricken keine Socken!", blieb Emma bei ihrer Meinung und vermied es, ihn anzuschauen.

„Mama hat aber gesagt, dass sie es mir beibringen wollte! Warum darf ich es dann nicht von dir lernen?", beharrte er.

„Weil Papa es nicht erlauben würde", sagte Emma verärgert und schaute ihn vorwurfsvoll an.

„Was hat Papa denn dagegen?" Das verstand Luca nicht.

„Er hat gesagt, dass sonst kein Mann aus dir wird!", warf Anna dazwischen, die das Gespräch mit angehört hatte. „Er hat gesagt, du wirst dann genau wie Mario! Ein *frocio*!", ergänzte sie und ihre Augen sagten so viel wie: *„Ich weiß auch nicht, warum."*

„Anna, halt den Mund und geh in die Küche! Oder hast du das Besteck etwa schon abgetrocknet?", übernahm Emma wieder. Anna drückte beleidigt ihr Kinn auf die Brust und schüttelte gleichzeitig den Kopf, was ihre Zöpfe lustig hin und her wippen ließ.

„Dann geh, rasch!“, schickte Emma ihre kleine Schwester.

„Was meint Papa damit, dass ich ein *frocio* werde?“ Luca wusste nur, dass es etwas Schlimmes sein musste, und das trieb ihm die Tränen in die Augen.

„Komm her, mein Kleiner. Das hättest du gar nicht hören sollen. Hör nicht auf Anna! Sie weiß nicht, was sie sagt. Sei ihr nicht böse, hörst du?“, bat Emma ihn in sehr zartem Ton und Luca war sich nicht sicher, ob dieser ihm oder Anna galt.

Luca vergrub seinen Kopf in Emmas Schoß, nickte und weinte. Er wusste nicht genau, warum. Er wusste, dass sich irgendetwas falsch anfühlte. Wäre Mama nur da.

„Devo andare“, sagte Luca. *„In gelateria“*, erklärte er.

„Du musst los“, verstand Hans.

Wie spät war es? Luca fiel jetzt erst ein, dass er gar keine Uhr hatte. Daran hatte er auch nicht gedacht, als er die Eisdiele verlassen hatte, um spazieren zu gehen. Bisher war er ja immer mit Paolo unterwegs gewesen, der eine Armbanduhr hatte. Mist, das hatte er vergessen. Um nicht umständlich erklären zu müssen, dass er wissen wollte, wie spät es war, nahm er Hans' linke Hand und hielt sie so, dass er die Uhrzeit auf dessen Armbanduhr ablesen konnte. Es war gerade mal zehn vor zwölf. Er hatte ja bis halb zwei Zeit. Dennoch fühlte er sich nicht wohl, hier in Hans' Zimmer, in dessen Socken, bei ihm zu Hause. Warum, wusste er nicht. Er wusste nur, dass er gehen wollte.

Da hörte er die Musik. Es war die Stimme einer Frau. Sie sang eine Arie. Luca kannte sich mit klassischer Musik nicht aus. Er kannte sich überhaupt nicht mit Musik aus. In der Eisdiele hörten sie beim Putzen immer Radio, aber das war eher moderne Musik. Rock'n'Roll und Twist. Manchmal – aber natürlich nur, wenn La Colomba es nicht mitbekam – tanzten die Mädchen zur Musik und hin und wieder ließ sich Michele – als Einziger der Jungs – dazu hinreißen mitzutanzen. Aber das hier war ganz andere Musik. Es war Oper, die zu Hause seit dem Tod seiner Mutter nicht mehr gespielt wurde. Es war nicht so, dass er sich wirklich daran erinnern konnte, er wusste nur, dass nach ihrem Tod der Klassiksender tabu war. Sein Vater gestattete nicht, dass der Klang klassischer Musik an die Abwesenheit seiner Frau erinnerte, die diese Musik geliebt hatte. Zu sehr musste es ihn schmerzen. Zu sehr würde es für ihn den Verlust noch spürbarer machen, als er es ohnehin schon war.

Die Stimme der Frau war herzzerreißend, wunderschön und traurig zugleich. Sie hallte von unten durch das Haus. Die Musik ließ ihre Stimme wie auf seichten Wellen langsam dahingleiten. Es mussten Geigen sein, aber auch noch andere Instrumente.

„Meine Mama hat Musik laufen. Sie liebt Oper. Sie ist aber auch Musiklehrerin. Musik und Französisch. Gott sei Dank nicht an meiner Schule!" Hans schaute Luca lächelnd und erwartungsvoll an. „Ich habe ganz vergessen, dass du mich ja nicht verstehst!", lachte er. „Mama *mia, musica*, komm!" Hans ging aus seinem Zimmer, drehte sich an der Schwelle um und winkte Luca. „Komm!"

Luca, dessen nasse Socken, in der Hosentasche zusammengeknäult, wie ein Fremdkörper abstanden, schaute wie hypnotisiert ins Leere. Er folgte Hans und in seinem Gesicht waren Schmerz, Freude, Erstaunen und Verzweiflung zu sehen.

Seht ihr's nicht? Wie das Herz ihm mutig schwillt,

Luca verstand die Worte nicht und dennoch berührten sie ihn. Diese Musik drang tief in ihn ein, ergriff sein Herz und ließ ihn erschaudern.

voll und hehr im Busen ihm quillt?

Die Musik wurde leiser, nachdem sie gerade erst eine mahnende Lautstärke erreicht hatte. Er und Hans stiegen nun die Treppe hinunter.

Wie den Lippen, wonnig mild, süßer Atem sanft entweht

Sie erreichten dann den Flur und Luca blieb stehen. Es war, als traute er sich nicht weiter. „Komm, wir gehen zu ihr. Was ist?" Luca verharrte dort und war wie mitgerissen von dieser Stimme, die flehte und ermahnte und sich in ihrer Verzweiflung teils von den Klängen der Musik nahezu übertönen ließ, dann aber wieder die Oberhand gewann. Jedoch war es nicht der Triumph, der sie lauter werden ließ, sondern der Schmerz. Der Schmerz der Stimme übertönte das Lamento der Instrumente. Luca bemerkte, wie ihm die Tränen über die Wangen liefen. Hastig wischte er sie beschämt weg.

… in des Welt-Atems wehendem All – ertrinken, versinken – unbewusst – höchste Lust!

Die Stimme war inzwischen leise geworden. Der letzte Ton hallte resigniert aus dem Zimmer, in dem Hans' Mutter sich aufhielt, und verstummte. Die Musik begleitete diesen letzten Ton über seinen Klang hinaus in eine unendliche Traurigkeit, bis auch sie langsam, zart und verletzt verhallte. Luca konnte seine Tränen nicht trocknen. Zitternd stand er mit Hans' Socken an den Füßen, mit dem nassen Knäuel in der Hosentasche, verzweifelt in der Mitte des Flures. Was war mit ihm geschehen?

Auch Hans wusste nicht, was er machen sollte. Sollte er seine Mutter rufen? Sollte er Luca in den Arm nehmen? Sollte er einfach abwarten?

„Luca?“, vermochte er nur leise zu fragen.

„Anz, scusi. Devo andare“, sprach Luca mit einer Stimme, die er selbst nicht an sich kannte. Er wollte sich gerade die Socken ausziehen, als Hans abwehrte.

„Nein, nein, behalte sie, *no*“, sagte Hans schnell und schüttelte den Kopf.

Luca ging hastig auf seine Schuhe zu, die, immer noch nass, auf der Matte neben der Haustür auf ihn warteten. Er hockte sich auf den Boden, zog sich die Schuhe an, nahm seine Jacke und wollte gehen. Hans stand vor der Tür.

„Ciao, Anz, mi dispiace“, tat es Luca leid, dass er sich so … ihm fiel nicht das passende Wort ein für das, was gerade geschehen war. Er spürte Scham, Traurigkeit und Panik.

„Nicht *Anz*. Hans“, lächelte Hans.

„Anz“, sagte Luca und wartete auf Hans' Reaktion. Dieser nahm mit seiner rechten Hand Lucas linke, hielt sie sich vor den Mund und sagte *„Hans“* und hauchte Luca dann in die Hand. Und dann noch einmal *„Hans“* mit einem gehauchten H und dann *„Anz“* ohne. Luca spürte den Unterschied und verstand. Er hatte Hans' warmen und feuchten Atem auf seiner Handfläche gefühlt. Noch nie hatte er den Atem eines anderen Menschen so nah auf seiner Haut gespürt. Durfte das sein? Dann ließ Hans Lucas Hand los, hielt Luca seine eigene Handfläche vor den Mund und sagte *„Hans.“*

„Hans“, sagte Luca nun und hauchte dabei das H in Hans’ Hand, die nach Apfel roch.

„*Sì*, Hans“, sagte Hans und ließ seine Hand sinken.

„*Ciao*, Hans“, sagte Luca, ging an ihm vorbei zur Tür, nahm seinen Schirm, spannte ihn jedoch noch nicht auf, sondern lief hastig den kleinen Weg durch den Vorgarten zurück zum Gehweg. Erst dann spannte er den Schirm auf und ging hastig weiter. Er schaute nicht zurück zu Hans, der noch in der Tür stand und Luca gerne zum Abschied gewunken hätte. Luca konnte sein Herz bis in den Hals schlagen spüren. Etwas war mit ihm geschehen, er konnte aber nicht in Worte fassen, was es war.

Kapitel 7

Wahrheiten

Es regnete noch immer. Zwar nicht mehr so stark, dafür wurde der Regen vom Wind fast horizontal gegen den Schirm gedrückt, sodass Luca Mühe hatte, nach vorne zu blicken. Es gab aber einige Orientierungspunkte, die ihm die Gewissheit boten, dass er sich nicht verlief. Da war die Burg auf der Linken und auch der Parkplatz, den er überquerte. Hinten rechts sah er bereits die Wassermühle. Mit jedem Schritt, den er in die Richtung ging, konnte er sie zunehmend auch hören. Je lauter das Schlagen des Wassers wurde, desto weniger hallte sein Herzschlag in seinem Kopf.

Ein Liebespaar stand an der Mühle. Luca konnte den Mann von hinten sehen, der einen großen, schwarzen aufgespannten Schirm hielt und sich zu einer Frau hinunterbeugte. Sie küssten sich im Schutz eines Busches. Um seinen Weg in Richtung der Kathedrale weiterzuverfolgen, musste sich Luca dem Liebespaar erst nähern, um dann nach links auf den Weg abzubiegen und die amouröse Szenerie rechts liegen zu lassen. Das war doch Crucifisso, einer der Espressotrinker, einer der Terroni! Als Luca an dem Paar vorbeilief, sah er die Frau. Caterina. Caterina und Crucifisso küssten sich also an der Wassermühle. Luca schaute schnell weg und tat so, als hätte er nichts gesehen, denn es wäre ihm peinlich gewesen, wenn er dabei ertappt worden wäre. Und schließlich hatte er auch nichts beobachtet. Er hatte sie nur zufällig gesehen. Es wäre ihm aber auch unangenehm gewesen, wenn sich Caterina ertappt gefühlt hätte. Crucifisso hätte die Enthüllung sicherlich mit einem lauten und selbstgefälligen Lachen, eher triumphierend, beiseitegeschoben.

Wieder wusste Luca etwas, das er gar nicht wissen wollte. Wieder hatte es etwas mit Caterina zu tun. Erst die Brosche – auch wenn sie sie ja wohl doch nicht gestohlen hatte – und jetzt Crucifisso. Luca lief schneller, obwohl es sicherlich noch viel zu früh war, um wieder an die Arbeit zu gehen. Was sollte er tun? Zurück in die Eisdiele oder irgendwie die Zeit totschlagen?

„Luca! Luca, warte!" Es war Caterina. Er erkannte die Stimme, tat aber so, als hätte er nichts gehört. Was wollte sie von ihm? Konnte sie nicht auch einfach so tun, als wäre nichts gewesen? Er war jetzt ganz in der Nähe der Bibliothek.

„Verdammt noch mal, Luca, jetzt warte doch!" Er konnte den Eingang der Bibliothek sehen. Es war ein wunderschönes Gebäude. Er vermutete, dass es nicht immer eine Bibliothek gewesen war, denn das Gebäude sah so herrschaftlich aus.

„Luca!" Die Tür war durch sandsteinfarbene Ornamente eingefasst, die sich von der weißen Farbe des Gebäudes elegant abhoben. Ebenso waren auch die Sprossenfenster umrandet, wenn auch nicht ganz so pompös wie die Tür.

„Verdammt noch mal, Luca!" Luca lief schneller. Vor der Bibliothek war ein kleiner Vorplatz, der von einer grob gemauerten, etwa schulterhohen Einfassung begrenzt wurde, die von der Seite, von der Luca kam, offen war – so als fehlte einfach ein Teil der Mauer –, auf der gegenüberliegenden Seite aber durch einen kleinen unverschlossenen Torbogen unterbrochen wurde. Der Boden mit feinem weißem Kies bedeckt, fast so wie zu Hause, nur viel feiner.

„Jetzt bleib stehen!“ Caterina bekam ihn endlich am Ärmel zu fassen.

„Ich habe nichts gesehen!“ Luca riss sich los.

„Hast du wohl! Das habe ich doch gemerkt!“

„Und wenn? Es interessiert mich nicht!“ Luca hatte keine Lust auf dieses Gespräch. Sollte sie doch küssen, wen sie wollte. Was hatte er damit zu tun?

„Du darfst es niemandem sagen! Hörst du?“ Wieder hielt sie ihn am Ärmel fest.

„Lass mich los!“ Luca erschrak über den schrillen Klang seiner eigenen Stimme.

„Ich lass dich ja los. Aber rede doch mit mir. Bitte!“

Caterina schaute ihn erschrocken an, weil sie befürchtete, er könnte sie verraten. Oder weil sie etwas in seinem Blick sah?

„Was ist los mit dir, Luca?“ Was glaubte sie, in seinem Gesicht erkannt zu haben?

„Nichts. Was soll sein?“, log er.

Luca erreichte den Eingang und drückte gegen den großen Messingknauf, der aussah wie eine Blüte, sich jedoch kalt anfühlte, was bei dem Wetter allerdings kein Wunder war. Die Tür ließ sich nicht öffnen. Sollte die Bibliothek geschlossen sein? Doch er sah durch die Fenster Menschen. Einige saßen, in ihre Bücher vertieft, auf vornehmen Sesseln, andere studierten die Rücken der vielen Bücher, die in den unzähligen Regalen standen. In dem Moment fiel Luca ein Schild auf, das an der Tür hing, er hatte nur vorher nicht darauf geachtet. Er verstand das Wort nicht, das in schwarzen Lettern auf dem weißen Schild stand, aber hinter dem Wort war ein Pfeil, der in einem Bogen nach rechts deutete. Man sollte wohl um das Gebäude herumgehen, um hineinzugelangen. Das musste es heißen. Dies war also die Rückseite der Bibliothek.

Er drehte sich um, schaute Caterina kurz in die Augen, die ihm nun im Weg stand. Ihr Blick schwankte zwischen Verzweiflung und Erstaunen. Fast hätte er sie mit der Schulter beiseitegestoßen, doch sie wich aus und folgte ihm wortlos. Ihre Schritte knirschten auf dem feinen Kies und sie hatte Mühe, mit seinem Tempo Schritt zu halten. Wie schön es hier war. Würde Luca nicht diese Panik in sich spüren, hätte er mehr Zeit dafür verwendet, sich alles anzuschauen. Und wenn Caterina nicht dabei gewesen wäre. Die Fassade der Bibliothek war auf dieser Seite eine exakte Kopie der Rückseite, ganz so, als hätte der Architekt sich die Mühe gespart, zwei Seiten für das Gebäude zu entwerfen.

Die Tür musste Luca nicht aufdrücken, denn der rechte Flügel stand offen. Er ging hinein. Der hastige Schritt wich einem fast andächtigen, beinahe so, als beträte er eine Kirche. Caterina folgte ihm.

„Luca!“, flüsterte sie. „Was willst du hier? Das ist eine Bibliothek!“

Was war daran so verwunderlich, dass er eine Bibliothek betrat, fragte sich Luca. Zu Hause ging er regelmäßig in die Bibliothek, auch wenn jene dort nicht in so einem beeindruckenden Gebäude, sondern im Hinterzimmer des Gemeindehauses untergebracht war und im Vergleich mit diesem Gebäudes eher die Bezeichnung Bücherzimmer denn Bibliothek verdiente. Ihre Schritte knirschten auf dem weißen Granitboden noch nach, bis sich die letzten Kiessteinchen, die an ihren Schuhsohlen hafteten, gelöst hatten.

„Guten Tag“, kam es plötzlich von rechts. Sie gingen gerade an einer Art Theke vorbei, hinter der sie von einer Frau mittleren Alters angelächelt wurden. Die Bibliothekarin hatte graublondes, wild gelocktes Haar, trug auf der Nasenspitze eine schmale Brille, über die hinweg sie die beiden anschaute. Sie war außergewöhnlich modisch gekleidet, was durch eine lilafarbene, hölzerne Halskette abgerundet wurde, deren Perlen so groß wie Aprikosen wirkten.

„Kann ich Ihnen helfen?“, fragte sie und irgendwie schaffte sie es, dass sich die Worte weniger wie gesprochen als gelächelt anhörten, auch wenn dieser Gedanke Luca komisch erschien.

„*Elfe?*“, fragte Luca und befürchtete, dass er dabei immer noch erschrocken aussah.

„Ja, helfen“, lächelte die Frau, „oder nur gucken?“ Jetzt fixierte sie Luca geradezu, entschärfte den Blick aber durch das entfesselnde Lächeln.

„Nur *guke*“, sagte Caterina von hinten, nahm Luca an die Hand und zog ihn weiter in die Bibliothek.

„Wo warst du eigentlich?“, wollte Caterina wissen. Sie hatten sich auf zwei gelbe Sessel gesetzt, die zu einer kleinen Sitzgruppe mit Nierentisch gehörten, die unter der ins Obergeschoss führenden Treppe aufgestellt war. Fast so, als wagten sie nicht, für sich in Anspruch zu nehmen, ganz selbstverständlich hierhinzugehören, hatten sich beide mit der Kante ihrer Sessel begnügt. Caterina mit überkreuzten Unterarmen auf ihre Knie abgestützt, Luca mit den Händen auf den Oberschenkeln und kerzengeradem Oberkörper. Sie starrte ihn an, sein Blick suchte Halt an einem Bücherregal.

Wo er gewesen war, wollte sie also wissen. Bei Hans, im Haus seiner Eltern, in seinem Zimmer. Sie hatten Musik gehört. Er hatte geweint, er wusste nicht, warum. Er musste gehen, er wusste nicht, warum. Er trug Hans' Socken. Er hatte Caterina knutschend mit Crucifisso gesehen und schämte sich dafür, doch er wusste nicht, warum. Er hatte die Schönheit dieser Stadt gesehen, eine Stadt im Regen, eine Stadt, die nicht seine war, die ihm aber Trost schenkte. Doch er wusste nicht, warum er Trost benötigte. Nun saß er mit Caterina in der Bibliothek. Was sollte er sagen?

„Nirgends", sagte er dann schließlich.

„Wie, nirgends? Ist auch egal. Du darfst niemandem von Crucifisso und mir erzählen, hörst du? Das darf niemand wissen. Die Colomba hat mich sowieso schon auf dem Kieker. Wenn sie nun auch noch erfährt, dass ich Crucifisso – einen *terron'* – geküsst habe, dann wird sie mich völlig abschreiben."

„Schscht!", kam es von einem älteren Mann, der nicht weit von ihnen mit einem aufgeschlagenen Buch in den Händen herüberschaute. So wie er dort im Zentrum eines kreisrunden lilafarbenen Teppichs stand und einen Zeigefinger an die Lippen hielt, während er *„schscht"* sagte, hatte er etwas Skurriles an sich. Nun sprach Caterina leiser, was ihr sichtlich schwerfiel. Zudem führte die Kontrolle ihrer Stimme dazu, dass die Röte ihrer Wangen noch intensiver wurde.

„Wir treffen uns hin und wieder an der alten Mühle, wenn es regnet und wir spazieren gehen dürfen. Bei diesem verregneten Sommer kommen wir ja glücklicherweise oft raus, auch wenn das vielleicht heißt, dass die Colombos einen von uns nach Hause schicken. Ob sie nun Ernesto entlassen, weil er die Brosche genommen hat? Was meinst du? Außer Francesca weiß niemand von mir und Crucifisso. Aber die hält dicht. Schließlich weiß ich auch so einiges von ihr, das die Colomba nicht erfahren darf und …"

„Ich war bei Hans", unterbrach Luca sie, schaute ihr kurz in die Augen und dann wieder zum Bücherregal.

„Anz?" Caterina runzelte die Stirn. Zumindest hatte sie nicht *Anze* gesagt.

„Hans, mit einem gehauchten H vorne. *Il bel biondo*", erklärte Luca.

„Er heißt *Anz*? *Il bel biondo?*"

„Du musst das H hauchen. Hörst du? So!" Luca hauchte in ihre Richtung.

„Na, du weißt ja Bescheid. Und was hast du da gemacht bei *H-Hans*?", wollte sie wissen.

„Einmal hauchen genügt", ignorierte Luca ihre Frage.

„Paolo hat mir erzählt, dass ihr neulich im Kaffeehaus Kakao getrunken habt", sagte Caterina in einer Art, als handelte es sich um eine heikle Enthüllung.

„Das hat Paolo erzählt? Was hat er noch erzählt?", wollte Luca wissen. Es ärgerte ihn, dass Paolo mit anderen über ihn sprach.

„Nichts weiter. Gibt es denn noch etwas zu erzählen?" Das hatte nun Caterinas Interesse geweckt.

„Nein." Luca sollte besser nicht weiter über dieses Thema sprechen.

„Und was heißt, du warst bei *H-Hans*?", fragte Caterina neugierig und dann etwas trotzig: „Ja, ich weiß. Einmal hauchen genügt." Sie fand sofort ihren neugierigen Gesichtsausdruck wieder.

„Bei ihm zu Hause." So wie Luca das sagte, klang es wie ein Geständnis. Warum eigentlich? So ein Blödsinn.

„Du warst bei ihm zu Hause? Allein?" Als hätte Luca etwas Verbotenes getan.

„Nein, seine Mutter war auch da", verteidigte Luca sich. Und hatte Hans nicht gesagt, sein Vater wäre auch zu Hause gewesen?

„Ach, seine Mutter. Was habt ihr gemacht?" Hatte Caterinas Neugierde sich in Langeweile verloren?

„Wir haben geredet." Luca gab diesem einfachen Satz mit seinen zusammengekniffenen Augenbrauen mehr Bedeutung, als Caterina erwartet hätte.

„Geredet? Und in welcher Sprache?" Machte sie sich über ihn lustig oder wollte sie das wirklich wissen?

„Wir haben Musik gehört. Und einen Apfel gegessen", fuhr Luca nachdenklich fort, ohne auf Caterinas Frage einzugehen.

„Sag mal, ist deine Hose nass? Hast du da was in der Tasche?" Dieses Mal war es Caterina, die – so zumindest schien es – ihm nicht zuhörte.

„Das sind meine Socken. Sie sind nass geworden", sagte Luca hastig und fühlte sich ertappt.

„Aber du hast Socken an." Caterina schaute irritiert auf seine Füße.

„Die sind von Hans." Das hätte er vielleicht nicht sagen sollen.

„Ach, die sind von Hans." War das eine Frage? „Wieso hast du seine Socken an?"

„Weil meine nass geworden sind." Die Antwort schien Caterina zu genügen.

„Versprichst du mir nun, dass du nichts von Crucifisso erzählst?", wechselte sie das Thema.

Kurz schaute Luca Caterina an und dann wieder zum Bücherregal. Jetzt stand dort eine ältere Dame mit Hut, die an den Büchern vorbeischlenderte, als hätte sie sich die Auslagen eines Basars angesehen. Etwas – oder besser gesagt, ein Buch – hatte offensichtlich ihre Aufmerksamkeit erregt. Sie schaute zu Luca herüber, denn ihr musste aufgefallen sein, dass Luca sie beobachtete. Sie hätte seine Großmutter sein können, zumindest, was das Alter anging. Seine Großmutter – er hatte keine seiner Großmütter kennengelernt – wäre sicherlich nicht so modisch gekleidet gewesen: In einem grauen Kostüm mit feinen Karos, hochhackigen Schuhen und einer eleganten Handtasche, die farblich auf die Schuhe abgestimmt war und an einem kurzen Trageriemen lässig am Handgelenk einer behandschuhten Hand hing. Von der Hand, die das Buch hielt, hatte die ältere Dame den Handschuh abgestreift und hielt ihn mit der anderen fest. Sie lächelte ihn an. Er wurde verlegen und flüchtete sich mit seinem Blick zu Caterina. Die hatte sich inzwischen in ihrem Sessel zurückgelehnt und saß – sichtlich erleichtert – mit zusammengedrückten Knien und nach innen gekehrten Fußspitzen dort und schaute ihn abwartend an.

„Ich verspreche es."

„*Grazie.*" So einsilbig war sie selten, auch wenn es sich genau genommen um mehr als eine Silbe handelte.

„Wofür?", wollte Luca wissen.

„Dass du nichts sagst", antwortete sie und es schwang doch noch Zweifel in ihrer Stimme mit.

„Dann erzähl du aber bitte nichts von mir."

„Nichts von dir?" Caterina lächelte.

„Von Hans." Er beobachtete sie fragend und wartete einen langen Moment. Sie beantwortete seine Frage mit einem erneuten Lächeln.

Und dann: „Gibt es denn etwas zu erzählen? Ich meine: außer den Socken!" Nun wurde das Lächeln zu einem breiten Grinsen.

„Ich weiß nicht." Er hatte das Gefühl, dass er schon wieder zu viel gesagt hatte. Oder hatte er vielleicht zu viel *nicht* gesagt. Der Luca in ihm und der Luca, den man von außen kannte, diese beiden Lucas hatte er bisher immer getrennt. Wie konnte er Caterina nun von dem Luca in ihm erzählen? Und was sollte er sagen, wenn er doch selbst nicht genau wusste, was ihn gerade so verunsicherte?

„Luca, was ist denn?“ Caterina hatte sich wieder nach vorn gebeugt und schaute ihn mit leicht gerunzelter Stirn an.

„Luca, was ist denn?“, hatte ihn seine Schwester Emma gefragt, als er von dem unsäglichen Nachmittag im Gemeindehaus zurückkam, zu dem Don Alfonso eingeladen hatte, damit sie über ihre Leidenschaften sprechen konnten. Das war an dem Tag, als der Geistliche ohne Ankündigung vor den anderen Jungen aus dem Dorf gesagt hatte, dass er von Luca wisse, dieser lese gerne Gedichte. Wie zu erwarten, hatten sie ihn alle ausgelacht. Erst lachte Don Alfonso sogar mit, bis er bemerkte, dass das Gelächter auf Kosten von Luca ging. „Kinder, Kinder!“, hatte er gerufen. „Was soll das denn? Es wäre gut, wenn ihr euch alle mehr mit den großen Dichtern Italiens beschäftigen würdet!“ Luca las nicht nur die italienischen Dichter. „Wenn ihr mehr lesen würdet, dann würdet ihr euch auch nicht ständig beim Fußballspielen so dreckig machen!“ Was sollte das jetzt? Das machte die Situation nicht besser. „Federico“, setzte Don Alfonso dann an. Aber Federico nahm das zum Anlass, sich noch mehr über Luca lustig zu machen.

„Wir haben doch immer schon gesagt, dass Luca nicht ganz normal ist! Er liest Gedichte, habt ihr das gehört?“ Dann sprang er auf, stellte sich auf den Stuhl, schlug ein imaginäres Buch auf, leckte sich einen Finger und fing dann an, aus einem Gedicht zu „rezitieren“: „Taatatata Tatataaata Taatatata!“ Seine Worte bestanden aus nichts anderem als diesem blödsinnigen Tatata. Dann sprang er hinunter und hüpfte mitten in ihrem Stuhlkreis grölend auf und ab, wobei er sich um die eigene Achse drehte, um sich ja bei den anderen Jungen Anerkennung für seine Glanzleistung abzuholen.

„Ich habe geweint." Luca blickte zum Boden.

„Warum?", wollte Caterina wissen.

„Es lief Musik." Wieder so ein harmloser Satz, der erst durch den Schmerz in Lucas Gesicht Bedeutung erlangte.

„Deshalb hast du geweint?", fragte sie mit verwunderten Augen und in zartem Ton.

„Die Musik war so schön", fuhr Luca fort. Sie sagte nichts. Er schaute sie an, hielt den Kopf gesenkt, wandte ihr aber den Blick zu.

„Meine Mutter ist tot", blieb er beim Thema, was Caterina aber noch nicht verstehen konnte.

„Das tut mir leid", flüsterte sie. Und dann: „Meine Mutter ist auch tot." Luca hob den Kopf und schaute Caterina direkt in die Augen.

„Wie alt warst du?"

„Zwölf." Sie schaute auf ihre Hände.

„Ich sechs." War das jetzt besser? Oder schlechter? Noch nie hatte er mit jemandem über den Tod seiner Mutter gesprochen. „Sie liebte klassische Musik. Aus dem Radio. Als sie gestorben ist, hat Papa uns verboten, den Klassiksender einzuschalten."

„Und die Musik bei Hans war Klassik." Das war keine Frage.

„Und sie kam aus dem Zimmer von Hans' Mutter", ergänzte Luca.

„Ich verstehe." Caterina presste die Lippen aufeinander. „Ich war auch sechzehn, als ich das erste Mal hier bei den Colombos in der Gelateria gearbeitet habe. Den ganzen Sommer haben sie mich spülen lassen. Meine Hände waren schon im Mai kaputt. Es gab keinen Finger, an dem ich nicht ein Pflaster hatte. Und jetzt hat mich La Colomba zum Spülen geschickt, obwohl ich die Brosche gar nicht gestohlen habe. Und das, obwohl sie mir versprochen hatten, dass ich nie wieder spülen muss."

„Was heißt, sie haben es dir versprochen?"

„Ich wollte nach dieser ersten Saison nicht wiederkommen. Es hat Wochen gedauert, bis meine Hände heile waren. Und dann hatte ich auch noch die kleine Nichte von La Colomba auf dem Spielplatz verloren."

„Elsa?", wunderte sich Luca.

„Nein, nicht Elsa, die ist ja älter als ich, sondern Verdiana. Sie war nur einen Sommer hier. Neben dem Spülen war es noch meine Aufgabe, mich um sie zu kümmern. Einen Nachmittag waren wir auf dem Spielplatz und plötzlich war sie weg. Ich hatte solche Angst – um sie, aber auch um mich. Was wäre passiert, wenn ich sie nicht wiedergefunden hätte? Über eine Stunde habe ich nach ihr gesucht."

„Und hast du sie gefunden?"

„Ein Mann brachte sie wieder. Er hatte sie wohl irgendwo gefunden, an die Hand genommen und ist mit ihr zum Spielplatz gegangen. Ich war so erschrocken, als ich sie mit diesem fremden Mann gesehen habe, dass ich mich nicht einmal bei ihm bedankt habe." Diese Erinnerung schien in Caterina noch sehr wach zu sein. Luca schaute sie verständnisvoll und zugleich verwundert an.

„Eine Geschichte habe ich noch!" Caterina versuchte, mehr Unbeschwertheit in das Gespräch zu bringen. „Das hätte ich fast vergessen. Im ersten Jahr musste ich auch den Parkettboden bohnern. Den in der Wohnung der Colombos. Und weißt du, was passiert ist?", wollte Caterina verschmitzt wissen.

„Du hast ihn zerkratzt?", riet Luca.

„Um Gottes willen, nein! Ich würde jetzt nicht mehr leben. La Colomba hätte mich eigenhändig erwürgt, die Schlange!"

„Was dann?"

„Ich bin eingeschlafen!", lachte sie.

„Schscht!" Sie waren dem älteren Mann auf dem lila Teppich wieder zu laut.

„Ich bin eingeschlafen", flüsterte sie nun Luca zu, als wäre es leiser besser zu verstehen gewesen.

„Was heißt, du bist eingeschlafen?"

„Um den Boden zu bohnern, habe ich den Teppich zusammengerollt. Und als ich da so auf dem harten Parkett kniete, wollte ich mich nur kurz auf dem zusammengerollten Teppich ausruhen. Und dann bin ich eingeschlafen!", posaunte sie belustigt.

„Scht!" Das war dieses Mal kürzer und lauter, das „Scht". Caterina setzte ihren Bericht also leiser, aber nicht minder lebhaft fort: „Ich bin aufgewacht, als ich den Schlüssel im Türschloss gehört habe, und da stand auch schon La Colomba in ihren hochhackigen, spitzen Schuhen vor mir. Viel mehr als ihre Schuhe hatte ich erst nicht gesehen, als ich dort so lag." Dabei beugte sich Caterina ganz weit nach vorn, denn dieses Detail durfte wohl nicht von einem „Scht" unterbrochen werden.

„Und dann?", fragte Luca neugierig.

„Dann war ich ganz schnell wieder wach!" Das ging ganz knapp am „Scht" vorbei. „La Colomba hat geschrien, als hätte ich das Haus in Brand gesetzt. Nie wieder wollte ich einen Fuß in diese Eisdiele setzen!"

„Und dann?"

„Im Sommer drauf war sie bei uns, um mich zu fragen, ob ich zurückkommen würde." Triumph gab diesem Satz die nötige Würze.

„Im Sommer drauf? Bei dir zu Hause?" Das verwunderte Luca.

„Die Colombos kommen auch aus Susegana wie ich und wie Paolo. Während der Saison ist La Colomba immer mal wieder zu Hause in Italien. Es wundert mich, dass sie dieses Jahr noch nicht hingefahren ist. Vielleicht wegen des schlechten Wetters", erklärte Caterina, Luca sah ihrem Blick aber an, dass sie den Zusammenhang auch nicht zu erkennen vermochte.

„Und dann hat sie dich gefragt?", wollte Luca weiterwissen.

„Natürlich nicht mich! Meinen Vater hat sie gefragt! Auch heute spricht sie ja nicht mit mir, sie kommandiert mich nur herum. Bei uns zu Hause hat sie das wohl nicht gewagt", sagte sie verächtlich. „Und mein Vater hat mich dann gefragt. Gebeten hat er mich. Schließlich konnten wir das Geld gut gebrauchen. La Colomba hatte versprochen, dass sie mich als Serviererin anlernen würden. Das haben sie dann auch getan."

„Wie kommt es, dass sie erst mitten im Sommer nach dir gefragt haben? Weil das Wetter so gut war?", fragte Luca.

„Nein, weil eines der Mädchen nach Hause gefahren ist, da ihr Vater, der als Dachdecker gearbeitet hatte, vom Dach gefallen ist und sich den Rücken gebrochen hat. So kam es, dass ich wieder unter die Fittiche der Colomba geraten bin. Ich bin dann mit ihr mit dem Zug nach Deutschland gefahren. Kein Wort hat sie mit mir gesprochen. Wahrscheinlich kam es ihr wie eine Erniedrigung vor, dass sie mich – wenn auch indirekt – hat bitten müssen, ihnen zu helfen. Zumindest hat sie Wort gehalten. Ich wurde als Serviererin angelernt. Ich werde den ersten Tag nie vergessen. Der Kaffee war mehr auf der Untertasse als in der Tasse, als ich die erste Bestellung an einen Tisch gebracht habe. Das war mir so peinlich. Und am zweiten Tisch – ich werde auch das nie vergessen – hatte mich ein Deutscher auf den Arm genommen, weil er meinte, seine Tasse hätte ein Loch, weil sie schon leer war." Caterina schien deswegen noch beleidigt zu sein.

„Weil du den Kaffee verschüttet hattest", schloss Luca.

„Nein, es sollte ein Witz sein. Er hatte ihn ausgetrunken. Ich dachte aber natürlich, ich hätte wieder etwas falsch gemacht." Caterina schaute Luca mit großen Augen und gerunzelter Stirn an. „Soll ich dir etwas verraten?", fragte sie und lächelte diebisch. Sie wollte anscheinend das Thema wechseln.

„Was denn? Ich hoffe, nicht schon wieder etwas, das ich nicht wissen möchte!" Luca war skeptisch.

„Paolo", sagte sie nur.

„Paolo, was?" Luca war genervt, befürchtete er doch, dass Paolo wieder etwas über ihn erzählt hätte.

„Er hat mich letzte Woche gefragt, ob ich mit ihm schlafen möchte." Jetzt lehnte sie sich wieder in ihrem Sessel zurück und wartete grinsend auf seine Reaktion.

„Caterina, das möchte ich nicht wissen!"

„Und willst du auch nicht wissen, ob wir es denn getan haben?", fragte sie ihn, sichtlich enttäuscht, dass er sich so gar nicht für das Thema interessierte.

„Nein, ich will es nicht wissen!" Die elegante ältere Dame stand noch immer mit dem aufgeschlagenen Buch vor dem Bücherregal. Nun schaute sie wieder lächelnd zu ihm herüber.

„Er hat gesagt, dass er dich für die eine Nacht ausquartiert hätte!“, legte Caterina nach und wartete amüsiert auf Lucas Reaktion.

„Er hat mich aber nicht ausquartiert. Folglich habt ihr nicht miteinander geschlafen“, stellte Luca gelangweilt fest.

„Und wenn wir es woanders gemacht haben?“, fragte Caterina immer noch amüsiert.

„Paolo ist jünger als du! Und was ist mit Crucifisso?“, protestierte Luca.

„Beruhige dich! Ich habe Paolo gesagt, dass er mich in Ruhe lassen soll und dass ich nicht so eine bin!“ Das begleitete Caterina – wie Paolo neulich – mit einer Geste: Sie schloss die Finger zu einer Faust, streckte dabei aber den Zeigefinger und den kleinen, was aussah, als hätte sie ihrer Hand Hörner verpasst, und drehte dann die Hand einige Male hin und her.

„So eine?“, wollte Luca nun wissen.

„Na, so eine, die für jeden den Rock hochzieht, meine ich!“ Das war zu laut gewesen.

„Schscht!“, kam es wieder vom älteren Herrn auf dem runden Teppich. Er verstand sie hoffentlich nicht, sondern hatte sich wohl nur an der Lautstärke gestört.

„Caterina, es ist mir egal, was Paolo mit wem macht!“

„Auch wenn er es mit mir macht?“ Das klang vorwurfsvoll.

„Ich denke, ihr habt es nicht gemacht?“, sagte Luca zu seiner Verteidigung.

„Aber es hätte ja sein können.“ Nun klang es fast ein wenig beleidigt.

„Aber da du nicht so eine bist ...“ Jetzt lächelte Luca. Caterina lächelte zurück.

„Müssen wir nicht bald los?“, erschrak Caterina plötzlich. Die Uhr in der Bibliothek zeigte zehn nach eins an. Ein wenig Zeit hatten sie also noch.

„Kommst du mit in die Kathedrale?“, fragte Luca unvermittelt.

„Welche Kathedrale? Diese gleich hier oben?“, fragte sie ihn verwundert.

„Nein, die von Mailand!“ Caterina schaute ihn verständnislos an. „Natürlich diese hier! Welche denn sonst? Wir haben noch ein bisschen Zeit. Kommst du also mit?“

„Luca, weißt du was?“, fragte sie ihn, anstatt seine Frage zu beantworten.

„Was?“

„Ich mag dich“, sagte sie und strahlte dabei, als hätte sie gerade etwas entdeckt.

„Komm jetzt!“, sagte Luca und wollte nicht auf das eingehen, was sie ihm gerade gesagt hatte.

Die Kathedrale beeindruckte Luca und Caterina sehr, denn keiner von beiden hatte jemals eine so große Kirche gesehen, geschweige denn betreten. Sie waren von der Bibliothek aus eine Gasse hinaufgelaufen. Wenn die Stadt auch weder in noch an einem Gebirge lag, so gab es dennoch rund um die Kathedrale herum die eine oder andere Steigung. Caterina, die sich trotz des Regens für hochhackige Schuhe entschieden hatte – sicherlich, um Crucifisso zu beeindrucken –, hatte sichtlich Schwierigkeiten, sich auf dem groben und dazu noch nassen Kopfsteinpflaster den Weg nach oben zu erkämpfen. Kurzerhand und ohne Kommentar hakte sie sich bei Luca ein. Gemeinsam ging es besser. Zumindest für Caterina.

Vor der Kathedrale hatte ein Stadtstreicher Stellung bezogen, der an einer Säule lehnte, die sich mitten im Portal befand und dieses in zwei gleichgroße Hälften teilte. Vor dem Mann lag ein ausgebeulter Hut, in dem ein paar Münzen zu sehen waren. Zwei riesige doppelflügelige Türen führten in die Kathedrale, doch was Luca am meisten auffiel, als sie das Mittelschiff betraten, war die sofortige Stille. Selbst wenn draußen an dem Tag eigentlich nicht viel los war – das schlechte Wetter bot nicht gerade Anlass, sich viel im Freien aufzuhalten, und Autos fuhren zu dieser Tageszeit auch nicht viele –, so wirkte das Betreten der Kathedrale auf ihn wie das Hinüberschreiten in etwas ganz Bedeutsames.

Sie bekreuzigten sich beide mit Weihwasser und gingen weiter in das Innere der Kathedrale. In einem heißen Sommer würde das imposante, alte Gotteshaus sicherlich angenehme Kühle spenden. Jetzt war den beiden fast ein wenig fröstelig. Sie sprachen kein Wort miteinander, sondern gingen mit weit aufgerissenen Augen andächtig durch das Seitenschiff, vorbei an kleinen Kapellen, die zur Außenwand der Kathedrale eingelassen und teils mit aufwendig gestalteten Gattern verschlossen waren, die aber einen guten Einblick in die Kapellen gewährten. In den meisten war ein kleiner Altar zu sehen, einige mit Blumen geschmückt. Bänke ermöglichten es den Gläubigen, dort zu sitzen oder zu knien. Eines dieser Gatter war anders als die anderen, da es dem Auge eine Tiefe vortäuschte, als würde sich ein von Säulen gesäumter Weg in das Innere der kleinen Kapelle fortsetzen.

Am Ende des Seitenschiffes führte eine Treppe unter den Hauptaltar. Dort war wieder eine Art Kapelle mit eigenem Altar und rund dreißig Bänken zu sehen. Gegenüber dieser Kapelle schien sich eine Grabkammer zu befinden. Erst einige Monate später würde Luca erfahren, dass sich in dieser Gruft der goldene Schrein des Heiligen Liborius befand. Auf der anderen Seite führte eine Treppe wieder hinauf und in das andere Seitenschiff. Auch hier waren kleine Kapellen in die Außenwand der Kathedrale eingelassen. Schaute man nach rechts – am Hauptaltar vorbei – so sah man eine Abzweigung, die in einen Gang führte, ganz so, als würde man sich in einem Kloster befinden. Wie ein Labyrinth kam ihnen dieses riesige Gotteshaus vor.

„Komm, wir müssen los", flüsterte ihm Caterina zu und zupfte an seinem Ärmel, „wenn wir zu spät kommen, reißt uns La Colomba den Kopf ab." Luca schaute sie an und nickte. Zu sehr war er noch von den Eindrücken gefangen, als dass er ihr etwas entgegnen wollte. Sie eilten zurück zum Hauptportal und gingen wieder hinaus.

Der Besuch der Kathedrale und vor allem das Gespräch in der Bibliothek hatten ein Band zwischen Luca und Caterina geflochten, das den ganzen verregneten Sommer über halten sollte.

Es wurde höchste Zeit, zurück in die Gelateria zu gehen. Auch wenn sich das Wetter immer noch nicht von seiner schönen Seite präsentierte, so war doch die Zeit für den Regenspaziergang abgelaufen. Mit einem Ansturm an Gästen rechneten sie dennoch nicht mehr. Es regnete, wenn auch nicht viel, aber doch genug, um die Lust auf ein Eis gar nicht erst aufkommen zu lassen. Die Espressotrinker hatten jedoch sicherlich schon ihre Plätze an der Theke eingenommen. Ob Crucifisso auch in der Eisdiele war? Da er mit Caterina um die Mittagszeit spazieren ging, würde er wahrscheinlich heute Nachmittag erst seine Schicht in der Fabrik antreten. Auch wenn Luca es merkwürdig fand, dass man Kruzifix heißen konnte, so war Crucifisso doch ein freundlicher und auch sehr ansehnlicher Mann. Er hatte glänzendes, schwarzes Haar, wie die meisten Süditaliener, einen Teint, der selbst, bevor der Sommer richtig begonnen hatte, gebräunt aussah, hohe Wangenknochen und ein markantes Kinn mit einer kleinen Kerbe in der Mitte, einen kräftigen Oberkörper und muskulöse Oberarme. Luca fragte sich, ob er seine Hemden auch wie Paolo stets eine Größe zu klein auswählte, um seine Männlichkeit besser zur Schau zu stellen.

Caterina und Crucifisso also. Auf den Gedanken wäre Luca nicht gekommen. Aber warum eigentlich nicht? Er konnte durchaus verstehen, dass Caterina sich zu ihm hingezogen fühlte, trotz allem – was eigentlich nur hieß, obwohl er ein Terrone war. Ein Mädchen aus dem Norden und ein Terrone? Im Grunde war das unvorstellbar. Die Terroni waren ja als faul und unkultiviert verschrien. Ein anständiges Mädchen aus dem Norden würde sich nicht mit „so einem" abgeben. Wenn die Colomba dahinterkommen sollte, würden sie Caterina sicherlich nach Hause schicken. Wenn sie das nicht ohnehin schon vorhatten. Oft genug hatte die Colomba ja bereits angedeutet, dass sie sich bei dem Wetter nicht alle leisten konnten. Oder würden sie Ernesto nach Hause schicken, weil er die Brosche gestohlen hatte? Das hätte Luca von Ernesto niemals erwartet. Ernesto, der in allem immer korrekt war, unangreifbar. Und ähnlich wie Signor Colombo zeigte er nie Emotionen. Aber das war ein anderes Thema. Dass sie Ernesto nach Hause schicken würden, konnte sich Luca nicht vorstellen. Aber wer weiß?

„Luca!“, hörte er rufen, als er diesen letzten Gedanken nachhing. Es war Hans. Er stand vor der Eisdiele, mit seinem Schirm in der Hand. Hatte er dort auf Luca gewartet?

„Ich gehe schon rein. Mach nicht zu lange. Es ist schon spät“, riet Caterina ihm.

„Geht es dir gut? Ich habe mir Sorgen gemacht, weil du so komisch warst, als du gegangen bist.“ Hans blickte in Lucas Augen und sah, dass dieser ihn nicht verstand.

„Ähm, Luca *buono*?“, legte Hans nach. Lucas Augenbrauen, die eben noch ganz nach oben gezogen waren, trafen sich jetzt über der Nasenwurzel.

„Nein, das ist Quatsch!“ Und dann: „Komm her!“ Hans nahm Luca in die Arme. Er drückte ihn an sich. Der Griff des Schirms, den Hans in der Hand hielt, bohrte sich etwas in Lucas Rücken. Luca stand wie versteinert dort und wusste nicht, was er tun sollte. Er erwiderte die Umarmung nicht, sondern hoffte in dem Moment nur, dass ihn bloß keiner seiner Kollegen oder gar La Colomba so sehen würde. Aber das war sicherlich schon geschehen, schließlich standen sie direkt vor dem Mitnehmfenster, das zwar wegen des schlechten Wetters zugezogen war, aber dennoch den Blick auf die Straße gewährte. Blitzartig löste er sich aus der Umarmung und stieß Hans von sich weg.

„Devo lavorare! Scusi!“, entfuhr es Luca in einem vorwurfsvollen Ton, vor dem er selbst erschrak.

„Ja, *lavorare*, arbeiten, ich weiß“, entgegnete Hans, der ihn ebenfalls erschrocken ansah. Jedoch war sich Luca nicht sicher, ob Hans über sich selbst oder über Lucas Reaktion auf diese Umarmung erschrocken war.

Wie lange hatten sie so dort gestanden? Wie lange hatte er so in Hans’ Armen gestanden? Es waren sicher nur

Sekunden gewesen, doch kam es Luca viel länger vor. Es hatte sich gut und dennoch falsch angefühlt. Dieses Gefühl war ihm vertraut, wenngleich er es noch nie so stark wie in dem Moment in Hans' Armen empfunden hatte.

„So nehmen Männer sich in den Arm! Siehst du?!" Lucas älterer Bruder Pasquale hatte ihn in den Arm genommen und ihm dabei mit beiden Händen kräftig auf den Rücken geschlagen.

„Luca, mach es so wie ich! Nicht wie ein Mädchen!", ließ Pasquale nicht locker und nahm Luca wieder in den Arm. Dieses Mal schlug er mit den Händen noch kräftiger auf Lucas Rücken. Luca musste zu der Zeit etwa dreizehn Jahre alt gewesen sein. Er schlug Pasquale ebenfalls auf den Rücken.

„Das üben wir noch! Aus dir soll ja schließlich noch was werden!", lachte Pasquale.

„Was war das denn?", wollte Paolo wissen, als Luca hinter die Theke kam, um seinen Posten zu beziehen. Schnell hatte er vorher noch unter dem strengen Blick von La Colomba etwas in der Küche gegessen. Er saß allein am Tisch. Alle anderen waren schon fertig. Die Chefin hatte ihm seine Portion auf einem der verschlissenen, alten Teller mit den Worten „Hier, iss!" auf den Tisch gestellt und sich dann an den Küchenschrank gelehnt, um ihm beim Essen zuzuschauen, als wollte sie etwas in ihm lesen, das sie nicht verstand. Es gab heute Mittag ausnahmsweise – vielleicht wegen des kalten Wetters – etwas Warmes: Hähnchenkeule mit Polenta. Luca war nicht hungrig, auch wenn er heute Morgen nur die paar Kekse und einen Milchkaffee hatte. Dennoch aß er seinen Teller leer.

„Was?“, wollte Luca wissen, auch, wenn ihm klar war, was Paolo meinte.

„Was, was? Na, dein neuer Freund da draußen!“

„Das geht dich gar nichts an. Er ist nicht mein Freund!“

„Das sah aber gerade anders aus!“ Mit einem „*Ts*“ drehte Paolo sich um, wandte sich der Kaffeetheke zu, an der die Espressotrinker lauthals darüber diskutierten, ob die Sängerin Dalida für eine Frau nicht zu sehr wie ein Mann aussah. Luca wusste nicht, wie Dalida aussah, kannte aber ihren Namen und auch ihre tiefe Stimme aus dem Radio.

„Crucifisso, noch einen *caffè*?“, fragte Paolo Crucifisso, der offensichtlich auch mit an der Theke stand. Luca hatte ihn vorhin nicht gesehen. Er schaute zu ihm rüber. Die obersten drei Knöpfe des Hemdes geöffnet, die goldene Kette auf der behaarten Brust, der Bartschatten, der jetzt am frühen Nachmittag trotz morgendlicher Rasur sein Gesicht wild erscheinen ließ, und die Zigarette im Mundwinkel sprach Crucifisso mit Paolo, schaute dabei aber Luca an, als wollte er sagen, „*Ich weiß etwas über dich.*“ Oder war es vielleicht eher ein „*Was weißt du über mich*“? Luca dreht sich zur Mitnehmtheke und schaute nach draußen. Der Regen war jetzt noch stärker geworden.

Kapitel 8

Einer muss gehen

„Wir schließen!“ In der *Gelateria L'Aquila* war also das Licht ausgeschaltet worden. La Colomba war soeben von ihrem Kontrollgang zurückgekehrt, der an diesem Abend auf Anhieb das erhoffte Ergebnis lieferte. Luca hatte genau wie seine Kollegen die letzten drei Stunden damit verbracht, Regale abzustauben, die es nicht nötig hatten, Kühlschränke von innen auszuwischen, die schon vorher blitzblank waren, und sich das Gejammere von La Colomba anzuhören. „Wie soll das jetzt nur weitergehen? Wir müssen mindestens eines der Mädchen nach Hause schicken. Was, wenn es die ganze Saison weiterregnet? Das haben wir in den letzten zwanzig Jahren nicht erlebt. *Tesoro*, sag doch auch mal was.“

Aber ihr Schatz, Signor Colombo, sagte nichts, sondern beschäftigte sich damit, am Fenster zu stehen und nach draußen zu schauen. Das konnte er stundenlang tun. Luca war sich nicht sicher, ob er wirklich etwas betrachtete oder ob er die wenigen Menschen beobachtete, die bei diesem Wetter durch die Einkaufsstraße eilten. Gegenüber gab es ein Geschäft, das Parfum, Seifen und Handtücher verkaufte. Es hieß Pfeiffer. Aussprechen konnte Luca den Namen nicht. Was ihm gelang, war ein *Peffe-iffer*. Er wusste aber, dass es anders ausgesprochen wurde, da Herr *Peffe-iffer*, also Herr Pfeiffer, sich immer darüber amüsierte, dass keiner von ihnen seinen Namen richtig aussprechen konnte. Er kam meist am frühen Nachmittag, um einen Cappuccino zu trinken. Zumindest war es das, was bei Colombos als Cappuccino angeboten wurde: ein Kaffee mit geschlagener Sahne. „Was willst du machen? Die Deutschen mögen es so.“ Das sagte La Colomba immer. „Einen richtigen Cappuccino wissen sie nicht zu schätzen! Und dann am Nachmittag!“ La Colomba wurde nicht müde, sich darüber lustig zu machen, tranken Italiener Cappuccino – wie *caffelatte* auch – schließlich nur zum Frühstück.

Mit verstohlenem Blick hatte Luca Signor Colombo schon dabei beobachtet, wie dieser durch das Fenster nach draußen schaute. Gelegenheit gab es in den letzten Tagen genug dazu, hatten sie doch so wenig zu tun. An den unnötigen Putzorgien beteiligte sich Signor Colombo nicht, auch nicht an deren Überwachung, so wie es La Colomba tat. Nein, Signor Colombo stand am Fenster und schaute nach draußen. Oder vielmehr war sein Blick nach draußen gerichtet, denn in seinem Gesicht regte sich nichts. Er lehnte mit der Hüfte an der Mitnehmtheke und stützte sich mit der Hand auf der rotschwarzen Granitplatte ab. Das bodentiefe Fenster – es war eigentlich eher ein festverglaster Teil der Fassade der Eisdiele – war mit einer Gardine behängt, die den Blick nach draußen zwar zuließ, ihn aber durch ein Blumenmuster presste. Luca hatte sich auch einmal dort hingestellt, um vielleicht erahnen zu können, was Signor Colombo dort sah. Einige Minuten verbrachte er damit, seine Augen mal auf die Straße und mal auf die Gardine zu fokussieren. Ohne sich von der Stelle zu bewegen, konnte er seinen Blick auf die Autos, die vorbeifahrende Straßenbahn, die Parfümerie *Peffe-iffer* und auf die Menschen auf der Straße richten oder aber auch auf ineinander verschlungene Blätter und Blüten, die wie eine Mischung aus Tulpen und Margeriten aussahen.

So machten sie also Feierabend. Gegessen hatten sie schon. Es war kurz nach acht Uhr und es dämmerte draußen. Trotz des schlechten Wetters wurden die Tage langsam länger. Schließlich hatten sie Frühling.

„Warte nicht auf mich. Ich treffe mich noch mit Crucifisso und den anderen. Wir gehen Billard spielen und einen trinken. Dabei können wir dich nicht gebrauchen." Warum sollte er auf Paolo warten? Er ging also mit Crucifisso und den anderen Terroni Billard spielen. Sicherlich in dieser Kneipe, in die Paolo ihn auch neulich schleppen wollte. Es war ihm recht, dass er den Abend für sich hatte, denn so vieles ging ihm durch den Kopf. „Wir können dich dabei nicht gebrauchen", hatte er gesagt. Was sollte das nun wieder heißen? Weil er nicht Billard spielen konnte? „Gebrauchen." Gebrauchen konnte er, Luca, Paolo auch nicht. Er würde sich früh ins Bett legen, nachdenken und dabei nicht durch Paolos dummes Gequatsche unterbrochen werden. Caterina, das schlechte Wetter, der stumme Signor Colombo, die Kathedrale, die Musik am Vormittag bei Hans und ja, Hans.

In der Stadt war schon nichts mehr los. Die Geschäfte hatten längst geschlossen. Es hatte aufgehört zu regnen, aber es war windig und kalt, zumindest zu kalt für Mitte Mai. Wobei, Luca hatte neulich gehört, wie Signor Colombo mit Ernesto über die Heiligen des Eises sprach. Davon hatte er noch nie gehört. Es waren wohl Heilige, die dem Mai in Deutschland eisige Tage und vor allem Nächte bescherten. Das kannte er von zu Hause nicht. Vielleicht waren also diese Heiligen des Eises gerade aktiv.

Er schloss die Haustür auf. Auch wenn die Schlafzimmer der Mitarbeiter über der Eisdiele lagen, so kam man doch nicht direkt aus der Eisdiele in die oberen Etagen. Die Tür zum Treppenhaus befand sich am linken Rand des Gebäudes, das direkt an ein Lederwaren- und Pelzgeschäft angrenzte. Die Haustür war mit einer bernsteinfarbenen Scheibe verglast, die von der linken unteren Ecke wie ein Achtel einer Sonne ihre Strahlen über die Tür verteilte. Auch wenn man nicht wirklich gut durch die Scheibe schauen konnte, so ließ sie doch das Licht der Abenddämmerung und der Straßenlaternen in das Treppenhaus scheinen. Luca schloss die Tür hinter sich. Das Licht des Treppenhauses benötigte er nicht. Die Stufen nach oben knarrten ähnlich wie die der Treppe bei ihm zu Hause in Italien. Oben angekommen, schloss er die Tür auf und ging in sein Zimmer, nein, in das Zimmer, das er sich mit Paolo teilte, der ihn „heute Abend nicht gebrauchen" konnte. Diese Formulierung federte noch durch seinen Kopf und fand keinen Platz, an dem sie bleiben konnte. „Nicht gebrauchen."

Im Schlafzimmer war es kalt. Er versuchte erst gar nicht, die Heizung aufzudrehen, wusste er doch, dass sie nicht funktionieren würde. „Schließlich haben wir Sommer", hatte La Colomba gesagt. Wozu bräuchten sie die Heizung? Wenn es ihr passte, war das Wetter plötzlich gut genug. Und außerdem war Frühling und nicht Sommer, dachte Luca.

Er zog die Schuhe aus, seine Pantoffeln an und ging zur Toilette. Sie war – mal wieder – besetzt.

„Geh weg!", wurde das Drücken der Klinke von einer verweinten Frauenstimme quittiert.

„Caterina?", fragte Luca und hielt ein Ohr an die Tür.

„Du sollst weggehen!" Das war nicht Caterina.

„Maria?", wollte Luca wissen.

„Verdammt noch mal, verpiss dich und ja, ich bin's, Maria! Lass mich in Ruhe!", fauchte sie ihn an.

„Was ist denn?", fragte er und spielte nicht besorgt, sondern war es wirklich.

„Hau ab!" Das klang schon wie ein Schreien.

„Ich muss aber auch mal", ließ Luca nicht locker.

„Ich bin ja gleich fertig. Aber geh weg!", flehte Maria ihn an.

„Gut. Kannst du an mein Zimmer klopfen, wenn du fertig bist, damit ich weiß, dass die Toilette frei ist?"

„Sie schicken mich nach Hause." Die letzten zwei Worte wurden fast durch Marias Schluchzen übertönt. Maria also. Nicht Caterina und nicht Ernesto. Die Jüngste und Unerfahrenste von ihnen wurde nach Hause geschickt. Maria war genauso alt wie Luca. Es hätte auch ihn treffen können.

„Das tut mir leid." Luca wusste nicht, was er sonst sagen sollte.

„Das kannst du meinem Vater sagen. Er wird mich umbringen. Er wird denken, dass ich nicht gut gearbeitet habe. Dabei habe ich nur einmal etwas kaputtgemacht." Der letzte Satz wurde von ihrem Schluchzen mehrmals unterbrochen. Luca erinnerte sich an die Szene mit Maria und La Colomba: Die Suppenschüssel.

„Das tut mir leid. Du bist aber nicht schuld. Es ist das Wetter. Dieser verregnete Sommer", versuchte Luca sie zu beruhigen. Er hatte sich auf den Holzboden gesetzt und lehnte mit dem Rücken an der Wand. Über ihm ein kleines schmales Fenster, das mit einem Blumenmuster erfolgreich die Blicke von außen abhielt, auch wenn es sehr unwahrscheinlich war, dass irgendjemand aus dem Hinterhof durch dieses Fenster schauen würde. Die harte Wand, der kalte Boden und der Luftzug, den das Fenster eindringen ließ, machten diese Position nicht zum idealen Platz, um solch ein Gespräch – und dazu noch durch eine Tür hindurch – zu führen.

„Warum gerade ich? Warum nicht Caterina? Schließlich hatte sie die Brosche! Oder Ernesto! Er war es, der die Brosche gestohlen hat. Warum ich?“ Marias Verzweiflung war in Wut umgeschlagen.

Luca wusste nicht, was er darauf sagen sollte. Er konnte Maria gut verstehen. Die Frage, was mit Ernesto geschehen sollte, beschäftigte auch ihn, Luca. Würde überhaupt etwas geschehen? Schließlich hatte Ernesto gestohlen. La Colomba würde das sicherlich nicht einfach so auf sich beruhen lassen. Kämen sie in der Eisdiele ohne Ernesto aus, falls dieser nach Hause geschickt werden sollte?

„Der Pfarrer wird mich begleiten.“ So wie Maria das sagte, klang es eher, als würde sie es jemandem zum Vorwurf machen. „La Colomba hat gesagt, es wäre eine günstige Gelegenheit.“

„Welcher Pfarrer?“, fragte Luca.

„*Padre* Ernesto von der italienischen Gemeinde. Auch er heißt Ernesto. Wie unser Dieb!“ Die letzten drei Worte waren von Wut förmlich getränkt.

„Maria, ich muss wirklich auch mal“, flehte Luca. Kurz darauf hörte er die Toilettenspülung, dann Stoffrascheln und endlich drehte sich der Schlüssel im Schloss. Luca stand auf und in dem Moment, als er sich aufrichten wollte, huschte Maria an ihm vorbei, sodass sie mit ihrem Rock sein Gesicht streifte. Sie blieb stehen und drehte sich kurz zu ihm um, als er gerade die Klinke der Toilettentür drücken wollte.

„Padre Ernesto muss etwas in Verona erledigen, so haben Signor Colombo und La Colomba entschieden, dass ich jetzt schon zurück nach Hause soll.“ Sie schaute ihn so an, als machte sie ihn für ihr Unglück verantwortlich.

„Das tut mir leid, Maria, aber ich muss jetzt wirklich …“

„Ja, nun geh schon kacken und lass mich in Ruhe!“, zischte sie ihn an und verschwand im Flur.

Kapitel 9

Dinge, über die man spricht

Luca vergrub sich in seinem Bett. Er freute sich, dass er zumindest seinen Atem nicht sehen konnte. So kalt, wie es sich anfühlte, war es dann wohl doch nicht. Er dachte über Ernesto nach, der die Brosche für seine Verlobte genommen hatte. Und über Maria, die nun voller Sorge nach Hause reisen sollte und nicht wusste, wie sie ihrem Vater unter die Augen treten konnte. Es war nicht lange her, da hätte er gesagt, er würde freiwillig nach Hause gehen wollen. Natürlich wäre auch ihm das schlechte Gewissen nicht erspart geblieben, kein oder nur wenig Geld für den Unterhalt der Familie beizusteuern. Nur zu gerne hätte er all das hier in Deutschland und die Gelateria verlassen. Bis gestern zumindest. Heute fühlte sich das anders an. Dieser Tag unterschied sich so sehr von allen davor, dass er mehr davon wollte. Es war aufregend gewesen, durch diese Stadt zu laufen. Noch nie hatte er so eine große Stadt gesehen. Wenn das Wetter allerdings besser werden sollte, dann wäre es vorbei mit den Spaziergängen. Und er hatte sicherlich erst wenig gesehen. Die Bibliothek, die Kathedrale, diese kleine Burg. Wie hatte Hans sie genannt? *Casa juventus.* Was immer er auch damit gemeint haben sollte.

Den ganzen Tag hatte er noch nicht die Zeit gefunden, über das nachzudenken, was sich bei Hans ereignet hatte. Von außen betrachtet war er lediglich mit einem Gleichaltrigen nach Hause gegangen, hatte sich ein Paar Socken geliehen, weil er nasse Füße bekommen hatte, und auf dem Weg aus dem Haus hatte er Musik gehört. Eigentlich auch schon alles. War das wirklich alles? Und dann hatte Hans ihn noch umarmt, später. Warum hatte er geweint, als die Musik spielte? Weil es sich um klassische Musik handelte und ihn an seine Mutter erinnerte? Warum musste er dann plötzlich weg? Weil er genau vor dieser Musik fliehen musste? Und warum hatte Hans ihn in den Arm genommen? Weil man es vielleicht in Deutschland so machte, wenn man einen Freund trifft? Er wusste, dass das nicht stimmte. Es wäre ihm sicherlich aufgefallen, wenn sich Freunde in Deutschland ständig umarmt hätten. Zumindest im Kaffeehaus hätte ihm das auffallen müssen. Was hätte er darum gegeben, wenn er Hans einfach hätte fragen können, wenn sie nicht ständig zwischen zwei Sprachen gefangen gewesen wären? Doch was sollte er Hans dann fragen? Warum hast du mich umarmt? Vor all meinen Kollegen direkt vor der Eisdiele?

Warum spielte es für Luca eine Rolle, dass Hans ihn vor den Augen seiner Kollegen und der Colombos umarmt hatte? Es spielte eine Rolle, weil es sich nicht nur gut, sondern auch zugleich falsch angefühlt hatte. Etwas in ihm sagte ihm, dass man das nicht tat. Die Reaktion von Paolo und der Blick von Crucifisso brannten jetzt noch in ihm. Warum war er nur so besessen davon, welches Bild andere von ihm hatten? Ein Mann umarmte nicht einen anderen. Zumindest nicht, wenn sie nicht verwandt miteinander waren oder wenigstens wirklich gute Freunde. Frauen umarmten sich, aber Männer nicht. Frauen umarmten auch Männer oder Männer Frauen, aber nicht so, wie Hans es getan hatte. Und dennoch hatte es sich gut angefühlt. Und wie hatte er reagiert? Er, Luca? Wäre es nicht unauffälliger gewesen, wenn er die Umarmung erwidert hätte? So, wie sein Bruder es ihm gezeigt hatte, kraftvoll und dabei dem anderen auf den Rücken klopfen? Dann wäre es nicht so auffällig gewesen. Nicht so auffällig, sondern so, wie es Männer taten, anstatt einfach dort zu stehen und Hans dann von sich zu stoßen.

Konnte es sein, dass Hans ein *frocio* war? Ein Junge, der Jungen liebte? Und wenn dem so war, was sagte das dann über ihn, Luca, aus? Alles, was Luca bisher über Schwule gehört hatte, war, dass sie lächerlich, krank und bemitleidenswert waren. Dass man sich vor ihnen in Acht nehmen musste, weil sie ständig erpicht darauf waren, andere Männer zu belästigen. Sie bewegten sich auch anders, als es normale Männer taten, und sie sprachen anders. All das traf auf Hans nicht zu. Und was war mit ihm? War Luca nicht anders als die anderen Jungen in seinem Dorf? War er nicht anders als seine Mitschüler? War er so wie Mario, mit dem sein älterer Bruder Pasquale erst befreundet gewesen war und den dieser dann plötzlich mied? Mario sei ein *frocio*, ein *ricchione*, hatte Pasquale gesagt. Was an Mario machte ihn zu einem Schwulen? Luca fand – soweit er sich erinnern konnte – nichts Ungewöhnliches an ihm. War Luca so anders als die anderen Jungen, die er kannte, dass ihn das zu einem *frocio* machte? Er war sicherlich auch anders als Paolo, keine Frage. Warum hatte er noch nie eine Freundin gehabt? Das würde sicherlich eines Tages passieren, versuchte er sich selbst zu beruhigen. Warum sollte gerade er ein *frocio* sein? Warum sollte gerade er eine dieser bemitleidenswerten Kreaturen sein? Selbst sein Vater senkte den Blick, wenn es um das Thema ging. Das Thema! Das hörte sich an, als hätten sie ständig über Schwule gesprochen! Ganz im Gegenteil: Es war eher etwas, über das man nicht sprach.

Luca beschloss, Hans erst einmal zu meiden. Vielleicht würde ja das Wetter besser werden und er hätte dann ohnehin keine Zeit mehr dafür. Dafür? Wofür eigentlich? Hatte er nicht eben noch bedauert, dass er gar nicht so viel von der Stadt gesehen hatte? Und jetzt wünschte er sich plötzlich Sonnenschein, damit sie in der Gelateria mehr zu tun hätten? Schließlich war er zum Arbeiten in Deutschland. Es hätte niemand ahnen können, dass es ein so verregneter Sommer werden sollte.

Plötzlich erinnerte sich Luca an die ältere Dame im grauen Kostüm aus der Bibliothek. Sie hatte zu ihm herübergeschaut, als Luca sie beobachtet hatte, wie sie an den Bücherregalen entlangschlenderte, um dann unvermittelt vor einem Regal stehen zu bleiben. Und der Mann, der vom runden Teppich aus ihn und Caterina ermahnte, ruhiger zu sein. In der Bibliothek war er noch völlig aufgewühlt gewesen von diesem Erlebnis bei Hans, das ja überhaupt nichts zu bedeuten hatte.

Über diese Gedanken war Luca eingeschlafen, um dann in der Nacht von Paolos Gepolter geweckt zu werden, der nach Zigarettenqualm und Bier stank und sich mit einem Grunzen in sein Bett warf. Als es wieder stiller im Zimmer geworden war, hörte Luca, wie der Regen gegen die Scheiben des Fensterns prasselte. Wieder Regen.

Der Morgen des nächsten Tages fing ganz anders an, als der Tag zuvor geendet hatte: Die Sonne schien. Es war kurz vor sechs, als Luca – mal wieder vor dem Wecker – wach wurde und Sonnenstrahlen ins Zimmer fielen. Paolo schnarchte noch. Luca schlüpfte aus seinem Bett, seine Füße fanden die eiskalten Pantoffeln und er erschauderte. Wenn auch die Sonne schien, so war es doch im Zimmer eiskalt. Er hauchte in die Luft, konnte seinen Atem aber auch an diesem Morgen nicht sehen. Er zog seine Hose und einen Pullover an und ging zur Toilette. Als er wiederkam, stand Paolo am Waschbecken und rasierte sich. Luca ging an ihm vorbei, setzte sich auf sein Bett und wartete, dass das Waschbecken frei würde. Paolo hatte ihn nicht eines Blickes gewürdigt und konzentrierte sich darauf, den Rasierschaum in geschwungenen Bahnen von seinem Gesicht zu kratzen, um den Rasierer dann in das mit Wasser gefüllte Waschbecken zu tauchen und anschließend die nächste Bahn freizulegen.

„Die Sonne scheint", sagte Paolo dann.

„Ja", bestätigte Luca diese Erkenntnis.

„Vielleicht wird es doch noch Sommer", fuhr Paolo fort.

„Vielleicht." Luca hätte beinahe vergessen, dass ein guter Sommer für sie als Eisleute natürlich wichtig war.

„Maria muss nach Hause", sagte Paolo und es klang merkwürdig, schloss er doch beim Sprechen nicht die Lippen, da er gerade damit beschäftigt war, sich den linken Mundwinkel zu rasieren.

„Ich weiß." Luca überlegte, ob es sich lohnen würde, seine dicken Socken anzuziehen, oder ob er ohnehin gleich ans Waschbecken und sich dann anschließend für die Eisdiele anziehen konnte.

„Sie hätten auch dich nach Hause schicken können", sagte Paolo und gönnte für diesen Satz dem Rasierer eine kleine Pause. Jetzt trafen sich Lucas und Paolos Blicke im Spiegel. Luca entsetzt und Paolo abwartend. Paolo dann weiter: „Wir Jungs würden auch ohne dich klarkommen." Paolo verzog keine Miene und wartete Lucas Reaktion ab. Luca wusste nicht, was er sagen sollte.

Auch wenn sich die Stimmung zwischen Paolo und ihm in den letzten Tagen verschlechtert hatte, so hätte er nicht mit dieser Feindseligkeit gerechnet.

„Mann, Luca, das war ein Scherz!“, lachte Paolo dann und widmete sich wieder seiner Rasur.

Luca war völlig perplex. Wollte Paolo ihn immer noch hinters Licht führen? Oder sollte es wirklich ein Scherz gewesen sein?

„Jetzt sieh zu, dass du dich fertig machst!“ Paolos Gesicht war nun bis auf wenige Reste vom Rasierschaum befreit. Er öffnete den Wasserhahn, wusch sich, nahm ein Handtuch, durch das hindurch er jetzt wieder zu Luca sprach: „Ich gehe jetzt pissen und dann mache ich meine Liegestütze. Wenn ich fertig bin, brauche ich das Waschbecken wieder!“ Das war Paolos morgendliches Ritual: Rasieren, dumme Sprüche, Toilette – oder „pissen“, wie er es nannte –, Liegestütze, sich waschen, ach und ja: *Pino Silvestre* natürlich. Der Duft von Don Alfonso!

„Die Nekste biete!“ Es gab an dem Vormittag doch ein wenig zu tun. Es war Samstag und folglich hielten sich mehr Menschen in der Stadt auf als in der Woche und vor allem schien die Sonne. Es war zwar nicht sonderlich warm, aber das Licht zog die Menschen an. Vor der Mitnehmtheke standen im Durchschnitt drei bis vier Personen, sodass Luca und Paolo problemlos alle schnell bedienen konnten. Schokolade, Vanille und Erdbeere waren der Renner. Was sonst!

Die Espressotrinker der Vormittagsschicht fehlten natürlich nicht. Es waren allerdings mehr als in der Woche. Sie wurden von einigen aus der Nachmittagsschicht verstärkt, da viele von ihnen samstags nicht arbeiteten und somit ihren Weg in die Gelateria auch schon früher fanden und nicht erst am Nachmittag. Das Thema heute kreiste um Fußball. Lautstark wurde darüber diskutiert, ob ein Schiedsrichter während eines Spiels die richtigen Entscheidungen auch dann treffen kann, wenn es sich um einen Polentone – also einen Norditaliener – handelte und beide Mannschaften aus Süditalien wären und was es noch für einen Unterschied machen würde, wenn eine Mannschaft aus Polentoni und eine aus Terroni bestehen würde. Und was ist, wenn in einer Mannschaft von Polentoni dann doch ein Terrone mitspielt, dachte sich Luca zwischen Schokolade und Erdbeere, zog es aber vor, sich nicht an der Diskussion zu beteiligen. Ohnehin hatte er keine Ahnung von Fußball und würde sich nur blamieren.

„Die Nekste biete!“ Und der Nächste war auch der letzte Kunde. Es war gerade mal elf Uhr, als sich die Sonne wieder hinter dicken Wolken versteckte und die ersten Regentropfen auf die Straße fielen. Es dauerte nicht lange und der Regen schlug kräftig gegen die Glasfassade der Gelateria.

„Porca miseria!“, entwich es Signor Colombo, der sonst eigentlich nie fluchte. „Noch nie habe ich so ein schlechtes Wetter in Deutschland erlebt.“ Das sagte Signor Colombo gewissermaßen zu allen, denn selbst die Espressotrinker waren nach seinem *porca miseria!* verstummt. Luca, Paolo, Ernesto, die anderen Männer sowie die Mädchen schauten verstohlen zu Boden. Wenn Signor Colombo fluchte, dann war die Lage besorgniserregend.

„Was willst du machen, Isidoro? Dem Wetter kann niemand befehlen!“, kam es von Crucifisso. Luca fand es komisch, dass dieser Signor Colombo beim Vornamen ansprach, taten das doch eigentlich nur La Colomba und Ernesto, wenn es niemand mitbekam.

„Sicher“, schaltete Signor Colombo wieder in seinen verbal sparsamen Modus herunter.

„Welchen Monat haben wir jetzt? Mai, richtig?“ Das war Rosario, der immer neben Crucifisso stand. „Bei uns zu Hause werden jetzt schon die ersten Erbsen geerntet und hier?“ Und da war sie wieder, diese Handbewegung mit den zusammengeführten und nach oben ausgerichteten Fingerspitzen, die neben der verbalen Aussage noch ein *„Mann, Mann, Mann, das kann doch nicht wahr sein!“* zur Verstärkung hinzufügte. Erbsen im Mai. Das kannte Luca allerdings von zu Hause auch nicht.

„Ernè, was sagst du denn zu alledem? Dieser Scheißregen, das ist doch nicht mehr schön!“, stützte sich Beppino – der eigentlich Giuseppe hieß, von seinen Kollegen aber Beppì mit Betonung auf der letzten Silbe genannt wurde – mit beiden Händen auf die Kaffeetheke, die er dabei mit seinem Kinn fast berührte, da er genauso klein war, wie man es Terroni nachsagte. Er hatte dabei so langsam gesprochen, dass man meinen könnte, er wäre nicht mehr ganz nüchtern, was um elf Uhr an einem Samstag durchaus sein konnte, hatten die Terroni doch nur allzu gern die Gepflogenheit der Polentoni übernommen, ihren *caffè* – zumindest samstags und sonntags – *corretto*, also korrigiert, was heißt, mit einem Schuss Grappa zu trinken. Luca konnte sich nicht erklären, warum man Kaffee mit Alkohol als *corretto* bezeichnete. Das konnte nur ein Euphemismus sein, was allerdings heißen würde, dass der Kaffee sonst nicht schmecken würde, müsste man ihn beschönigen. Gab es so etwas wie einen vorgeschobenen Euphemismus?

Mit verschränkten Armen stand Ernesto an seinem Posten und lächelte Beppì von oben herab an. Luca musste in sich hineingrinsen, handelte es sich bei „von oben herab“ in diesem Fall um keine Metapher.

Und da war sie: Lucas Lieblingsgeste der Terroni! Es war, als kratzte man sich mit den Nägeln von Zeige-, Mittel- und Ringfinger einer Hand unter dem Kinn mit einer schwunghaften Bewegung nach vorn, wobei der Handrücken dem Gesprächspartner zugewandt sein musste. Das ganze Schauspiel dauerte etwa zwei Sekunden und ging meist einher mit aufeinandergepressten Lippen und herunterhängenden Mundwinkeln. Eine der Gesten, die folglich nicht verbal begleitet werden konnte. Luca fragte sich, wie es möglich war, dass Terroni gleichzeitig so laut und hochgestikulativ sein konnten, wenn es dieses Wort überhaupt gab.

Die Geste kam von einem Kollegen von Crucifisso, Rosario und Beppì, dessen Name Luca nicht kannte. Luca wusste nicht genau, warum. Der Mann wurde zumindest nie mit Namen angesprochen oder wohl nur dann, wenn Luca es gerade nicht mitbekam. Wie Ernesto sprach der Namenlose recht wenig, war etwas kleiner – allerdings größer als Beppì –, hatte wie Ernesto ein schmales Gesicht, trug aber einen – wenn auch kurzgehaltenen und gut gepflegten – Vollbart, was für die Zeit sehr ungewöhnlich war. Nun sagte er aber im Anschluss an seine Geste: „Luca, warum warst du nicht mit beim Billardspielen?“ Der Name Luca wurde also nicht abgekürzt. Was wäre auch daraus geworden, hätte man ihm die letzte Silbe genommen?

„Eh?“, schob der Namenlose noch hinterher. Luca fragte sich, was die Geste vor der Frage mit der Frage zu tun haben konnte, hätte er sie doch nicht in solch einem

Zusammenhang vermutet. Vielleicht war die Geste auch der Abschluss eines Gedankens und die Frage der Beginn eines neuen.

„Ich kann nicht", schoss es aus Luca heraus. Er stand hinter Paolo und schräg hinter Ernesto. Eine Festung, in der er sich wohl getäuscht hatte.

„Was heißt, du kannst nicht? Hast du keine Zeit?", ließ der namenlose Terrone nicht locker.

„Er kann nicht spielen!", kam es von Paolo. Warum hatte er das gesagt? Auch wenn es stimmte, so konnte Luca schließlich für sich selbst sprechen.

„Ich kann nicht spielen." Wie blöd! Hätte er nicht etwas anderes sagen können? Jetzt hatte er nur wiederholt, was Paolo gesagt hatte.

„Sag ich doch!", stellte Paolo fest.

„Das kann ich dir zeigen! Nicht wahr, Rosà, das kann ich ihm doch beibringen, meinst du nicht?" Die abgebrochene Bewegung eines Hühnerkopfes begleitete diese Frage, flankiert von hochgezogenen Schultern und geöffneten Handflächen.

„Sicher kannst du das. Warum nicht?", bestätigte Rosario.

„Siehst du! Beim nächsten Mal kommst du einfach mit! Pàol, beim nächsten Mal bringst du den Kleinen mit, hast du gehört?" Der Name Paolo war also auch nicht ganz so einfach zu kürzen. Das letzte O wollte von der Zungenspitze hüpfen, blieb aber an ihr hängen. Luca sollte sich vielleicht mehr auf den Inhalt des Gespräches konzentrieren als auf die Art und Weise, wie etwas zu wem in welcher Form unter welchen Besonderheiten gesagt wurde. Schließlich deutete alles darauf hin, dass er demnächst mit diesem Männertross zum Billardspielen würde gehen müssen, was ihm mehr als Unbehagen bereitete.

„Wir werden sehen“, schloss Paolo das Thema und ließ es doch offen. Luca wusste nicht, ob er ihm dafür dankbar sein sollte oder nicht. Billardspielen mit Paolo und den Terroni. Luca hoffte, dass sich das Wetter bald bessern würde.

Der Blick nach draußen ließ allerdings nicht allzu viel Hoffnung auf Sonnenschein aufkommen. Die Menschen in der Einkaufsstraße liefen hastig durch den Regen und versuchten, den vielen Pfützen auf dem Bürgersteig auszuweichen. Viele hatten Regenschirme aufgespannt – das Wetter der letzten Wochen hatte sie gelehrt, gewappnet zu sein –, einige liefen aber auch ohne Schirm mit noch hastigerem Schritt davon. Luca wunderte sich, dass niemand auf die Idee kam, die Gelateria aufzusuchen, um dem Regen zu entkommen. Schließlich gab es bei ihnen ja nicht nur Eis, sondern auch Kaffee und Tee und natürlich Kakao. Aber Regen und Eis schien wohl zu disharmonisch, als dass man sie hätte in Einklang bringen können. Ob es in der Gelateria L'Aquila bei schlechtem Wetter auch so leer war wie bei ihnen, fragte sich Luca. Ein Adler ist sicher besser auf den Regen vorbereitet als eine Taube. Soweit er wusste, gab es aber keinen speziellen Regenkontrollgang, der darüber Aufklärung hätte verschaffen können.

Die Uhr über dem Rückbuffet zeigte halb zwölf an. Bald würde es Mittagessen geben. Nur zu gern würde er wieder etwas Warmes essen. Es würden aber sicherlich – wie fast jeden Mittag – Wurst, Käse, Brot und vielleicht wieder Oliven aufgetischt werden.

Luca und Paolo spachtelten die Eissorten in ihren Behältern wieder schön, wechselten das Wasser in den Portionierspülen, legten die Portionierer Maria zum Abwaschen hin – wann hätte sie wohl ihren letzten Tag? –, wischten über die Granitfläche, auf der sie die Becher zum Mitnehmen einpackten, wenn diese denn eingepackt werden sollten, und zogen die gläsernen Schiebetüren der Eisvitrine zu. Zwanzig vor zwölf. Um zwölf würden die ersten Mitarbeiter essen gehen. Wer zu den Glücklichen gehörte, wurde jeden Tag anders entschieden. Luca war es noch nicht gelungen, ein Muster zu erkennen, denn die Auswahl unterlag der Willkür der Colomba.

Caterina, Elsa und Francesca hatten in der Zwischenzeit alle Tische abgewischt. Nicht ein einziger war noch besetzt, standen die Espressocorrettotrinker doch an der Theke. Die Mädchen hatten die Aschenbecher kontrolliert, die Karten wieder so hingelegt, dass sie mitten auf dem Tisch lagen, aber von der Eingangstür aus betrachtet in einem 45-Grad-Winkel von links unten aufsteigend nach rechts oben. Ordnung musste sein. Es sah aber auch wirklich sehr gut aus, fand Luca.

„Elsa, Caterina, Luca, Michele! Essen!“ Viertel vor zwölf, das war früh, Luca aber sehr recht. So gehörte er heute also zur ersten Gruppe. La Colomba stand wie immer im Türrahmen der kleinen Küche, von wo aus sie zum Mittagessen rief. Mit ihrem geblümten Kleid forderte sie das schlechte Wetter heraus. Obwohl, dachte Luca, am Morgen sah es ja noch sehr schön aus, das Wetter, und vielleicht hatte sie sich deshalb für dieses Kleid entschieden. Es war im Grundton cremeweiß, aber über und über mit Blumen in den unterschiedlichsten Farben garniert. Komisch, fand er, es erinnerte ihn an die Gardinen der Gelateria, nur in Farbe.

Luca und die anderen setzten sich an den gedeckten Tisch. Es gab Wurst, Käse, Brot und eingelegte Sardinen. Zumindest etwas Neues.

„Ich sehe, du hast einen neuen Rock“, unterbrach La Colomba das Festmahl. Niemand reagierte. Luca und Michele fühlten sich ja nun nicht angesprochen.

„Caterina!“, ergänzte La Colomba, so als wäre es normal, zwischen dem Satz und der Ansprache mehrere Sekunden vergehen zu lassen.

„Der ist nicht neu.“ Caterina hob den Bick nicht von ihrem Teller. Noch interessanter aber war das Wechselspiel der Farben in Elsas Gesicht.

„Elsa hat mir gesagt, dass Crucifisso ihn dir geschenkt hat.“ La Colomba stand an ihrem Überwachungsposten – davon hatte sie in jedem Raum der Eisdiele einen – am Küchenschrank und konnte ihre diebische Freude nicht verbergen. Elsa versuchte vergebens, etwas ganz anderes zu verbergen.

„Wäre es nicht schöner gewesen, er hätte dir etwas geschenkt, an das man eine Brosche machen könnte, wo du doch Broschen so sehr magst?“

Caterina kaute nun langsamer, hielt den Blick aber immer noch auf ihren Teller gerichtet und schluckte dann ihr Essen herunter. „Ja, er hat ihn mir geschenkt.“ Dabei fixierte sie allerdings nicht La Colomba, sondern Elsa. „Der Rock ist von Crucifisso. Na und?“ Die letzten zwei Worte waren von so viel Mut flankiert, dass sie La Colomba in die Augen schauen konnte.

„Lass dir eines gesagt sein: Besser der Tod im Haus als ein Terrone vor der Tür! Das hat schon meine Mutter gesagt und das ist auch heute noch so!“ Dabei hob La Colomba einen Mundwinkel leicht. Die diebische Freude wich der Verachtung.

„Crucifisso ist ein guter Mann! Was spielt es für eine Rolle, ob er ein Polentone oder ein Terrone ist? Das sind doch alte Geschichten. Sind wir nicht alle Italiener?“

„Von mir aus kannst du den Rock behalten. Aber wenn ich nur ein einziges Mal sehe, dass du diesem … Mann …“, das Wort klang aus ihrem Mund wie eine Beleidigung, „… hier in der Eisdiele schöne Augen machst, dann kannst du denselben Zug nehmen, in den Maria nächste Woche steigt!“ La Colomba hatte nun das gesagt, was sie sagen wollte, und verließ triumphierend die Küche.

„Miststück!“ Das ging von Caterina an Elsa.

„Selber Miststück! Ein Terrone“, konterte Elsa.

„Du bist ja nur neidisch, dass dir keiner an den Rock will!“, entgegnete Caterina ihr.

„Du wirst schon sehen, was du davon hast!“, spielte Elsa mit scharfer Zunge den nächsten Ball und lächelte Caterina höhnisch an.

„Ja, richtig, das werde ich.“ Caterina hatte kaum etwas gegessen, stand aber von ihrem Stuhl auf und verließ die Küche. Sie zog es offensichtlich vor, La Colomba über den Weg zu laufen, als weiterhin mit Elsa an einem Tisch zu sitzen.

„Was soll ich machen? Sie ist halt meine Tante! Ich musste es ihr erzählen!“, versuchte Elsa, sich zu verteidigen.

„Es gab keinen Grund, ihr von dem Rock zu erzählen und auch nicht von Crucifisso. Das geht dich nichts an!“ Luca war erstaunt, dass Michele Caterina so in Schutz nahm. Elsa musste mit den Tränen kämpfen. Sie hatte wohl nicht damit gerechnet, dass die Information, die sie ihrer Tante beschafft hatte, in dieser Art und Weise ans Tageslicht kommen und sie so schnell demaskiert werden sollte. Sie stand auf und verließ ebenfalls die Küche.

„Frauengeschichten. So bleibt mehr für uns zu essen übrig. Iss!“ Recht hatte Michele, denn für die zweite

Gruppe gab es einen eigenen Teller mit exakt dem gleichen Arrangement, der auf der Anrichte wartete. Was jetzt auf dem Tisch lag, gehörte ihm und Michele.

Der Rest des Tages war trostlos gewesen. Der Regen fiel ergiebig aus einem grauen Himmel auf die Stadt hernieder, Caterina und Elsa gingen sich bis zum Abend mit versteinerten Gesichtern aus dem Weg und selbst die Espressotrinker waren in ihrer Stimmung gedrückt und ungewohnt leise. Alle hatten sie darauf gewartet, dass der Tag vorübergehen möge. Nur zu gerne hätte Luca weiter die Stadt erkundet oder vielleicht noch einmal die Kathedrale bestaunt, gab es doch ohne Zweifel so viel mehr zu sehen. Aber komischerweise hatten weder Signor Colombo noch Ernesto ihnen oder auch nur einigen von ihnen freigegeben. Fast merkwürdiger war es jedoch, dass sie von La Colombas Putz- und Aufräumambitionen verschont geblieben waren. Vielleicht war die Enttäuschung über das schlechte Wetter an diesem Samstag größer als sonst gewesen, da der Tag ja so schön begonnen hatte.

Kapitel 10

Spazierengehen

Luca lag schon in seinem Bett. Der Wecker auf dem kleinen Nachttisch tickte vor sich hin und verband sich im Rhythmus mit dem Prasseln des Regens, der in den Fenstern seinen Widerhall fand. Es war erst kurz vor halb acht. Eigentlich recht früh zum Schlafengehen. Doch was sollte er anderes tun? Er bereute es, dass er keine Bücher von zu Hause mitgebracht hatte. Er konnte nicht behaupten, viele zu besitzen, schließlich hatte er die meisten, die er gelesen hatte, in der kleinen Bibliothek seiner Gemeinde ausgeliehen. Aber ungefähr ein Dutzend Bücher gehörten zu den wenigen Sachen, die wirklich nur ihm gehörten, und er hütete sie wie einen Schatz.

Nur allzu dankbar wäre er für ein wenig geistreiche Ablenkung gewesen, selbst wenn das geheißen hätte, dass er eines seiner Bücher zum zweiten oder dritten Mal lesen musste. „Du wirst keine Zeit für Bücher haben", hatten ihm seine Brüder Francesco und Pasquale gesagt, die ja vor ihm schon bei den Colombos in der Eisdiele gearbeitet hatten. „Lass sie zu Hause, sie werden dir nichts nutzen." Erst jetzt wurde ihm bewusst, dass die beiden nie freiwillig ein Buch in die Hand genommen hatten. Wie also konnte er nur diesen Rat gerade von ihnen angenommen haben? Sicherlich hätte er bei gutem Wetter und dementsprechend viel Arbeit keine Zeit zum Lesen gehabt. Er fragte sich, ob es in der Bibliothek in der Stadt italienische Bücher gab und ob er dort überhaupt Bücher würde ausleihen können und was das kostete.

Seine Gedanken wurden von einem Klopfen an der Tür unterbrochen. Wer mochte das sein? Sicherlich nicht Paolo. Der würde niemals anklopfen. In einem unbemerkten Moment hatte Luca sich kurz nach Feierabend davonstehlen können, hatte er doch mitbekommen, dass Paolo wieder mit Crucifisso, Rosario, Beppì und dem Namenlosen zum Billard wollte. Wobei *mitbekommen* nicht die ganze Wahrheit war, denn schließlich hatte er dem Namenlosen versichert, dass er sich darauf freuen würde, dass dieser ihm das Billardspielen beibringen wollte. Aber es musste ja nicht gerade an diesem Tag sein.

„Luca, bist du da?" Das war Caterinas Stimme. Luca zögerte. Er war zwar da, lag aber in seinem Nachthemd im Bett.

„Ja." Er hätte auch einfach nicht antworten können. Dann hätte sie vielleicht angenommen, er würde bereits schlafen.

„Schläfst du schon?", fragte sie, noch immer hinter verschlossener Tür. Sicher, er hatte ihr aus dem Schlaf mit ja geantwortet, dachte er.

„Nein. Was ist denn?" Das wertete Caterina als Einladung, drückte die Türklinke herunter, huschte schnell ins Zimmer – in eines der Schlafzimmer der Jungen wohlgemerkt, womit sie eine der Regeln der Colomba brach, eine Regel, die auf der Liste ziemlich weit oben stand – und schloss die Tür hinter sich, wobei sie darauf achtete, möglichst leise zu sein.

„Wenn Francesca bemerkt, dass ich nicht in unserem Zimmer bin, dann wird sie misstrauisch. Sie ist gerade mit Rosario spazieren."

„Wenn jemand bemerkt, dass du hier bei mir im Zimmer bist, dann ist erst recht etwas los", hielt Luca dagegen. „Und wie soll Francesca bemerken, dass du nicht da bist, wenn sie doch selbst nicht da ist? Und was heißt mit Rosario? Ich denke, der ist mit den anderen Billardspielen."

„Ist er nicht." Und dabei lächelte Caterina wissend.

„Also ist Paolo nur mit Crucifisso und …", doch Luca wurde von Caterina unterbrochen.

„Paolo ist mit Marianna spazieren." Das Lächeln wurde zu einem Grinsen.

„Mit Marianne? Die Cousine von Hans?", fragte Luca verwundert.

„Wie immer kriegst du nichts mit, weißt aber Bescheid." Sie lachte.

„Was soll das heißen, ich kriege nichts mit?" Luca wollte sich gerade aufsetzen, da fiel ihm ein, dass er im Nachthemd war, blieb deshalb liegen und zog sich stattdessen die Bettdecke bis unter das Kinn.

„Ich treffe mich gleich mit Crucifisso. Wir gehen spazieren." Dabei hob sie die Augenbrauen und wackelte ein wenig mit dem Kopf, als wollte sie sagen: Du weißt schon.

„Und der, wie heißt er eigentlich?", wollte Luca wissen.

„Du meinst deinen Billardlehrer?" Jetzt lachte sie wieder.

„Er ist nicht mein Billardlehrer!"

„Er heißt Italo, aber sie nennen ihn …", wollte Caterina gerade anmerken.

„Lass mich raten!", unterbrach Luca sie, „Ità, habe ich recht?" Nachthemd hin oder her, Luca musste sich aufsetzen.

„Genau!" Jetzt lachten sie beide.

„Schscht", entfuhr es Caterina sogleich. „Wir dürfen nicht so laut sein. Elsa, die Spionin, hält Augen und Ohren stets offen“, flüsterte sie und schaute verstohlen zur Tür, als wäre es denkbar, dass Elsa gerade im Flur stand und lauschte.

Ità also, vielleicht hatte Luca seinen Namen nur überhört, klang er doch ähnlich wie ein Schluckauf.

„Das ist übrigens der Rock, den Crucifisso mir geschenkt hat. Ist er nicht schick?“ Caterina ging in dem kleinen Zimmer auf und ab, als würde sie auf einem Laufsteg Mode präsentieren.

„Der Rock, den La Colomba meinte“, stellte Luca fest. Der Rock war flaschengrün, machte eine schmale Taille – und die hatte Caterina –, wurde aber nach unten immer weiter und bedeckte die Waden zur Hälfte.

„Selbstverständlich ist es der! Was meinst du, wie viele neue Röcke ich besitze?“, fragte sie ihn auffordernd und unterbrach ihre Präsentation dafür einen Moment. „Aber sehe ich in dem Rock nicht aus wie la Valente?“ Plötzlich blieb sie in einer Pose stehen, legte grazil die Hände in die Hüften, verlagerte das Gewicht auf ein Bein, streckte den Fuß des anderen mit eingekehrter Fußspitze nach vorn – sie trug elegante, schwarze Schuhe mit Absatz, die allerdings nicht mehr so neu wie der Rock aussahen – und schaute hochnäsig über Luca hinweg.

„Wer ist denn la Valente?“, lachte Luca.

„Du kennst Caterina Valente nicht? Die ist fast so schön wie ich. Zumindest sagt das Crucifisso.“ Den Namen ihres Mitspaziergängers hatte sie sehr akzentuiert ausgesprochen und die Nase immer noch oben, musste aber dabei grinsen.

„Und wer ist sie nun, diese Valente?“ Luca konnte sich nicht entscheiden, ob er gelangweilt oder interessiert sein sollte.

„Na, eine Sängerin! In Italien kennt man sie nicht. Aber hier in Deutschland ist sie ein Star!“, rief Caterina aus und streckte bei dem Wort Star die Arme aus, als spräche sie von sich selbst und wollte sich von einer Bühne aus ihrem applaudierenden Publikum präsentieren.

„Schscht, nicht so laut! Denk an Elsa! Aber was singt sie denn?“, wollte Luca dennoch wissen.

„Sie singt deutsch. Aber wie gefällt dir denn nun der Rock?“, flüsterte Caterina wieder.

„Ich habe keine Ahnung von Röcken!“ Luca schaute sie vorwurfsvoll an und kniff die Augenbrauen zusammen.

„Luca!“, insistierte Caterina.

„Scht!“, ermahnte er sie.

„Nun sag schon, wie gefällt er dir?“, beharrte Caterina, wenn auch leiser.

„Schön! Er ist wunderschön!“, schwärmte Luca gespielt. Er fand den Rock aber auch wirklich schön.

„Ich wusste, dass er dir gefällt! Und jetzt muss ich los! Crucifisso wartet um die Ecke auf mich! Und was machst du? Willst du schon schlafen?“, fragte sie ihn, schon an der Tür, drehte sich aber zu ihm um.

„Nein, nein, ich warte noch auf Elsa. Die wollte mir ihre neuen Schuhe präsentieren“, sagte Luca ganz selbstverständlich.

Einen Moment lang glaubte Caterina es ihm fast, so überzeugend hatte er es doch gesagt.

„Du! Wenn du weiter so frech bist, dann erzähle ich jedem, dass du dir Socken von *H-Hans* geliehen hast!“ Und sie lachte. Luca war gar nicht zum Lachen zumute. Das blieb Caterina nicht verborgen.

„Mache ich nicht. War ein Scherz. Ein blöder Scherz. Ich habe schon verstanden. Und jetzt wünsche ich dir süße Träume! Bis morgen!" Und genauso plötzlich, wie sie das Zimmer betreten hatte, war sie auch wieder weg. „Ich habe verstanden", hatte sie gesagt. Was hatte sie denn verstanden? Da war sie extra zu ihm ins Zimmer gekommen, um ihm ihren Rock zu zeigen, und ganz nebenbei hatte Luca erfahren, dass heute Abend alle *spazieren* waren. Und was machte er? Er lag im Bett.

„Zieh sofort den Rock aus!" Sein Bruder Pasquale hatte die Augen weit aufgerissen und brüllte Luca an. Luca hatte mit Anna Prinzessinnen gespielt und dafür einen ihrer Röcke über seine Hose gezogen. Zusätzlich hatten sie sich Bänder ins Haar gemacht und die Diele zwischen dem Stall und dem Wohnhaus zu ihrem Palast auserkoren. Zwischen abgestellten, leeren Weinfässern, Arbeitsstiefeln und an die Wände gelehnten Leitern kicherten und tanzten sie hin und her. Luca war etwa fünf und Anna sieben.

„Du bist ein Junge, Luca!" Für einen Moment standen Luca und Anna wie versteinert da. Ihnen war Panik ins Gesicht gefahren. „Also benimm dich auch wie einer!" Luca schossen die Tränen in die Augen. Als Anna das sah, fing auch sie an zu weinen. Beide rannten sie an Pasquale vorbei in die Küche und heulten und schrien. Ihre Mutter saß am Küchentisch und putzte gerade Gemüse für das Mittagessen.

„Was ist denn passiert?", fragte sie, die Hände noch im Gemüse.

„Das fragst du noch?" Pasquale war Luca und Anna gefolgt. „Sieh dir an, was Luca anhat!"

„Aber sie spielen doch nur", versuchte ihre Mutter zu beschwichtigen, „was ist denn dabei?"

„Spielt so ein Junge? In einem Rock? Wie ein Mädchen?“, setzte Pasquale nach.

„Er hat noch Zeit genug, ein Mann zu werden.“ Und dann zu den Prinzessinnen: „Luca, Anna, kommt her. Ihr müsst nicht weinen. Pasquale hat das nicht so gemeint.“

„Hoffentlich wird uns das eines Tages nicht noch leidtun“, zischte Pasquale und verließ wütend die Küche.

Luca, das ist lange her. Ich weiß, Mama, aber es tut noch weh.

Luca knipste die Nachttischlampe aus und vergrub sich unter seiner Decke.

Der darauffolgende Tag verging ähnlich wie der zuvor. Das Wetter brachte keine Überraschungen, die Arbeit in der Eisdiele beschränkte sich überwiegend auf Putzen und Aufräumen, obwohl alles selbstverständlich wie immer sauber und aufgeräumt war. Die Stimmung wurde immer gedrückter und stiller. Das einzig Interessante war, dass Paolo, Crucifisso und die anderen vom Billardspielen berichteten. Hätte Luca nicht von Caterina erfahren, dass sie alle – bis auf Ità vielleicht – *„spazieren“* waren, hätte er es ihnen abgenommen. Die verschämten Blicke von Francesca und Caterina enttarnten jedoch diesen harmlosen Billardbericht.

Sie hielten also ihre Spaziergänge geheim. Oder zumindest war nicht für alle Ohren und Augen gedacht, mit wem sie sie unternahmen. Von Paolo war Luca ein wenig enttäuscht, hätte er doch erwartet, dass gerade der damit prahlen würde, dass er mit Marianne spazieren ging. Und Francesca traf sich also mit Rosario. Das zumindest hatte Caterina behauptet. Francesca wirkte feiner als die anderen. Luca wusste nicht, wie er zu diesem Schluss kam. Lag es daran, dass sie kleiner und schmaler als die anderen Mädchen war? Sie trug die Haare auch immer straff zu einem Dutt zurückgekämmt. Oder lag es eher daran, dass sie sich – wenn sie nicht gerade verärgert war – gewählter ausdrückte als die anderen? Caterina hatte gesagt, dass Francesca dichthalten würde, was ihre Spaziergänge mit Crucifisso betraf. Es hatte sich nicht so angehört, als täte sie das nur, weil sie sich auch mit einem Terrone verabredete. Da musste noch mehr sein. Und insbesondere La Colomba durfte dieses Geheimnis nicht erfahren. Mehr als einmal hatte Caterina ja solche Andeutungen gemacht. „Besser der Tod im Haus als ein Terrone vor der Tür." Das hatte La Colomba zu Caterina gesagt. Galt das auch für Deutsche? Besser der Tod im Haus … Luca fragte sich, ob sein Vater das auch so sah. Er konnte es sich zumindest nicht vorstellen. Das hätte eher von seinen älteren Brüdern kommen können. Und von seiner Mutter schon gar nicht.

Der Gedanke an Francesca ließ ihn nicht los. Irgendwie war sie schwer zu lesen. Ganz im Gegensatz zu Caterina, die einem ihre Launen förmlich aufdrängte. Luca konnte sich Francesca gut in einem feinen Haus mit Dienerschaft vorstellen, wobei sie dann zu den Herrschaften zählen würde. Sie war ganz untypisch für jemanden, der sein Geld im Sommer in der Eisdiele im Ausland verdiente. Und vielleicht war es auch untypisch, dass sie mit einem Terrone spazieren ging.

Warum aber spielte es überhaupt eine Rolle, wo jemand herkam? War es nicht gleich, ob es ein Terrone oder eine Polentone war? Das hatte Caterina auch gesagt, als La Colomba sie wegen des Rocks zur Rede gestellt hatte. Und woher kamen eigentlich diese Begriffe? Warum sagte man nicht einfach ein Veneter, ein Apulier, ein Lombarde, ein Sizilianer? Oder noch einfacher: Ein Süditaliener und ein Norditaliener? Und warum schienen Osten und Westen kaum eine Rolle zu spielen? Vielleicht weil der Stiefel, den Italien auf der Landkarte darstellte, eher lang als breit war?

Zu der ohnehin gedrückten Stimmung in der Eisdiele kam nun also hinzu, dass offenbar alle bemüht waren, das geheim zu halten, was sie nach der Arbeit und in den Pausen taten. Es ging Luca nicht darum, dass er nicht wusste, worüber er mit wem sprechen konnte, Gefahr laufend, irgendetwas preiszugeben, was nicht preisgegeben werden durfte, denn er sprach ja ohnehin während der Arbeit nur das Nötigste. Aber das Leben jenseits der täglich geputzten Glasscheiben und der geblümten Gardinen der Gelateria kam ihm wie eine unerlaubte Flaniermeile vor, auf die man aus einem wehrhaften und zugleich zahnlosen Pavillon blickte. War es diese Flaniermeile, auf die auch Signor Colombo schaute, wenn er von seinem Fenster aus hinausspähte? Wobei „spähen" nicht passte. Ein Spähen würde eine Intention erahnen lassen und das war bei Signor Colombo nicht der Fall. Aber darüber wollte Luca ein anderes Mal nachdenken.

Caterina und Francesca wollten nicht, dass man wusste, dass sie mit zweien der Espressotrinker gingen. Gingen? Wie hörte sich das an? Egal. Paolo gab vor, Billard zu spielen, und erzählte nicht von Marianne. Ernesto hatte La Colomba bestohlen. Aber das war ja inzwischen fast eine alte Geschichte, deren Ende jedoch noch ausstand. Und er, Luca, wollte nicht, dass die anderen wussten, dass er Hans zu Hause besucht hatte. War das auch schon eine alte Geschichte? Caterina wusste es und er wusste von ihren Spaziergängen. Einen Unterschied gab es jedoch: Caterina, Francesca und Paolo hielten es nur vor den Colombos geheim. Aber Luca wollte, dass keiner davon erfuhr, dass er bei Hans gewesen war. Ob Caterina es Crucifisso erzählt hatte? Oder war Caterina gar die Einzige, die alles wusste?

Kapitel 11

Mein geliebter Sohn

Die neue Arbeitswoche begann mit einem Brief von Lucas Vater. La Colomba hatte ihn ihm mitgebracht, da alle Post für die Eisdiele bei den Colombos im Briefkasten landete. Es war fast auf den Schlag Mittag, als sie Luca den Umschlag in die Hand drückte, mit den erstaunlich freundlichen Worten: „Ein Brief für dich von deinem Vater. Geh ruhig nach hinten in die Kammer. Es ist ohnehin nichts zu tun. Es gibt aber bald Essen."

Luca zitterten die Hände, als er sich an den kleinen Tisch am Fenster setzte, das zum Innenhof ging. Die Hortensien blühten nach wie vor. Auf dem Umschlag sah er die geschwungene, ausladende Handschrift seines Vaters.

Gelateria Colombo, Luca Forestin, Westernstrabe, 479 Paderborn, Germania. Die Hausnummer fehlte, aber das war für den Briefträger offenbar kein Problem gewesen. Und schließlich gab es in der Stadt nur eine Gelateria Colombo. Hingegen war Luca schon einige Male aufgefallen, dass der deutsche Buchstabe ß von Italienern häufig als b geschrieben wurde und das war auch gar nicht verwunderlich, gab es dieses ß, das wie ein scharfes s gesprochen wurde, schließlich in seiner Sprache nicht und es war dem kleinen B in seiner Form nicht unähnlich, nur dass es selbstverständlich nicht Strabe sondern Straße hieß.

Seit etwa zehn Wochen war Luca jetzt in Deutschland und dieser Brief war der erste Kontakt zu seiner Familie. Als sein Vater ihm vor etwa einem Jahr erzählt hatte, dass er nach Deutschland sollte, war Luca erschrocken gewesen. Nicht nur, dass er alleine so weit weg sollte. Warum ausgerechnet Deutschland? Bisher hatte er dieses Land immer nur mit Krieg in Verbindung gebracht. Das war es zumindest, was er in der Schule gelernt hatte und was seine älteren Brüder immer erzählten: Die Deutschen waren schuld am Krieg.

Er nahm ein Messer, das auf dem kleinen Tisch lag, und öffnete den Umschlag. Er nahm den Brief in die Hand. Es war ein einziges Blatt, das einmal in der Länge und einmal in der Breite gefaltet war. Noch bevor er das Blatt auseinanderfaltete, roch er daran und bildete sich ein, es würde nach Zuhause riechen.

Mein geliebter Sohn

Wir vermissen dich alle sehr. Anna ist aus dem Kloster zurück. Ich bedaure sehr, dass sie diesen Weg nicht gehen möchte. Es hätte mich sehr glücklich gemacht. Clara und Lorenzo sind gut in der Schule. Lorenzo verbringt jede freie Minute mit seinen Freunden beim Fußballspielen und Clara kann sogar schon gut kochen. Pasquale und Francesco arbeiten hart. Emma geht es gut.

Die Bienen entwickeln sich sehr gut. Wir haben schon wieder viele neue Ableger gebildet. Bald werden wir den ersten Frühjahrshonig ernten.

Don Alfonso lässt dich grüßen. Er sagt, du bist ein guter Junge.

Dein Vater

Luca legte den Brief auf den Tisch und schaute nach draußen in den Innenhof. Die Blüten der Hortensien litten unter dem täglichen Regen. Sie wiesen kleine Flecken auf, die durch ihr Graugrün die eigentliche Pracht der Pflanze verhöhnten.

Mama, ich vermisse dich. Ich weiß. Du darfst nicht weinen, Luca. Mama, es tut weh. Ich weiß, mein Junge. Er meint es nicht so. Ich wünschte, du wärest hier. Ich bin hier. Ich bin immer bei dir. Mama, ich weiß nicht mehr genau, wie du aussiehst. Es tut mir so leid. Ich schäme mich. Das musst du nicht. Schau mich an. Schau mich an. Ich sehe so aus wie immer. Du hast mich nicht vergessen. Ich bin bei dir, mein Junge. Ich liebe dich. Ich liebe dich auch, Mama.

„He, Mann, heulst du etwa?" Paolo, wusste Luca. Mit den Ärmeln seines Hemdes wischte er sich die Tränen aus dem Gesicht und zog die Nase hoch.

„Ein Brief von zu Hause? Ist etwas passiert?" Das klang für Paolo fast sensibel.

„Es ist nichts. Es ist nichts passiert. Es geht allen gut", sagte Luca, nahm Brief und Umschlag und ging an Paolo vorbei in den Pausenraum, um beides in seiner Jacke zu verstauen, die dort an einem der Haken hing.

Die Tage vergingen und der Regen schien alles zu erdrücken. Dazu noch die Kälte. Die Menschen auf den Straßen hatten ihre Wintermäntel wieder aus dem Schrank geholt. Es kam Luca wie ein Naturgesetz vor, dass niemand auch nur in Erwägung zu ziehen schien, die Eisdiele zu betreten. Hätte es die Espressotrinker nicht gegeben, die durch ihre Diskussionen, ihren Zigarettenqualm und ihre blitzenden Goldketten auf behaarter Brust die feuchtkalte Luft aufheizten, wäre niemand gezwungen gewesen, sich zusammenzureißen, und Luca fragte sich, was dann alles möglich gewesen wäre. Sie waren dort, um zu arbeiten, aber es konnte jeden treffen, ebenso wie Maria nach Hause reisen zu müssen. Alle brauchten sie das Geld. Niemand konnte oder wollte darauf verzichten.

Aufgrund des Wetters waren sie nie in der vollen Besetzung, da immer einer der Jungs oder eines der Mädchen freihatte, also spazieren gehen durfte. Sie schafften es nicht, ihre durchnässten Schuhe von einem Tag auf den anderen zu trocknen, und keiner von ihnen hatte wettertaugliche Schuhe aus Italien mitgebracht. Schließlich waren sie auf Sommer eingestellt gewesen. Und da sich La Colomba immer noch vehement dagegen sträubte, die Heizung einzuschalten, dauerte es mehrere Tage, bis ihre Schuhe wieder annähernd tragbar waren.

In einigen der unbemerkten Momente tuschelten sie untereinander, wann die oder der Nächste nach Hause geschickt würde. Maria war zwei Tage zuvor in Begleitung von Padre Ernesto unter Tränen in ein Taxi gestiegen, das sie zum Bahnhof bringen sollte. Noch bis zum letzten Moment hatte sie Signor Colombo und La Colomba angefleht, sie zu behalten. Sie hatte versprochen, nie wieder etwas zu zerbrechen und noch härter zu arbeiten. Doch all das Flehen hatte ihr nicht geholfen. Schließlich hatte sie nicht schlecht gearbeitet. Es gab einfach nicht genug zu tun für alle. Luca wusste, dass sie sich vor zu Hause fürchtete, da man annehmen würde, dass sie aus eigenem Verschulden ihre Arbeit verloren hatte. Die Colombos hatten ihr einen Brief für ihren Vater mitgegeben, der alles erklärte. Padre Ernesto hatte den Umschlag mit dem Lohn bekommen, den er an Marias Vater übergeben sollte. Die arme Maria, sie tat Luca leid.

Es hätte mich sehr glücklich gemacht, hatte Lucas Vater geschrieben. Er meinte damit, dass es ihn glücklich gemacht hätte, wenn Anna Ordensschwester geworden wäre. Sie war als Novizin in einem Kloster in Vittorio Veneto gewesen. Ähnlich wie Maria war sie damals unter Tränen abgereist. Don Alfonso hatte sie begleitet. Nur rührten ihre Tränen nicht daher, dass sie ihren Vater fürchtete, sondern sie hatte Angst vor dem Ungewissen, das sie hinter den Klostermauern erwartete. „Gott wird dir den Weg zeigen", hatte ihr Vater ihr gesagt. Aus dem Brief, den Luca von seinem Vater erhalten hatte, ging nicht genau hervor, wann und unter welchen Umständen Anna zurückgekehrt war, aber sie konnte nicht länger als sechs Monate im Kloster gewesen sein. Im Oktober des vergangenen Jahres trat sie die kurze unumgängliche Reise an. Zu Weihnachten besuchte sie die Familie nicht, sondern blieb auf Anraten der Ordensschwestern im Kloster, um die Eingewöhnung nicht zu gefährden. Es war das erste Weihnachtsfest für Luca gewesen, an dem er nicht nur seine Mutter, sondern auch Anna vermisste, die ihm von allen Geschwistern am nächsten war. Er beschloss, ihr bald zu schreiben, und schämte sich dafür, dass er es noch nicht getan hatte.

Lucas Vater hatte den wahnwitzigen Wunsch, dass eine seiner Töchter Ordensschwester und einer seiner Söhne Priester werden sollte. Der erste Versuch war aber wohl gescheitert.

Es war Christi Himmelfahrt, in Deutschland ein Feiertag. Die Geschäfte hatten geschlossen. Es fuhren nur wenige Autos an der Gelateria vorbei und auch die Straßenbahn fuhr seltener. Die wenigen Menschen, die durch die Einkaufsstraße der Stadt gingen, waren im Sonntagsputz. Wie an einem Sonntag eben, nur dass Donnerstag war. Seltsam, fand Luca, dass in Italien, in dem Land, in dem schließlich der Papst wohnte, an

Christi Himmelfahrt kein Feiertag war, in Deutschland, wo es zudem auch noch Protestanten gab, aber sehr wohl. Und dann war heute auch noch Vatertag. Das hatte ihnen Herr Pfeiffer erklärt. Ganz anders als in Italien, wo Vatertag am Tag des heiligen Josef im März und nicht im Mai gefeiert wurde. Aber sie hatten ja zum Ausgleich Märzwetter, dachte Luca und musste in sich hineingrinsen.

Es war etwa elf Uhr, als die kleine Glocke an der Eingangstür der Gelateria einen Kunden ankündigte. Die Mädchen standen in gewohnter Manier Spalier und Ernesto hielt die Stellung an der Kaffeemaschine, obwohl die Espressotrinker noch auf sich warten ließen. Paolo und Michele waren hinten im Laboratorio damit beschäftigt, Eis zu machen. Sie hatten ihre Produktion auf kleine Mengen umgestellt, um eine möglichst hohe Qualität anbieten zu können. Zu allem Übel wollten sie nicht auch noch die wenigen Kunden, die trotz des Wetters bei ihnen Eis kauften, an die Konkurrenz weiter unten an der Straße verlieren. Da sie noch nicht abschätzen konnten, ob der Feiertag das Geschäft beleben würde, hatte noch keiner von ihnen frei bekommen. Signor Colombo stand an seinem Fenster und La Colomba hatte sich noch nicht in der Eisdiele blicken lassen. Luca beschäftigte sich damit, die Eisschalen auf den Regalen über dem Rückbüffet umzusortieren, eine Aufgabe, die La Colomba ihm am Abend zuvor aufgetragen hatte, denn sie war der Meinung, dass eine Anordnung nach Größe – von links klein beginnend und nach rechts größer werdend – die alte Anordnung nach Häufigkeit der Bestellung – die am meisten verwendeten näher und die anderen weiter weg – ablösen sollte. Er ärgerte sich, dass er eine so unsinnige Aufgabe erledigen musste.

„*Buondschoano*, ich hätte gerne Eis zum Mitnehmen!" Luca kannte die Stimme.

„Luca, hier möchte jemand Eis zum Mitnehmen." Signor Colombo hatte sich aus seiner Kontemplation befreit. Luca drehte sich zur Innentheke. Dort stand Hans.

„*Tschau,* Luca!" Er lächelte wie stets.

„*Ciao,* Hans." Luca hatte das Gefühl, dass ihn alle anstarrten, doch das taten sie nicht. Caterina, Francesca und Elsa lächelten Hans an und Ernesto stand einfach nur da. Es war Signor Colombo, der Luca auffordernd anschaute.

„Heute ist ja Vatertag und ich soll Eis als Nachspeise holen. Wir haben zwar noch nicht einmal gefrühstückt, aber meine Mutter meinte, wir stellen es ins Eisfach, und sie hatte die Befürchtung, dass ihr wegen des schlechten Wetters vielleicht heute früher schließen würdet. Und wegen des Feiertages. Da ist ja in der Stadt nicht so viel los."

„*Mi dispiace, non ti …*", wollte Luca erklären. Er hatte nichts von alledem verstanden.

„Du hast mich nicht verstanden. Ich bin ja auch blöd. *Scusi!*"

„*Wir aben bisse oite Aben normale geoffnet. Aber du kanne Eis gut in Eissefack stelle.*" Luca hatte schon gehört, dass Signor Colombo gut Deutsch sprach, aber er musste es offensichtlich auch gut verstehen, denn schließlich hatte er auf das reagiert, was Hans gesagt hatte.

„Du musst das Eis gut einpacken, sie wollen es erst später nach dem Mittagessen essen", erklärte Signor Colombo Luca. Gut einpacken? Bei dem Wetter?

„*Wasse* Sorte?", fragte Luca Hans und hoffte, dass ihm keiner ansah, wie nervös es ihn machte, dass Hans in der Gelateria war. Anstatt ihm die Sorten zu nennen, sprach Hans aber wieder mit Signor Colombo.

„Herr Colombo, hat Luca viel zu tun? Ich meine, könnte er nicht frei bekommen? Er könnte mit zum Frühstücken kommen. Ich meine, wenn Sie nichts dagegen haben. Und Luca natürlich auch nicht."

Was war das für eine umständliche Bestellung, dachte Luca. Und warum schaute Hans dabei Signor Colombo so erwartungsvoll an?

„Warte, ick im sage", antwortete Signor Colombo, ließ eine kleine Pause entstehen und schaute Hans länger an, als Luca erwartet hätte. Hans hatte mehrmals seinen Namen, Lucas Namen, erwähnt.

„Er fragt, ob du sein und seiner Eltern Gast zum Frühstück sein möchtest." Das klang merkwürdig umständlich formuliert. Und was sollte das heißen, ob er Gast zum Frühstück sein wollte?

„Nein, nein, ich muss noch die Eisschalen in das Regal räumen", wiegelte Luca ab.

„Das kann auch eines der Mädchen machen." Welches Interesse hatte Signor Colombo daran, dass Luca die Einladung annehmen sollte?

„Nein, aber ich … muss noch …" Luca schaute Signor Colombo an, dann Hans und wieder Signor Colombo.

„Geh ruhig mit! Er ist ein guter Junge. Es ist eine gute Familie. Die Arbeit wird uns heute nicht umbringen. Wenn du um drei wieder da bist, reicht es völlig aus."

Hans lächelte Luca erwartungsvoll an. Luca wusste nicht, wo er hinsehen sollte. Er schaute auf das Rückbüffet, auf dem die Eisschalen standen, dann zu Caterina, Francesca und Elsa, die ihn mit großen Augen anlächelten. Nur Ernesto schaute wie immer. Eigentlich wollte er sich von Hans fernhalten. Was, wenn Hans ein *frocio* war? Den Gedanken hatte Luca ja nicht zum ersten Mal.

„Und?“, wollte Hans wissen.

„Deutsche Frustuck?“, fragte Signor Colombo und lächelte.

„Na *claro*!“, versicherte Hans.

Und Signor Colombo dann zu Luca: „Es gibt ein deutsches Frühstück. Das lohnt sich, glaube mir. Nicht drei Kekse und ein *caffelatte*. Es wird dir gefallen. Geh mit!“ Es schien Luca fast, als wollte ihn Signor Colombo überreden, wobei er ihn ganz sanftmütig dabei anschaute. Es war mehr eine ernst gemeinte Empfehlung. Nun gut, wenn es ein deutsches Frühstück gab.

„Sì, grazie. Icke frustuck mitte du unde famiglia“, blieb Luca Hans die Antwort nun doch nicht schuldig und merkte, wie er rot wurde und ihm die verschwitzten Hände ein wenig zitterten. Ein Geheimnis war es nun jedenfalls nicht mehr. Dass Luca. Einen. Freund. Hatte. Der Innen-Luca und der Außen-Luca kamen sich näher. Noch befürchtete Luca aber, dass sie sich gegenseitig den Weg versperren würden oder schlimmer noch übereinander stolperten.

„Wasse Sorte?“, wiederholte Luca die Frage, die er schon einmal gestellt hatte, dieses Mal mit zittriger Stimme.

„Ach ja, das Eis!“, lachte Hans. „Mach, wie du meinst. Für *quaddro peasone*!“, fügte er hinzu und zeigte Luca seine rechte Hand, von der er den Daumen eingeklappt hatte. Luca schaute Signor Colombo fragend an.

„Fa' come te pare. Basta che xe per quattro“, erklärte Signor Colombo im Dialekt des Nordens. Er solle machen, wie er meinte, Hauptsache, es sei genug für vier. Luca füllte vier Eisbecher zum Mitnehmen und er machte die Kugeln derart groß, dass es sicherlich auch für acht Personen gereicht hätte. Er überhörte dabei nicht das Tu-

scheln und Kichern von Caterina, Francesca und Elsa, die er im Rücken hatte. Er wäre am liebsten in den Innen-Luca geflüchtet, denn er gab gerade zu viel von sich preis. Er freute sich aber auch darauf, etwas erleben zu können, und das konnte er nicht, wenn er nicht den Weg nach draußen fand. Er freute sich auch darauf, etwas mit Hans und dessen Eltern zu unternehmen. Und dass er vier Becher machen sollte, konnte ja nur heißen, dass noch jemand dort sein würde. Vielleicht doch noch ein Bruder oder eine Schwester oder vielleicht eine Großmutter.

Die Glocke der Eingangstür kündigte erneut Kundschaft an. Luca hatte gerade die vier Eisbecher eingepackt und stellte sie vor Hans auf die Theke. Crucifisso, Rosario, Beppì, Ità und die anderen gingen hinter Hans her und bezogen schwatzend und gestikulierend wie immer ihre Stellung vor Ernestos stoischem Blick. Luca wollte Hans soeben den Betrag nennen, den dieser hätte begleichen müssen, wurde aber von Signor Colombo unterbrochen.

„*No, no. Non pagare. Iste fur Frustuck fur Luca*", sagte er und schob Hans' Hand, in der dieser eine braune Geldbörse hielt, zur Seite.

„*Grazie! Molto* … nett!", strahlte Hans Signor Colombo an und schaute dann zu Luca.

„Sieh zu, dass du rauskommst, und sei um drei wieder hier. Viel Spaß!", lächelte Signor Colombo Luca zu. Gut, dachte Luca, dann würde er jetzt eben nach hinten gehen, sich die Schürze abbinden, seine Jacke anziehen, an seinen Kolleginnen und Kollegen und den Espressotrinkern vorbeilaufen und dann mit Hans die Eisdiele verlassen, um die Einladung zum Frühstück anzunehmen. Ihm graute vor diesem Moment.

„Lù, wo willst du hin?" Nun wurde sein Name also doch auch *terronisiert.* Crucifisso hatte seine Zigarette im Mundwinkel hängen, seine rechte Hand wollte noch mehr wissen als seine Worte und der Qualm der Zigarette umhüllte sein unrasiertes Gesicht.

„Luca hat frei bis heute Nachmittag. Lass ihn in Ruhe!" Benötigte er wirklich Caterinas Verteidigung, fragte sich Luca.

„Luca, komm, lass uns schnell gehen, bevor es wieder regnet!" Hans, der das Paket mit den Eisbechern auf einer Hand wie ein Tablett balancierte, legte Luca den anderen Arm über die Schulter und zog ihn zur Tür.

„Ah, con Anze!", stellte Crucifisso fest.

„Sì, con Hans", bestätigte Caterina. „Er ist sein Freund, na und?"

Diese Erklärung wurde von den Espressotrinkern mit dem Hervorschieben des Kinns quittiert, begleitet von hängenden Mundwinkeln und nach oben geschobener Unterlippe. Ein Umstand also, der nicht gänzlich akzeptiert wurde.

Kapitel 12

Ein Leben ohne Bedauern

Während des Besuches bei Hans lernte Luca, was ein deutsches Frühstück bedeutete. Es gab verschiedene Brotsorten, Wurst, Käse, selbstgemachte Marmelade, Rührei, Kaffee, Orangensaft, Blumen auf dem Tisch, gutgelaunte Gespräche, Lachen und Eis zum Dessert. Sie saßen zusammen im Esszimmer mit Blick in den Garten. Hans' Mutter sprach ein wenig Italienisch und übersetzte, sodass zwischen Luca, Hans und seinen Eltern beinahe ein richtiges Gespräch zustande kam. Sie war Französisch- und Musiklehrerin, Hans' Vater Anwalt. Er konnte kein Italienisch, aber seine Augen sprachen dieselbe Sprache wie die von Hans. Das vierte Eis war nicht etwa für eine Schwester, einen Bruder oder eine Großmutter, sondern für Luca.

Luca brauchte jedoch einige Zeit, bis er in der gelösten Stimmung zu sich finden konnte. Der Weg, den er nun zum zweiten Mal mit Hans nach Hause gegangen war, kam ihm weniger vertraut vor als beim ersten Mal. Ihm schien, als würden ihn alle Menschen, die ihnen auf der Straße entgegenkamen, anschauen und sein Unbehagen, seine Furcht, seine Freude, seine Anspannung erkennen.

Sie waren eigentlich mit dem Frühstück schon fertig, als Hans sich mit Orangensaft bekleckerte. Er hatte eine hellblaue Strickjacke mit Zopfmuster an, die er über einem weißen Unterhemd geöffnet trug. Der Orangensaft war ihm vom Brustbein bis zum Bauch gelaufen. Hans und seine Eltern lachten über dieses Missgeschick und auch Luca musste lachen.

„Komm, Luca, ich wollte dir ohnehin noch etwas zeigen", sagte Hans, sprang von seinem Stuhl auf und schaute erwartungsvoll zu Luca. „Komm" und „Luca" hatte Luca verstanden, den Rest nicht, aber das würde sich zeigen. Gemeinsam gingen sie nach oben.

Kaum waren sie in Hans' Zimmer getreten, zog Hans seine Strickjacke aus und warf sie auf das Bett. Dann zog er sein beflecktes Unterhemd aus. Er griff mit beiden Händen in seinem Nacken nach dem Bund des Halsausschnittes und zog es dann Stück für Stück über den Kopf, bis er es schließlich zur Strickjacke auf das Bett warf. Er hatte eine sehr weiße Haut, von der sich das Dunkelrot seiner Brustwarzen deutlich absetzte. Seine Brust und sein Bauch waren unbehaart, die Achselhaare blond wie sein Kopfhaar. Unter seiner Haut zeichneten sich Muskeln ab, sein Torso und seine Arme schienen wie modelliert. Noch nie hatte Luca so viel Schönheit im Körper eines Mannes gesehen.

Luca musste Hans angestarrt haben, denn Hans stand einen kurzen Moment mit nacktem Oberkörper vor ihm und lächelte ihn an. Dann deutete er hinter Luca. Luca brauchte einen Moment, um zu verstehen, schaute sich um und sah ein Foto von Hans in einem dunkelgrauen Rahmen, der über dem Schreibtisch hing. Es zeigte ihn, wie er, bekleidet mit einer weißen, enganliegenden Hose und einem ärmellosen weißen Trikot, mit den Händen an zwei Ringen hing, die an Seilen befestigt waren, die ihrerseits irgendwo oben außerhalb des Bildes befestigt gewesen sein mussten. Hans hatte die Arme in einem perfekten rechten Winkel, sodass sich seine Hände rechts und links neben seinem Kopf befanden. Der Oberkörper, die eng aneinander gedrückten Beine und die gestreckten Füße zeigten pfeilgerade nach unten.

Sein Lächeln und seine Oberarme rangen um die Gunst der Kamera. Hans war also Turner.

„Ich turne", erklärte Hans. Luca schaute Hans erschrocken an. Doch die Ursache seines Schreckens war er selbst.

„*Gymnastika*", versuchte Hans zu erklären.

„*Sì*, ja, *ginnastica*", hatte Luca verstanden. Zumindest das war klar.

„Ach, ich wollte dir ja noch etwas zeigen!", sagte Hans dann und es schien Luca, als wäre Hans gerade etwas eingefallen. Er drehte Luca seinen Rücken zu, der wie in einem Sonett die logische Konsequenz der zwei Terzette auf die beiden Quartette war, und zog ein Buch aus einem Regal.

„Hier, ein Wörterbuch. *Dizionario italiano-tedesco*, Italienisch-Deutsch", sagte Luca, der sich noch immer kein frisches Unterhemd angezogen hatte. Luca nahm das Wörterbuch.

„*Grazie.*"

„Du hast recht!", sagte Hans und schaute dabei Luca an, als wollte er sich für etwas entschuldigen. Bevor er weitersprach, zog er sich ein frisches Unterhemd an.

„Ich hätte zwei kaufen sollen. Eines für mich und eines für dich. Mist! Egal. Du nimmst das mit und ich besorge mir noch eines."

Der Innen-Luca, der gerade erst begonnen hatte, sich langsam nach außen zu kämpfen, war wieder hinter einem Bollwerk des Schweigens verschwunden. Er wusste nicht, was er sagen sollte. Er drückte sich das Wörterbuch vor die stumme Brust und schaute Hans immer noch erschrocken an.

„*Devo andare. Grazie*, Hans."

„Du musst schon los. Aber es ist erst zwei. *Due, non tre.*“ Das hatte Hans doch verstanden, dass Luca erst um drei wieder in die Eisdiele musste.

„*Grazie*“, wiederholte Luca und hielt das Wörterbuch ein kleines Stück hoch. Er freute sich sehr über das Geschenk, wusste aber, dass er seine Freude in diesem Moment nicht zeigte.

Er bedankte sich noch bei Lucas Eltern für die Gastfreundschaft und das hervorragende Frühstück und verabschiedete sich dann. Hans begleitete ihn zur Tür. Luca vermied es, Hans anzuschauen, und durchschritt schnell den Weg durch den Vorgarten zum Bürgersteig, um den Rückweg zur Eisdiele anzutreten, auch wenn er eigentlich noch früh dran war.

Luca war froh, dass es nicht regnete, hatte er doch keinen Schirm dabei. So konnte er das Wörterbuch trocken nach Hause bringen. Zu Hause, dachte er, wo war das gerade eigentlich? Er beschloss, auf jeden Fall das Wörterbuch vor der Arbeit erst in sein Zimmer zu bringen. Dort war es besser aufgehoben als in der Eisdiele.

Da Luca an dem Tag einige Stunden über Mittag frei bekommen hatte, war er für den Schlussdienst eingeteilt, was hieß, dass er entweder mit Ernesto oder Signor Colombo der Letzte in der Eisdiele sein würde und so dafür verantwortlich, das Eis in den Behältern glattzuspachteln und die Putzaufgaben zu erledigen.

Signor Colombo teilte sich an diesem Abend den Schlussdienst mit Luca. Die Espressotrinker hatten am späten Nachmittag noch einmal die Eisdiele besucht, doch bis auf Crucifisso, der noch seine Zigarette aufrauchte, waren alle wieder gegangen. Wollte Crucifisso heute nicht mit Caterina spazieren gehen?, fragte sich Luca.

„Und? Hast du deinem deutschen Freund schon den Schwanz gelutscht?“ Crucifisso grinste Luca an. Wie versteinert stand Luca da und wusste nicht, wie er reagieren sollte.

„Raus! Sofort!“ Das war Signor Colombo in unmissverständlichem Kommandoton, den Luca eigentlich eher von La Colomba kannte. Luca hatte ihn nicht aus dem Laboratorio kommen hören. Er stellte sich jetzt vor Luca.

„Ist ja gut, ist ja gut. Man darf doch wohl mal einen Scherz machen. Und dann bin ich mir gar nicht sicher, ob der Kleine nicht …“, wollte Crucifisso gerade ausholen, blies dann aber – von Signor Colombo unterbrochen – eine Ladung Zigarettenqualm mit vorgeschobener Unterlippe in die Luft.

„Raus. Jetzt. Oder ich helfe dir dabei“, sagte Signor Colombo, diesmal ohne jegliche Aggression in der Stimme. Es klang fast so, als wollte er Crucifisso tatsächlich seine Hilfe anbieten.

„Was bekommst du von mir?“, fragte Crucifisso und kramte mit seiner linken Hand in der Hosentasche, sodass man Münzen klimpern hörte. Mit der Rechten hielt er die Zigarette.

„Du kannst morgen zahlen.“ Da war wieder der Kommandoton in Signor Colombos Stimme.

„Also dann *buona notte*“, stammelte Crucifisso, ohne einen der beiden anzuschauen, und dann zu Luca: „Kleiner, nimm es mir nicht …“ Er wurde aber wieder von Signor Colombo unterbrochen, der einen Schritt auf ihn zuging und lauter wurde: „Halt den Mund und verschwinde!“

Crucifisso drückte seine Zigarette in dem Aschenbecher aus und ging.

Signor Colombo schloss die Tür von innen ab. Der Kontrollgang zu *L'Aquila* war ausgefallen, da La Colomba unter Kopfschmerzen litt und sich früh hingelegt hatte. Luca kam es fast vor, als könnten sie nicht einfach so die Tür abschließen, ohne zu wissen, ob nicht in der anderen Eisdiele der Stadt das Licht noch brannte.

Signor Colombo stand an seinem Fenster und schaute nach draußen, sodass er Luca den Rücken zuwandte, als er zu ihm sprach: „Als ich im Krieg war, kämpfte ich in den Alpen gegen den Feind. Wir wussten damals nicht genau, wer unser Feind war. Einmal waren es die einen, dann wieder die anderen. Ich hatte einen Freund. Er hieß Sandro, eigentlich Alessandro, aber alle nannten ihn Sandro. Wir hatten uns im Krieg kennengelernt. Wir waren beide Soldaten und kämpften für oder gegen die gleiche Sache. Sandro war mehr als ein Freund. Was zwischen uns war, war sauber, anständig und gut. Wir mussten vorsichtig sein. Wir hatten mehr Feinde als unsere Kameraden. Für uns konnte jeder der Feind sein. Als der Krieg beendet wurde, gingen wir beide getrennte Wege, kehrten zu unseren Familien zurück. Nach ungefähr drei Monaten bekam ich einen Brief von Sandro. Ich lebte damals nur mit meiner Mutter zusammen. Mein Vater war schon lange tot, meine zwei Brüder sind nach dem Krieg nicht zurückgekommen und meine beiden Schwestern waren verheiratet und hatten eigene Familien. Sandro wollte zu mir kommen. Er wollte ein Leben mit mir beginnen. Er war mein Leben. Ich dachte mir, dass ich das meiner Mutter schon würde erklären können. Am verabredeten Tag ging ich zum Bahnhof, um ihn abzuholen. Ich war glücklich und voller Furcht zugleich. Was sollte aus uns werden? Zwei Männer. Der Zug kam nicht. Ich wartete gemeinsam mit anderen Menschen, die auch jemanden am Bahnhof abholen wollten."

Signor Colombo drehte sich zu Luca um und schaute ihn an. Luca stand noch genau dort, wo er war, als Crucifisso ihn angeblafft hatte.

„Es gab ein Unglück. Der Zug war entgleist. Es sind dreiundzwanzig Menschen gestorben. Sandro war einer von ihnen. Er hatte den verdammten Krieg überlebt, aber nicht die Fahrt zu mir, die Reise in ein neues Leben, in unser Leben. Das habe ich bisher noch niemandem erzählt, hörst du? Niemandem."

„*Signora*?", fragte Luca. Das Wort musste er durch seine trockene Kehle pressen.

„Niemandem. Sie weiß nichts", antwortete Signor Colombo, wandte sich wieder seinem Fenster zu, drehte sich dann aber nach einer kurzen Pause zu Luca und schaute ihn an. Luca wusste nicht, ob er Signor Colombo ansehen sollte. Er wusste auch nicht, was er sagen sollte.

„Ich hätte meine Frau nicht heiraten dürfen. Wir haben keine Kinder. Unser Leben war von Anfang an zum Scheitern verurteilt. Sie sieht es nicht, denn sie sieht mich nicht. Sie sieht nur den *gelataio* in mir. Den Mann, der aus ihr eine *Signora* gemacht hat." Luca hätte Verzweiflung in Signor Colombos Stimme erwartet, doch er war ganz gefasst und ruhig und kam auf Luca zu. Er stand nun so nah vor ihm wie noch nie. Sein Atem roch nach Minze.

„Luca, lebe niemals das Leben eines anderen, sondern nur dein Leben", sprach er in einem so einfühlsamen

Ton, dass es Luca vorkam, als hätte er ihn zum ersten Mal überhaupt sprechen hören.

„Ich weiß gar nicht, welches mein Leben ist." Luca schossen die Tränen in die Augen.

„Es wird dich finden, dein Leben. Lebe nicht das, das andere von dir erwarten. Führe ein Leben ohne Bedauern. Und jetzt geh schlafen." In diesem letzten Satz war eine tiefe Erschöpfung zu hören.

„*Sì, Signor Colombo. Buona notte*", sagte Luca und gerne wäre er geblieben. Er hatte das Gefühl, als könnte er Signor Colombo nicht allein lassen.

„*Buona notte, Luca*", entgegnete sein Chef und wandte sich wie zum Abschluss dieses Gespräches, oder es war eher ein Geständnis, seinem Fenster wieder zu.

Luca schloss die Tür auf und ging. Er hörte noch, wie von innen wieder abgeschlossen wurde. Signor Colombo war jetzt allein.

Der Tag hatte begonnen wie jeder andere in den letzten Monaten in der Eisdiele. Aber noch nie war Luca so bewusst geworden, dass am Abend eines Tages Dinge geschehen sein konnten, die das Leben für immer veränderten. Sein Leben.

Kapitel 13

Die bemitleidenswerte Kreatur

Liebe Anna,

wie geht es dir? Papa hat mir geschrieben, dass du das Kloster verlassen hast. Du hast damals so geweint, als du mit Don Alfonso ins Taxi gestiegen bist. Du sollst wissen, dass ich froh bin, dass du wieder zu Hause bist. Ich konnte mir auch nicht vorstellen, dass du ein Leben hinter Klostermauern führen willst. Ich hoffe, Papa ist nicht zu streng zu dir. Ich wünschte, ich wäre jetzt auch zu Hause.

Mir geht es gut. Aber das Wetter ist sehr schlecht. Deshalb haben wir nicht viel zu tun. Die Colombos haben schon ein Mädchen wieder nach Hause geschickt. Sie sagen, sie könnten uns nicht alle bezahlen. Wenn das Wetter nicht besser wird, dann schicken sie vielleicht noch jemanden nach Hause. Erzähle es bitte Papa nicht. Ich möchte nicht, dass er sich Sorgen macht. Ich werde auf jeden Fall versuchen zu bleiben, um den Lohn für die ganze Saison mit nach Hause zu bringen.

Ich lerne jetzt Deutsch. Es ist eine schwere Sprache, aber ich habe ein Wörterbuch geschenkt bekommen.

Schreib mir! Die Adresse ist auf dem Umschlag.

Luca

Er wollte ihr schreiben, dass etwas mit ihm geschah, doch er tat es nicht. Er wollte ihr erklären, dass er etwas für Hans empfand, doch er tat es nicht. Er wollte ihr zuflüstern, dass es Hans gab, doch er traute sich nicht. Er wollte ihr anvertrauen, dass etwas mit seinem Körper passierte, wenn er an Hans dachte, wie der halbnackt vor ihm stand, doch er teilte dieses Geheimnis nicht mit ihr. Er wollte schreien, dass er Angst hatte, ein gottverdammter *ricchione* zu sein, doch er blieb stumm. Er wollte erzählen, was Signor Colombo ihm anvertraut hatte, doch er konnte es nicht.

Der Tag nach Christi Himmelfahrt hätte für die Gelateria ein gutes Geschäft sein können. Viele mussten nicht arbeiten und hätten den zusätzlichen freien Tag sicherlich genutzt, um mit der Familie in die Stadt zu gehen und ein Eis zu essen, hätte der Regen nicht seine Stellung klar behauptet. Da Luca am Tag zuvor Schlussdienst gehabt hatte, konnte er – anders als am Vortag – früher gehen. Also hatte er die Gelegenheit genutzt, um Anna zu schreiben.

Als er den zugeklebten Umschlag auf den kleinen Tisch in seinem Zimmer legte, schmerzte es ihn, dass er sogar mit Anna allein war. Er war allein mit seinen Gedanken, mit seinen Sehnsüchten, mit seiner Furcht und mit seinem Ekel, den er vor sich selbst verspürte. „Führe ein Leben ohne Bedauern", hatte Signor Colombo gesagt. Wie sollte ihm das gelingen? Sein Leben war ein einziges Bedauern. Er traute sich nicht, zu Gott zu beten. Er traute sich nicht, mit seiner Mutter zu sprechen. Wer war er überhaupt? Was würden Gott und seine Mutter sagen, wenn sie ihn wirklich kennen würden? Wie konnte er ihr Verständnis erwarten? Wie konnte er mit einem Gott sprechen, der ihn in seinem Plan nicht vorgesehen hatte? Wie konnte er seiner Mutter gegenübertreten, die nicht wusste, wen sie in ihm liebte?

Er beschloss, sich selbst vor seinem Innen-Luca zu schützen. Eine bemitleidenswerte Kreatur wie Mario, der einst mit seinem Bruder befreundet gewesen war, die wollte Luca nicht sein. Es kam ihm vor, als würde er am

Rand eines Abgrunds entlangstolpern, der ihn jeden Moment zu verschlingen drohte. Er konnte an diesem Tisch sitzen bleiben und weiter den Brief anstarren oder er konnte diesen Tisch, dieses Zimmer und diesen Abgrund verlassen. Er nahm den Umschlag, zog sich die Jacke an und beschloss, zum nächsten Briefkasten zu gehen, damit er den Brief an seine Schwester einwerfen konnte. Frankiert war er. Worauf wartete er noch?

Nachdem er den Brief eingeworfen hatte, lief Luca wie getrieben durch die Stadt. Am Rathaus vorbei, in Richtung einer Barockkirche, die direkt an eine alte Klosteranlage grenzte, in der ein Gymnasium untergebracht war. Er wusste, dass Hans auf dieses Gymnasium ging, doch er versuchte, diesen Gedanken zu verdrängen. Weiter bis zum Brunnen des Heiligen Liborius und dann eine schmale Gasse hinunter, die zur Kathedrale führte. Dahinter lag die Bibliothek, die sicherlich nicht mehr geöffnet hatte, wenn sie heute nicht ohnehin wegen des Brückentags geschlossen war. Also entschloss Luca sich, in die Parkanlage rund um das Quellgebiet der Pader abzubiegen, des Flusses, der der Stadt ihren Namen gab. Dann einen steilen, schmalen Weg wieder hoch und von dort waren es nur noch wenige Minuten nach Hause. Er hatte immer noch keinen besseren Namen gefunden für die Unterkunft, die er sich mit seinen Kollegen teilte, also entschloss er sich, es so lange, wie er dort wohnte, als Zuhause zu bezeichnen. Trotz allem fühlte er sich mit diesem Wort wohl.

Er ging an der Eisdiele vorbei, die unbeleuchtet und verwaist war. *L'Aquila* musste demnach auch bereits geschlossen haben. Er öffnete die Haustür. Die Stufen hinauf in die erste Etage fielen ihm schwer. Es fühlte sich an, als wollte ihn etwas nach unten ziehen.

Er hatte die Wohnungstür noch nicht wieder hinter sich zugemacht, da sah er, dass vor der Tür zu seinem Zimmer eine große Schachtel auf dem Holzfußboden stand. Er konnte noch nicht sehen, was darin war, aber obenauf lag das Wörterbuch, das Hans ihm geschenkt hatte. Was hatte das zu bedeuten? Er ging den Flur entlang zu seinem Zimmer. Wie gewohnt knarrten die Dielen unter seinen Füßen. Jetzt konnte er sehen, dass unter dem Wörterbuch alles lag, was ihm gehörte: seine Wäsche, seine Schuhe, seine Kleidung, die Tasche, in der er Stifte und Papier aufbewahrte, sein Leben. Alles schien in Eile und achtlos hineingeworfen worden zu sein. Lediglich das Wörterbuch thronte demonstrativ obenauf wie das intakte Dach eines ansonsten maroden Hauses.

Luca traute sich nicht, die Schachtel anzufassen oder gar beiseitezuschieben. Er drückte die Klinke herunter, doch die Tür ließ sich nicht öffnen. Niemand schloss die Zimmertür sonst ab. Zum einen gab es zu jedem Zimmer nur einen Schlüssel und zum anderen waren sie ja unter sich.

„Paolo?"

Keine Antwort.

„Paolo?" Nun schon etwas lauter: „Paolo, mach auf! Was soll das?"

„Für dich ist hier kein Platz, du Schwuchtel!", rief Paolo.

„Aber das ist auch mein Zimmer!", versuchte Luca es noch einmal.

„Wenn ich mir vorstelle, dass du mich fast nackt gesehen hast, wird mir schlecht. Verpiss dich, Luca!" Paolos Verachtung drängte sich durch die Tür wie der penetrante Geruch von Fäulnis.

„Paolo, verdammt, mach auf!", schrie Luca und hämmerte mit den Fäusten gegen das Holz. Nichts. Dann ging die Tür des Zimmers nebenan auf. Ernesto trat in den Flur.

„Was ist los?“, fragte er, schaute erst in Lucas verzweifeltes Gesicht, dann blieb sein Blick bei der Schachtel auf dem Boden hängen.

„Er lässt mich nicht rein“, flüsterte Luca und musste mit den Tränen kämpfen.

„Was soll das heißen, er lässt dich nicht rein?“ Ernesto kam zu Luca und drückte die Klinke herunter. Natürlich war auch sein Versuch erfolglos.

„Paolo, was soll das?“ Ernestos Stimme war ruhig und gefasst, als erlebte er solche Situationen nicht zum ersten Mal.

„Mit so einem teile ich mir kein Zimmer! Ist mir egal, wo er pennt!“ Paolo musste direkt hinter der Tür stehen.

„Das kannst du nicht einfach so entscheiden“, hielt Ernesto dagegen. Luca hatte sich auf den Boden gesetzt, war vornübergebeugt und vergrub sein Gesicht in den Händen.

„Ist mir egal. Sollen sie mich morgen nach Hause schicken. Mit dem schlafe ich keine Nacht mehr in einem Zimmer!“ Man konnte hören, wie Paolo von der Tür wegging. Dann das quietschende Geräusch seines Bettes.

„Ist es wegen Anze?“ Diese Frage richtete Ernesto an Luca. Luca schaute zu Ernesto auf und spürte, wie ihm die Tränen über die Wangen liefen.

„Wegen Hans?“, fragte er ungläubig. „Aber wir haben nichts …“ Er wusste nicht, wie er den Satz beenden sollte. Was sollte er sagen? Nein, ich habe ihm nicht den Schwanz gelutscht, wie Crucifisso meinte? Nein, wir haben auch sonst nichts Widernatürliches getan? Ja, ich weiß, dass ihr gesehen habt, wie Hans mich umarmt hat? Ja, vielleicht hat Caterina Crucifisso erzählt, dass

Hans mir seine Socken geliehen hat? Was noch? Jetzt war auch Michele, der sich das Zimmer mit Ernesto teilte, in den Flur getreten.

„Jetzt komm erst mal mit zu uns", sagte Michele, der das Gespräch mitangehört haben musste und sogleich den Karton vom Boden aufhob. Wie passend, dachte Luca: Sein Leben und das Chaos in dieser Schachtel harmonierten in ekelerregender Weise miteinander. Ohne auf eine Reaktion von Luca oder Ernesto zu warten, ging Michele zurück in sein und Ernestos Zimmer.

„Michele hat recht. Komm!" Ernesto reichte Luca eine Hand und half ihm, vom Boden aufzustehen. Dann gingen sie gemeinsam zu Michele.

Was war geschehen? Wie sollte es jetzt weitergehen? Das Zimmer von Ernesto und Michele hatte nur zwei Betten wie alle Personalzimmer. Selbst wenn sie gewollt hätten, wäre kein Platz für ein drittes darin gewesen. Würde Paolo noch seine Meinung ändern? Das glaubte Luca kaum.

„Wenn Paolo dich nicht zurücklässt, dann nehme ich heute Nacht dein Bett. Mich wird er reinlassen. Und du schläfst in meinem. Hast du verstanden? Das bekommen wir schon hin. Ja?"

Luca hatte Michele noch nie so fürsorglich erlebt.

„Danke." Mehr brachte er nicht heraus.

„Du musst dich dafür nicht bedanken. Paolo ist ein Idiot", stellte Ernesto fest.

„Es tut mir leid." Luca musste wieder mit den Tränen kämpfen.

„Und es muss dir auch nichts leidtun. Hörst du?" So, wie Ernesto mit ihm sprach, erinnerte es Luca an seine große Schwester Emma.

„Paolo ist ein Arschloch. Das war er vom ersten Tag an", sagte Michele, „und jetzt setz dich erst mal hier auf den Stuhl!" Das Zimmer war exakt wie sein – musste er sagen, altes? – Zimmer eingerichtet.

„Ich gehe jetzt rüber zu Paolo und kläre das." Und schon hatte Michele das Zimmer verlassen. Sie hörten noch, wie er bei Paolo klopfte und ihn aufforderte aufzumachen. Kurz darauf wurde die Tür geöffnet, Michele ging hinein und die Tür wurde wieder geschlossen.

Wenige Minuten später kam Michele zurück.

„Ich schlafe heute Nacht in deinem Bett. Vielleicht ist es besser, wenn wir es auch dabei belassen. Es schadet gar nicht, wenn ich Paolo etwas unter Kontrolle habe. Er hat bestimmt nicht damit gerechnet, dass er sich das jetzt einhandeln würde." Michele grinste Luca an.

„Ich nehme jetzt nur ein paar Sachen mit und den Rest dann morgen."

„Danke." Luca war den beiden wirklich dankbar.

„Hör auf, dich zu bedanken. Gute Nacht, ihr zwei." Michele hatte sich sein Nachthemd und Unterwäsche unter die Arme geklemmt, seine Zahnbürste und Rasierzeug in einen kleinen Beutel gestopft und war dann auch schon wieder verschwunden.

„Wenn du das Waschbecken brauchst, mach ruhig!", bot Ernesto Luca an. Luca verzichtete darauf, sich erneut zu bedanken, und nickte nur. Als sie beide in ihren Betten lagen, starrte Luca an die Decke und wusste nicht, ob er etwas sagen sollte.

„Signora Colombo wollte mich nach Hause schicken", begann Ernesto unerwartet, „weil ich die Brosche gestohlen habe. Signor Colombo hat sich dagegengestellt. Wäre es nach ihr gegangen, wäre ich mit Maria in den Zug gestiegen." Luca schaute zu Ernesto hinüber, der wie Luca zuvor zur Zimmerdecke sah.

„Warum hast du die Brosche genommen?", traute sich Luca zu fragen.

„Willst du wissen, wie ich an die Brosche gekommen bin?" Ernesto schaute zu Luca. „Ich war in der Wohnung der Colombos, um eine Glühbirne in der Küche auszutauschen. Signora Colombo steigt auf keine Leiter, weil sie sagt, ihr wird schwindelig, und Signor Colombo war im Kaffeehaus. Die Birne musste aber sofort ausgetauscht werden. Eine von fünf Birnen in der Lampe wohlgemerkt. Es war nicht das erste Mal, dass Signora mich in die Wohnung bestellte, wenn Signor Colombo nicht da ist. Ich habe die Glühbirne ausgetauscht. Sie hat die Leiter gehalten, obwohl die Leiter nicht klapperig war und nicht gehalten werden musste. Aber wie sollte Signora Colombo sich sonst an mich drücken, wenn sie nicht so tut, als wollte sie die Leiter festhalten? Als ich von der Leiter stieg, versuchte sie, mich zu küssen."

Luca schaute Ernesto erstaunt an. Das wollte er eigentlich gar nicht wissen.

„Ich habe mich von ihr abgewendet, die Leiter zusammengeklappt und wollte gehen, als sie mich fragte: ‚Heißt deine Verlobte nicht Cecilia?' ‚Ja', sagte ich. ‚Würde ihr das nicht vielleicht gefallen?' Dann hielt sie mir die Brosche hin, die sie aus einer Tasche ihres Rocks herausgeholt hatte. ‚Ja, sie würde ihr sicher gefallen', sagte ich. ‚Dann schenke sie ihr doch.' Ich roch, dass irgendetwas faul war, aber nur zu gern wollte ich Cecilia diese Brosche schenken. C wie Cecilia. ‚Bis Oktober ist ja noch reichlich Zeit', sagte sie dann. ‚Du kannst sie jetzt schon haben, aber du musst sie dir natürlich verdienen.' Und dann grinste sie mich an. Ich nahm die Brosche und die Leiter und ging."

„Was meinte sie damit, ‚du musst sie dir verdienen‘?“, fragte Luca. Ernesto lächelte Luca an.

„Ich dachte in dem Moment nur an Cecilia“, wich Ernesto Lucas Frage aus.

„Und warum hast du die Brosche dann in der Kammer versteckt?“ Das interessierte Luca nun wirklich.

„Das habe ich nicht. Ich hatte sie hier in meinem Nachttisch, eingewickelt in ein Taschentuch, das ich von Cecilia bekommen hatte. Eines mit ihrem Monogramm.“

„Das verstehe ich nicht.“ Luca runzelte die Stirn.

„Signora Colombo hatte von mir nicht bekommen, was sie als Gegenleistung wollte. Und dann war die Brosche eines Tages weg. Sie lag nicht mehr in meinem Nachttisch. Verschwunden samt Taschentuch.“

„Und dann hat Caterina sie in der Kammer gefunden. Hast du das denn nicht Signor Colombo erzählt?“

„Was hätte ich ihm sagen sollen? Dass seine Frau mit mir ins Bett wollte?“ Ernesto erwartete keine Antwort. Plötzlich begriff Luca und schämte sich, dass er es nicht gleich verstanden hatte. Ernesto knipste die Nachttischlampe aus.

„Vielleicht lenkt dich meine Geschichte ein wenig von deiner ab“, sagte Ernesto ins Dunkel. „Aber behalte es bitte für dich. Es weiß sonst niemand. Außer Michele. Und jetzt du.“

„Ich werde es niemandem erzählen.“ Luca war von Ernesto zutiefst beeindruckt.

„Gute Nacht, Luca.“

„Gute Nacht, Ernesto. Und …“

„Bedank dich nicht schon wieder. Schlaf.“

„Gut.“ Luca konnte noch nicht schlafen. „Ernesto?“

„Ja?“

„Was hat Signor Colombo gesagt, warum er dich nicht nach Hause schicken will?"

„Er hat gesagt, er braucht mich."

„Ja."

„Buona notte."

„Buona notte."

Wieder so ein Tag, der alles veränderte, dachte Luca. Auch wenn Ernestos Geschichte unglaublich war und er La Colomba, bei all den Allüren, die sie jeden Tag aufs Neue wie eine Monstranz vor sich hertrug, nicht zugetraut hätte, dass sie dermaßen hinterhältig war, konnte diese Geschichte Luca nicht davon ablenken, an alles zu denken, was mit ihm geschehen war. Auch jetzt, oder gerade jetzt, hier im Bett, ließ ihn das Bild von Hans, wie er mit nacktem Oberkörper vor ihm stand, nicht los. Dass das Bett, in dem er lag, nicht nach ihm, Luca, sondern nach einem anderen Mann roch, oder sollte er mit seinen sechzehn Jahren sagen, überhaupt nach einem Mann roch, verstärkte seine Gefühle und die Reaktionen seines Körpers in einem Maße, wie er es noch nie gekannt hatte. Er lag im Bett und war wie elektrisiert. Wäre er allein im Zimmer gewesen, hätte er dem Verlangen nachgegeben, sich körperliche Befriedigung zu verschaffen.

Luca hatte Ernesto und Michele nun auf eine Art kennengelernt, wie er sie beide bisher noch nicht erlebt hatte. Nie hatte er sie wirklich bewusst wahrgenommen, auch wenn sie jeden Tag miteinander in der Gelateria arbeiteten. Ernesto war der Stille und Michele stand in seinem Schatten und das nicht nur, weil Ernesto recht groß war, größer noch als Paolo. Ernesto war schlank, das waren sie alle, er schien aber kein Gramm Fett am Körper zu haben. Sein schmales Gesicht ließ die Wangenknochen und den Kehlkopf deutlich hervortreten. Er trug das dunkelbraune Haar sehr kurz, hatte ein geheimnisvolles Gesicht, das sich in seinem Ausdruck selten veränderte, und Zähne, die zu klein für seinen Mund wirkten. Luca glaubte allerdings nicht, dass das der Grund dafür war, dass er Ernesto bisher so gut wie nie hatte lächeln oder gar lachen sehen.

Michele war in etwa so groß wie Paolo – und damit größer als Luca – und sah runder und weicher als Ernesto aus, dabei aber nicht feminin. Er hatte schwarzes Haar, das er mit einer glänzenden Pomade zu einem Seitenscheitel frisierte, der – da war Luca sich sicher – jeder Erschütterung standhalten würde.

Luca hatte sich geschworen, den Innen-Luca in sich zu begraben. Doch wie sollte ihm das gelingen? Wie konnte ihm das gelingen, wenn die Menschen um ihn herum offensichtlich in ihn hineinschauen konnten? Aber war das, was sie dort sahen, wirklich er? Paolo sagte, ihm würde schlecht, wenn er „daran" dachte. Crucifisso hatte eine Grenze überschritten, von der Luca bisher nicht wusste, dass es sie gab. Signor Colombo hatte ihm sein Leben anvertraut und Ernesto fragte, ob „es" wegen Hans sei, als fragte er nach dem Wetter. Wegen Hans? Das konnte nichts und zugleich alles heißen. Was Luca spürte, konnte nichts und zugleich alles heißen.

Luca erinnerte sich an einen Tag, als er und Anna noch klein waren. Ihre Mutter lebte bereits nicht mehr. Es handelte sich um den Tag, an dem Emma ihm nicht beibringen durfte, wie man Strümpfe strickte, da sein Papa befürchtete, Luca könnte eine Schwuchtel wie Mario werden. Ein *frocio*. Luca hatte damals bitterlich geweint. Emma hatte gesagt, dass Anna das nicht so gemeint hatte. Auch Pasquale hatte es nicht so gemeint.

Auch Papa hatte es nicht so gemeint. Sicherlich hatte es auch Crucifisso nicht so gemeint. Alle hatten sie es nie so gemeint. Eines der schlimmsten Schimpfworte war es aber doch, als *frocio* oder *ricchione* bezeichnet zu werden. Was war mit Signor Colombo? Er hatte Luca von seiner Liebe zu Sandro erzählt. Er hatte von Liebe gesprochen. Er hatte nicht von Abschaum, Schande, bemitleidenswerten Kreaturen und weibischen Männern gesprochen. Signor Colombo war alles andere als weibisch.

Und doch konnte Luca sogar verstehen, dass Paolo nicht mehr mit ihm in einem Zimmer schlafen wollte. Was hätte das andernfalls über ihn, Paolo, ausgesagt? Luca erschrak, dass der Gedanke, dass er eine Schwuchtel war, sich in seinem Inneren wie ein Geschwür Raum verschaffte. Wie konnte er es zulassen, dass das mit ihm geschah? Welches Leben wollte er leben? Welches Leben sollte er leben? Welches Leben konnte er leben? War es das, was immer schon anders an ihm war? War er immer schon so? Haben es immer schon alle gewusst? Alle außer ihm? Und was war mit seiner Mutter?

Luca lag in Micheles Bett und fühlte sich elend. Hatte er gerade erst sein Bedürfnis zurückgedrängt, damit Ernesto ihn nicht hörte, so hatte er jetzt die Befürchtung, Ernesto könnte seine Tränen bemerken. Er hatte Angst, Ernesto könnte Mitleid mit ihm haben. Mitleid nicht etwa, weil er aus seinem Zimmer geworfen worden war, sondern Mitleid, weil er bemitleidenswert war.

Luca, ich bin bei dir. Mama, es tut mir leid. Was denn, Luca? Ich wollte das nicht. Du hast nichts Schlimmes getan. Du bist mein Luca. Mama, ich bin das nicht. Doch, du bist es und du wirst es immer sein. Nein, Mama, vielleicht bin ich nicht dein Luca. Doch, mein Kind. Immer.

Kapitel 14

Der Kuss

Eine ganze Woche hatte Luca Hans nun nicht gesehen. Das konnte jedoch nicht nur daran liegen, dass es seit fünf Tagen nicht mehr geregnet hatte. Luca war es jedoch recht, hatte er so Zeit gehabt, sich einzubilden, all das hätte nichts mit ihm zu tun. Das Geschwür, das vielleicht schon immer in ihm gelauert hatte, konnte er vielleicht doch besiegen. Auch wenn das Unaussprechliche ausgesprochen worden war, verhallten die Worte; der Schmerz ließ nach. Paolo stand tagsüber neben ihm an der Theke und schlief nachts im Zimmer nebenan. Crucifisso wich Lucas Blick aus, als wollte er die Worte zurücknehmen, die er achtlos in Lucas Leben gebrannt hatte. Signor Colombos stoische Stärke erschien Luca nun wie eine einsame Verletzlichkeit. Caterina, Francesca und Elsa waren unverändert. Und hätten Ernesto und Michele nicht durch ihre auffällige Freundlichkeit, die sie Luca gegenüber zeigten, den Stachel des Mitleids, der noch in ihm steckte, wie mit einem Daumen festgehalten, wäre dieses Gefühl, eine bemitleidenswerte Kreatur zu sein, vielleicht ganz von ihm abgefallen. Vielleicht. Und dann war da noch La Colomba. Fatalerweise war es gerade die Geschichte, die Ernesto ihm erzählt hatte, um Luca abzulenken, die ihn stets daran erinnerte, wovon er abgelenkt werden sollte.

„Die Nekste biete!“ Paolo und Luca waren es gar nicht mehr gewohnt, so viele Menschen hintereinander zu bedienen. Der Regen der letzten Wochen schien vergessen. Dicht gedrängt standen die Eishungrigen in einer mehr oder weniger geordneten Traube vor der Mitnehmtheke

und hatten ihre Kinder auf oder die Großmutter am Arm und die Augen und das Portemonnaie weit geöffnet. Caterina und Elsa bedienten, während Francesca am Spülbecken stand und den Tag verfluchte, an dem Maria nach Hause geschickt worden war. Signor Colombo koordinierte die Bestellungen der Eisbecher, die nicht auf die Hand gingen und die von Michele gezaubert wurden, der von Ernesto dabei unterstützt wurde, der wiederum die Kaffeemaschine mitbediente. Und La Colomba war ganz die *Signora*, die hier lächelte und dort empfing, hier die Augen verdrehte und dort verabschiedete. So, wie es die Bestimmung der Eisleute war, konnten sie arbeiten, während ihre Kunden genießen durften.

„War er heute wieder nicht da?“, fragte Caterina, als die letzten Gäste gegangen waren und La Colomba sich gerade aufgemacht hatte, nach der Konkurrenz zu spähen.

„Wer denn?“, fragte Luca und drehte ihr den Rücken zu, um die letzten Packungen Pappeisbecher unter der Mitnehmtheke zu deponieren, damit sie am nächsten Tag nicht jedes Mal nach hinten laufen mussten, wenn sie Nachschub benötigten.

„Wer denn, wer denn, wer denn? Na, *H-Hans* natürlich!“ Luca drehte sich zu ihr um. Caterina stand vor ihm, hatte die Hände in die Hüften unter die Spitzenschürze gestemmt und schaute ihn mit gespielter Lässigkeit an.

„Ich weiß nicht. Ich habe ihn nicht gesehen“, antwortete Luca in einem Ton, als spräche er über das Wetter.

„Ich weiß nicht, ich weiß nicht, ich weiß nicht. Natürlich wüsstest du es, wenn er da gewesen wäre. Er kommt doch sonst spätestens jeden zweiten Tag, wenn das Wetter schön ist. Abgesehen davon, dass er auch kommt, wenn es regnet, aber dann aus einem anderen Grund, oder nicht?“ Caterina lächelte ihn an, wie man einen kleinen Jungen anlächelt, der sich etwas aus einem Glas Süßigkeiten aussuchen darf. Wenn das Wetter schön ist, dachte Luca. Wann war es denn bis auf die letzten fünf Tage wirklich schön gewesen?

„Caterina, lass mich in Ruhe! Musst du nicht *spazieren* gehen?“ Das Wort „spazieren“ zog Luca absichtlich in die Länge, drehte sich wieder herum und bückte sich, um die Pappeisbecher ein weiteres, unnötiges Mal so zu platzieren, dass sie so griffbereit wie möglich dort standen.

„Spazieren? *Reden* muss ich!“ Caterina imitierte ihn, zog aber ihrerseits das Wort „reden“ unnötig in die Länge.

„Reden? Mit wem?“ Luca stand wieder vor ihr.

„Mit dir. In einer halben Stunde vor der Kathedrale“, sagte sie, drehte sich um und ging nach hinten, ohne ihm die Möglichkeit zu geben, darauf zu reagieren, geschweige denn zu widersprechen.

Sie hatten alles fertig, als La Colomba zurück in die Eisdiele kam und verkündete „Wir schließen!“ Nur zu gern hätte Luca einen Vorwand gehabt, um sich nicht mit Caterina zu treffen. Aber das Einzige, was er nun noch zu tun hatte, war, nach hinten zu gehen und seine Schürze in den Sack für die Schmutzwäsche zu werfen.

„Paolo hat dich aus dem Zimmer geworfen. Ist das richtig?“, war das Erste, was Caterina ihn fragte, als Luca an der Kathedrale ankam. Sie stand dort, wo neulich der Bettler seine Stellung bezogen hatte, direkt vor der Mittelsäule des Portals und war nicht zu übersehen. Sie trug den grünen Rock, den Crucifisso ihr geschenkt hatte.

„Ich will nicht darüber reden." Es ärgerte Luca, dass sie ihn deswegen zur Kathedrale gelockt hatte. Er ging ein paar Schritte von ihr weg und schaute hoch zum Campanile.

„Und nicht erst seit gestern, sondern schon seit einer Woche, hat Elsa gemeint", bohrte sie weiter, jetzt lauter.

„Warum erzählst du mir, was ich schon weiß?", wollte Luca von ihr wissen und ging wieder auf sie zu. Ausgerechnet Elsa hatte es ihr erzählt. Ohne seine Frage zu beantworten, fuhr sie fort.

„Hast du Hans wirklich nicht gesehen in den letzten Tagen?" Ihr Blick verfinsterte sich.

„Caterina, was ist so merkwürdig daran, dass ich Hans nicht gesehen habe, verdammt noch mal?" Luca hatte keine Lust auf dieses Gespräch.

„Ich dachte, er wäre dein Freund." In diesem Satz war keine Ironie, sondern Traurigkeit.

„Ich bin kein *ricchione*, hörst du? Das bin ich nicht!" Das Wort *frocio* brachte er nicht über die Lippen. Lag es an dem Zischlaut inmitten des Wortes? Was war an dem harten K besser?

„Luca, darum geht es doch gar nicht. Und wenn es so wäre, dann wäre es mir auch egal, verstehst du? Ich mag dich so, wie du bist. Hast du das verstanden?" Caterina legte ihre Hände um Lucas Schultern, fast wie eine Umarmung auf Distanz.

„Ich bin aber nicht so. Und das kannst du auch Crucifisso sagen!" Er löste sich aus der Umarmung, indem er mit beiden Händen ihre Arme wegschlug. Dann ging er wieder zwei Schritte zurück.

„Was hat denn Crucifisso damit zu tun?", wollte sie wissen und schaute ihn verständnislos an.

„Frag ihn!" Dieser kurze Satz kostete Luca viel Atem.

„Was ich dir eigentlich sagen wollte, ist, dass Hans schlecht aussieht. Er muss wohl in eine Schlägerei geraten sein.“ Sie ging wieder auf ihn zu. Er wich weiter zurück.

„Das interessiert mich nicht. *Anze* kann machen, was er will! Es interessiert mich nicht, hörst du?“, brüllte er ihr ins Gesicht und wollte nur weg, als er das Fahrrad bemerkte, das neben dem Portal lehnte. Aus der Kathedrale kam ein Geistlicher in Soutane. Es fing an zu regnen. Auf dem Platz vor der Kathedrale stand einsam ein kleiner Lastwagen, der achtlos dort abgestellt war. Vom Himmel fiel feiner Nieselregen wie ein Schleier, der sich auf die Stadt und auf die Erinnerung an den Todestag seiner Mutter legte. Luca schaute in den Himmel. Auch an diesem Abend verloren sich seine Tränen im Regen, der sein Gesicht zum Trost mit kleinen Tropfen benetzte. Er musste hier weg. Eiligen Schrittes hastete er über den Domplatz und ließ Caterina dort zurück.

„Luca!“ Das war nicht Caterinas Stimme. Er drehte sich um. Hans stand vor ihm. Er trug eine Bluejeans und ein weißes T-Shirt. Seine Oberlippe war auf einer Seite geplatzt, was aber schon vor einigen Tagen passiert sein musste, denn die Wunde sah trocken und verkrustet aus. Ein blau-lila Bluterguss entstellte ein Auge. Die Augenbraue darüber war ebenso wie die Lippe aufgeplatzt.

„Hans, was ist passiert?“, fragte Luca besorgt und ihm war sofort klar, dass Hans ihn nicht verstanden hatte.

„Caterina hat gesagt, dass ich dich hier finde. Fast hätte ich dich verpasst“, sagte Hans außer Atem. Luca hatte nur Caterina verstanden.

„Hast du gesagt, Caterina? Was hat sie damit zu tun?“

„Ich wollte mit dir reden, dich sehen, Luca“, antwortete Hans passend und dennoch nicht auf seine Frage.

„Du hast dich geprügelt. Mit wem? Warum?“ Es waren ihre Augen, die miteinander sprachen, denn ihre Worte verfehlten einander.

„Ich hatte mir gedacht, dass du in den letzten Tagen viel arbeiten musstest, und ich wollte so nicht in die Eisdiele kommen.“ Hans grinste, was ihm offensichtlich Schmerzen bereitete. Er zeigte auf seine geplatzte Lippe und dann auf das lädierte Auge.

„Komm, wir stellen uns dort im Hauseingang unter. Der Regen wird stärker“, sagte Hans und zog Luca mit sich.

„Ich kann nicht mit dir gehen, Hans.“ Kaum ausgesprochen war sich Luca der Bedeutung dieser Worte bewusst und begriff auch, dass Hans ihn selbstverständlich wieder nicht verstanden haben konnte. Auch wenn ihre Sprachen immer noch nicht zueinander fanden, so taten es doch ihre Blicke, die voller Angst, Zärtlichkeit und Liebe waren. Hans legte eine Hand auf Lucas Schulter und nahm ihn mit in den Eingang einer um diese Zeit geschlossenen Weinhandlung, wo sie sich vor dem Regen schützen konnten. Bei dem Wetter war der Domplatz fast menschenleer. Sie standen sich in diesem Unterschlupf gegenüber und betrachteten sich gegenseitig. Hans lächelte und Luca weinte.

„Was ist denn los? Du weinst. Das ist nicht nur Regen in deinem Gesicht.“

„Hans, wir dürfen uns nicht sehen. Ich möchte dich nicht sehen.“ Hätte ihnen jemand zuhören können, der beide Sprachen verstand, so wäre nicht aufgefallen, dass sie keinen wirklichen Dialog miteinander führten.

„Du weinst jetzt aber nicht wegen meinem blauen Auge, oder?“ Hans spielte Luca ein gequältes Lächeln vor und boxte ihn zum Spaß leicht in den Bauch. Luca erschrak und wich ein Stück zurück. Hans bemerkte nun, dass es ihm nicht gelungen war, Luca aufzumuntern.

„Was ist denn los, Luca? Was hast du?“

„Sie denken alle, dass ich ein *ricchione* bin.“ Luca schaute Hans an und wartete auf eine Reaktion, als würde er einen Stein in einen Teich werfen und hoffen, dass er an anderer Stelle wieder auftauchte.

„Ist es wegen des schlechten Wetters?“

„Paolo hat mich aus dem Zimmer geworfen, weil ich ihn anwidere. Er spricht den ganzen Tag nicht mit mir.“ Luca schaute auf den Boden des Hauseingangs.

„Es ist wegen Paolo?“

„Ja, Paolo.“ Was konnte Hans verstanden haben außer den Namen? Luca war verzweifelt. Er weinte nun hemmungslos. Die Tränen liefen ihm über die Wangen und das Schluchzen ließ seine Brust erbeben. Er war selbst erschrocken, wie diese Emotionen aus ihm herausbrachen, doch er konnte sie nicht zurückhalten. Hans umarmte ihn. Luca wollte das nicht, doch es fühlte sich gut an. Hans drückte ihn an sich und legte ihm wie zum Schutz eine Hand an den Hinterkopf.

„Luca, ich weiß nicht, was mit dir los ist, aber ich bin für dich da“, flüsterte Hans. Luca löste sich aus der Umarmung und schaute Hans an. Sie sahen sich jetzt beide in die Augen, spürten gegenseitig ihren Atem. Hans küsste Luca auf die Lippen. Seine Lippen fühlten sich weich und spröde zugleich an. Hans wich gleich zurück und fasste sich an die Wunde an seiner Oberlippe. Er lächelte. Luca stand versteinert da. Was hatten sie getan? Was hatte er getan? Hans küsste ihn erneut. Dieses Mal länger. Hans’ Mund schmeckte nach Mais. Warum?

„Das ist ja widerlich, schau dir das an!“ Zwei junge Männer, kaum älter als Hans und Luca, liefen gerade über den Domplatz, blieben kurz stehen und gingen dann weiter. Luca erschrak und löste sich von Hans.

„Zwei 175er. Eingesperrt gehören die!“, rief einer der beiden noch und dann waren sie auch schon verschwunden. Luca hatte nicht verstanden, was sie gesagt hatten, aber es konnte nichts Gutes gewesen sein. Er schaute Hans noch einmal an, streichelte zart über das verletzte Auge und lief dann davon. Durch den Regen, über den Platz, durch sein Leben, weg von Hans, weg vor sich selbst.

Die nächsten Wochen fühlten sich für Luca an, als bewegte er sich in einer Blase. Die Welt um ihn herum nahm er nur schemenhaft wahr, die Stimmen drangen nicht ganz zu ihm durch. Er funktionierte, war freundlich zu den Kunden, aß gemeinsam mit seinen Kollegen, schlief mit Ernesto in einem Zimmer, registrierte die Espressotrinker wie ein Bild an einer Wand, das man schon zu oft betrachtet hatte, und war immun gegen Paolos Blicke. Caterina hatte es aufgegeben, ihn zum Lachen bringen zu wollen. Manchmal kam es Luca so vor, als schaute Signor Colombo ihn so an, wie er sonst in sich schaute, wenn er aus seinem Fenster sah. Aber vielleicht täuschte ihn die Blase, die ihn umgab. Was ihm bisher immer wichtig gewesen war, wie er nach außen wirkte, hatte für ihn plötzlich jegliche Bedeutung verloren. Der Innen- und der Außen-Luca hielten sich nicht an die verteilten Rollen. Als verharrte er in einem stillen Raum zwischen zwei gleichstarken Pluspolen, die sich gegenseitig abstießen. Auch wenn er sprach, war Stille in ihm. Auch wenn er lächelte, war Traurigkeit in ihm. Auch wenn er funktionierte, drohte er doch zu zerbrechen.

Das letzte Mal geregnet hatte es an jenem Tag, an dem sie sich geküsst hatten. *Il bel biondo* war seitdem nicht mehr in der Eisdiele erschienen. Auch stand er nicht in der Schlange der Gymnasiasten, die sich in den Pausen oder nach der Schule ein Eis auf die Hand gönnten. Das Wetter war jetzt schön. Die Sonne schien, wie es für die Jahreszeit normal war. Es war jetzt endlich Sommer. La Colomba freute sich.

Manchmal dachte Luca, dass er Hans vielleicht nur nicht bemerkt hatte. Dass die Blase um ihn herum seinen Sinnen einen Streich spielte. Dann dachte er, dass es besser so war. Er war in Deutschland, um zu arbeiten und Geld zu verdienen. Und das ging am besten, wenn sie viel zu tun hatten. Der Sommer würde bald genug enden. Er würde nach Hause fahren. Und alles würde niemals so sein, wie es vorher war.

Er hatte Hans geküsst.

Kapitel 15

Nichts war gut

Luca zählte die Tage und Wochen nicht, die er in dieser Starre verbrachte. Beendet wurde der Zustand jedoch an einem Sonntagnachmittag, als inmitten des Gedränges vor dem Mitnehmfenster Hans' Mutter stand.

„*Ciao, Luca, come stai?*", fragte sie ihn.

„*Buongiorno, signora.*" Er wusste nicht einmal ihren Namen, Hans' Familiennamen. Zwischen Vanille und Stracciatella erzählte sie ihm, dass sie für Hans Eis mitnehmen wollte. Ihr Italienisch war wirklich sehr gut. Hans sei im Krankenhaus. Es gehe ihm schon besser. Er sei einige Tage nicht bei Bewusstsein gewesen, aber das liege schon Wochen zurück. „Was ist denn passiert?", fragte Luca erschrocken. Er sei auf dem Domplatz von zwei Männern schwer verprügelt worden. Ob Luca ihn nicht vielleicht besuchen wollte, wenn er Zeit dafür hätte. „Selbstverständlich möchte ich ihn besuchen", versicherte Luca. Hans liege im Krankenhaus ganz in der Nähe, Sankt Vincenz. Luca packte die drei Eisbecher ein, nahm das Geld von Hans' Mutter, nickte und schaute ihr nach. Dann traf sein Blick den von Paolo, das erste Mal seit Wochen. Auch Paolo schien erschrocken.

Er musste ihn besuchen. Er musste ins Krankenhaus. Er hatte sich also geirrt, dass Hans nichts mehr mit ihm zu tun haben wollte. Der Kuss war vielleicht nicht das Ende, sondern der Anfang. Mit einem Mal schien Luca alles so klar. Hans war schon wieder in einen Streit geraten, aber dieses Mal wohl schlimmer als das letzte Mal. Als sie sich geküsst hatten. Luca hatte Hans' verwundetes Gesicht noch klar vor Augen.

Noch nie zuvor hatte er so schnell wie an diesem Abend alles geputzt. Es war halb acht Uhr abends, als La Colomba von ihrem Kontrollgang zurückkehrte und bestätigte, dass sie schließen konnten. Sollte er Hans ein Eis mitbringen? Er hatte ja erst am Nachmittag eines von seiner Mutter bekommen. Gemeinsam mit Michele und Ernesto verließ er die Eisdiele. Sie waren die Letzten. Die beiden bogen nach rechts, um hinauf auf ihre Zimmer zu gehen, Luca nach links.

„Wo willst du hin?“, fragte ihn Michele, als Luca ihnen schon den Rücken zugewandt hatte. Er blieb stehen und drehte sich zu den beiden um.

„Ich möchte noch etwas spazieren gehen“, entgegnete er.

„Sollen wir mitkommen?“ Michele schien sehr daran interessiert, Luca zu begleiten. Warum nur?

„Nein. Nein, danke, das müsst ihr nicht.“

„Etwas Luft wäre gar nicht verkehrt“, sagte Ernesto dann und lächelte, was bei jedem anderen wie ein sparsames Lächeln gewirkt hätte, für Ernesto aber war es schon viel.

„Ich möchte zu Hans. Er liegt im Krankenhaus. Seine Mutter war heute da und hat es mir erzählt.“ Luca schaute etwas verlegen, hatte es aber auch eilig.

„Ich weiß. Ich habe es gehört. Aber du kannst ihn jetzt sicher nicht besuchen. Es ist zu spät.“ Michele schaute Luca an. Es lag etwas Zärtliches in seinem Blick. Luca erschrak.

„Zu spät? Wie meinst du das?“ Wusste Michele mehr über Hans’ Gesundheitszustand als er?

„In Krankenhäusern gibt es Besuchszeiten. Ich weiß nicht genau, wie lange die hier in Deutschland gehen, aber es ist jetzt gleich acht. Ich glaube nicht, dass sie dich jetzt noch zu ihm lassen.“ Plötzlich verstand Luca und war erleichtert, dass es nur um die Besuchszeiten ging.

„Wir können es aber versuchen“, schlug Ernesto vor. „Wir gehen gemeinsam hin und fragen. Sollen wir das tun?“ Ernesto und Michele sprachen immerhin besser Deutsch als er. Luca wüsste nicht einmal, was er fragen sollte, wenn man ihn nicht reinließe. Und auch wusste er nicht die Zimmernummer, um Hans dort zu finden. Er nahm das Angebot an.

Gemeinsam gingen die drei nun Richtung Rathaus, dann weiter durch eine schmale Gasse und auf den Domplatz. Hier also war Hans verprügelt worden. Luca schaute im Vorbeigehen unauffällig in den Hauseingang, in dem er mit Hans vor dem Regen Schutz gesucht hatte. Genau wie an jenem Abend hatten alle Geschäfte jetzt bereits geschlossen. Aber es war ja auch Sonntag und der Platz wieder menschenleer. Es war ein schöner, lauer Abend. Es dämmerte und die Laternen taten bereits ihren Dienst. Die einsetzende Dunkelheit ließ den Kegel ihres Lichtes erstarken, wenngleich es die sich ankündigende Nacht war, die ihnen Kraft verlieh, und nicht ihr eigenes Vermögen. Weiter ging es an einer Kirche vorbei, die sich gegenüber der Kathedrale befand. Welch eine Verschwendung, dachte Luca. Im Schatten eines Domes konnte eine Kirche nur verlieren, denn sie war viel kleiner und schlichter als die große Kathedrale, mit der sie im Kleid ihres weitaus weniger imposanten Baustils vergebens wetteiferte. Zum Trotz hatte sie einen eher profan wirkenden, achteckigen, gedrungenen Turm, der ihr den Anstrich einer Burg verlieh. Das Schmückende an dieser sonst schmucklosen Kirche aber war, dass in eine Ecke, die zum Domplatz zeigte, ein bürgerliches Haus hineingebaut worden war.

Diesen Teil der Stadt hatte Luca noch nicht gesehen, obwohl er nur einen Steinwurf von der Eisdiele entfernt war. Es folgte auf der rechten Seite ein kleiner Brunnen, der in eine hüfthohe Mauer eingelassen war, die wiederum den begrünten Vorplatz eines kleinen, aber dennoch herrschaftlich wirkenden Hauses einfasste, das zwischen der Kirche und dem folgenden Gebäude wie ein gut gekleideter kleiner Junge zwischen zwei erwachsenen Männern auf den Zehenspitzen stolzierte, aber doch nicht mit ihnen Schritt halten konnte. Auf dem Brunnen war die Inschrift *Nova ruinis reddita vita* zu lesen. Auch wenn Lucas Lateinkenntnisse sehr überschaubar waren – zu Hause war es jedoch immerhin die Sprache ihrer Gebete –, so verstand er, dass der Brunnen die Erneuerung der Ruinen mit dem Leben zu belohnen beabsichtigte.

Er verurteilte sich selbst für den Gedanken, dass ihm sein Leben wie eine Ruine vorkam. Eine Ruine von sechzehn Jahren war sicherlich nicht das, was der Schöpfer dieses Brunnens im Sinn hatte, selbst wenn der Wasserstrom, der aus den zwei – oder waren es drei? – Speiern in das Becken schnellte, sich jugendlich darin verlustierte. Wüsste Luca, wie er die Ruine seines Lebens erneuern könnte, so würde er mit einem neuen oder wirklichen Leben belohnt werden.

Kurz darauf kamen sie an einem Gebäude vorbei, das aussah, als wäre darin eine Behörde untergebracht. Noch ein kleines Stück weiter und sie waren am Krankenhaus, das Teil einer Klosteranlage zu sein schien. Hinten links war wieder eine Kirche zu sehen, die den Betrachter zu allererst mit ihrem Campanile begrüßte, als wollte sie sagen: *Hier bin ich!* Aus einigen Fenstern des Krankenhauses schien Licht und auch der Eingang und der Empfangsbereich waren beleuchtet. Das war allerdings für ein Krankenhaus sicherlich normal und musste nicht zwangsläufig bedeuten, dass noch Besucher zugelassen würden.

„Wir haben zwei Hans, einen Johann und einen Johannes. Aber die können Sie jetzt alle nicht besuchen. Es ist zu spät. Die Besuchszeit endet um sechs Uhr abends. Das tut mir sehr leid, aber Sie müssen morgen wiederkommen. Und Sie müssen wissen, wie ihr Hans mit Familiennamen heißt, sonst kann ich Ihnen die Zimmernummer nicht sagen. Verstehen Sie?"

„Ick verstehn. Viele dank. Komme morge. Viele dank." Ernesto drehte sich zu Luca und Michele um und deutete ihnen, mit ihm hinauszugehen. Die Krankenschwester hatte sehr freundlich zu ihnen gesprochen und verständnisvoll gelächelt. Hinter ihr stand eine Ordensschwester in Tracht, die ihnen argwöhnische Blicke zuwarf, während Ernesto vor der Empfangstheke mit konzentriertem Blick zuhörte und den Eindruck vermittelte, als sortierte er jede Information durch ein leichtes Kopfnicken in die passende Stelle seines Kurzzeitgedächtnisses ein. Luca und Michele flankierten ihn dabei und blickten abwechselnd, wenn nicht hektisch, so jedoch unruhig von der Krankenschwester zu Ernesto, dann zur Ordensschwester und wieder zurück. So ergaben Verständnis, Konzentration und Argwohn die perfekte Mischung eines zum Scheitern verurteilten, hinkenden Dialoges.

„Was hat sie gesagt?", nahm Michele Luca die Frage vorweg.

„Es ist zu spät. Und wenn ich sie richtig verstanden habe, dann hat sie gesagt, dass nur Familienangehörige zu ihm dürfen", erklärte Ernesto.

„Und dann hat sie etwas von *Joannes* gesagt, oder nicht?“, erinnerte sich Luca.

„Ja, aber ich weiß nicht, warum. Vielleicht ist *Anze* die Kurzform von *Ioanne* und *Anze* heißt richtig *Ioanne.*“ So wie Ernesto das sagte, war er selbst nicht wirklich überzeugt davon.

„Aber warum sollte sie uns das in dieser Situation erklären? Ernè?“, imitierte Michele die Sprache und die Gesten der Terroni.

„Du hast recht. Das macht keinen Sinn.“ Und dann zu Luca: „Luca, es tut mir leid. Ich dachte, ich würde besser Deutsch verstehen. Aber sie hat auch so schnell gesprochen.“ Ernesto schaute zerknirscht.

„Aber nett war sie. Und hübsch!“, grinste Michele über beide Ohren.

„Das bringt Luca auch nichts!“, ermahnte Ernesto ihn. Wie wahr, dachten in diesem Moment wohl alle drei.

„Ich muss zu Hans’ Eltern. Morgen. Die werden mir sicher helfen. Oder sie nehmen mich mit. Hans’ Mutter spricht gut Italienisch. Sie wird mich verstehen. Sie hat doch gesagt, ich soll ihn besuchen.“ Luca schaute von Michele zu Ernesto.

„Und du sie“, ergänzte Ernesto nachdenklich. Und dann, als weder Luca noch Michele den Anschein erweckten, als hätten sie ihn verstanden, fügte er hinzu: „Du wirst sie besser verstehen, als ich die Krankenschwester gerade verstanden habe.“

„Ach so!“, kam es von beiden unisono.

„Nur, wie schaffe ich das alles morgen vor sechs Uhr abends?“ Nun war es Luca, der zerknirscht schaute.

„Eines nach dem anderen“, beruhigte Ernesto ihn. „Morgen sprichst du erst mit den Eltern von Anze und dann sehen wir weiter.“ Michele fand den Vorschlag gut.

Er nickte. Luca gefiel die Idee auch. Dann sehen *wir* weiter, hatte Ernesto gesagt. Luca hatte Verbündete. Das fühlte sich gut an.

Als Luca, Ernesto und Michele in den Flur zurückkamen, sahen sie, dass vor der Tür des Zimmers, das Ernesto sich jetzt mit Luca teilte, ein Brief lag. Ernesto hob ihn auf.

„Der ist für dich", hielt er Luca den Brief hin. Luca erkannte an der geschwungenen, kleinen Handschrift, dass er von seiner Schwester Anna war. Konnte das schon die Antwort auf seinen Brief an sie sein? Das erschien ihm zu schnell.

„Ich gehe jetzt ins Bett. Bis morgen. *Buona notte*", verabschiedete sich Michele, öffnete die Tür zu seinem Zimmer und verschwand.

„*Buona notte*", verabschiedeten sich Luca und Ernesto fast im Chor und gingen dann in ihr Zimmer.

„Lies ihn ruhig! Ich gehe zur Toilette." Ernesto zog die Schuhe aus, schlüpfte in seine Pantoffeln und verließ das Zimmer wieder.

Lieber Luca,

ich halte es hier nicht mehr aus. Warum glaubt Papa nur, dass ich für ein Leben als Nonne bestimmt bin? Er meint, ich würde mich daran gewöhnen und noch den Weg zu Gott finden. Wie kann das hier der Weg zu Gott sein? Ich habe eher das Gefühl, dass ich wie ein Dienstmädchen behandelt werde. Ich und die anderen Mädchen putzen und waschen den ganzen Tag und nähen für die Priester. Wir stehen noch vor Sonnenaufgang auf, beten und arbeiten dann, bis wir wieder beten. Mein Kopfkissen ist so hart. Ich bekomme davon Kopfschmerzen. Wir dürfen nicht miteinander sprechen. Wir dürfen überhaupt nur sprechen, wenn wir gefragt werden. Neulich haben mich Papa und Emma hier besucht. Sie sind den ganzen langen Weg mit dem Fahrrad hergekommen. Emma hat mir zugeflüstert, dass sie mich beim nächsten Mal mit nach Hause nimmt. Ich habe so geweint, als sie wieder aufgebrochen sind. Wie sollen sie mich mitnehmen? Ich könnte vielleicht bei Papa auf seiner Fahrradstange sitzen? Ich wünschte, ich wäre bei dir in Deutschland in der Eisdiele. Dir geht es sicher gut. Musst du viel arbeiten? Hast du schon eine Freundin? Hier im Kloster gibt es keine Jungs. Ich weine jeden Abend, wenn ich im Bett liege. Außer einem Mädchen weinen wir alle. Wir wollen alle wieder nach Hause. Doch ich habe Angst, es Papa zu sagen. Er wünscht sich so sehr eine Nonne als Tochter. Vielleicht ist es mein Los, dass ich nicht mein eigenes Leben führen darf.

Schreib mir. Ich liebe dich.

Anna

„Und? Gute Neuigkeiten?" Ernesto war von der Toilette zurück.

„Ja, alles ist gut." Anna hatte seinen Brief also noch nicht erhalten. Er drehte den Umschlag um. Es stand kein Absender darauf. Sicherlich wollte sie nicht, dass die Nonnen den Brief in die Hände bekommen würden, für den Fall, dass er zurückkäme. Die Adresse von zu Hause als Absender wäre auch keine gute Wahl gewesen. Aber sein Vater hatte geschrieben, dass Anna wieder zu Hause wäre. Also hatte sie doch den Mut gefunden, sich ihm anzuvertrauen. Oder Emma.

„Gute Nacht, Luca." Ernesto zog sich die Decke bis unter das Kinn und drehte Luca den Rücken zu.

„Gute Nacht, Ernesto. Und danke, dass du heute mit der Krankenschwester gesprochen hast", sagte Luca in das von seiner Nachttischlampe schwach erleuchtete Zimmer.

„Das ist sehr nett von dir, dass du es als Gespräch bezeichnest. Du solltest den Plan verfolgen, mit der Mutter von *Anze* zu sprechen", sprach Ernesto halb in sein Kissen.

„Das mache ich", beschloss Luca.

Anna hatte also doch mit ihrem Vater gesprochen. Oder zumindest hatte ihr Vater darin eingewilligt, dass sie nach Hause durfte. Konnte er auch mit seinem Vater sprechen? Über sich? Niemals! Was auch? Wie?

„Machst du das Licht bald aus?", grunzte Ernesto.

„Sicher. Entschuldige. Ich bin gleich so weit. Ich putze mir nur noch die Zähne." Und gehe dann zur Toilette, dachte Luca noch.

Als er wenig später in dem dunklen Zimmer im Bett lag, konnte er nicht schlafen. Das lag nicht nur daran, dass Ernesto schnarchte. Bis vor Annas Brief hatte der Innen-Luca ein wenig den Weg nach außen gefunden. Dass Ernesto und Michele ihn zum Krankenhaus begleitet hatten, hatte sich so offiziell, so normal angefühlt, als wäre es nichts Schlimmes, seinen Freund zu besuchen. Nichts Schlimmes. Was sollte daran auch schlimm sein? Na, dass er den Jungen im Krankenhaus besuchen wollte, den er geküsst hatte. Oder der ihn geküsst hatte? Mit Annas Brief lief der Innen-Luca wieder am Abgrund entlang. Wieder drohte er abzustürzen. Der Keim der Zuversicht verbrannte jetzt im Licht der Nacht. Auch wenn dieser Sommer noch nicht vorbei war. Auch wenn dieser Sommer bisher noch kein Sommer war. Er würde enden. Und was dann? Dann würde er zurück in sein Kloster gehen. Und ebenso wie Anna im Kloster würde auch er nicht sprechen. Der Innen-Luca würde dorthin zurückgehen, wo er herkam. Er würde sich dem Abgrund wieder nähern. Luca weinte. Alles ist gut, hatte er zu Ernesto gesagt. Nichts war gut. Das war es schon lange nicht mehr.

Kapitel 16

Gefährten

Luca schlief sehr unruhig. Eigentlich wusste er gar nicht, ob er überhaupt geschlafen hatte. Es war ein Zustand zwischen Schlaf und Wachsein, gefüllt von Träumen, die vielleicht doch keine waren, und Gedanken, die in Alpträumen besser aufgehoben gewesen wären. Er sah sich, wie er vor einigen Jahren zu Hause die Holztreppe hinuntergestürzt war. Er hatte sich nicht wirklich verletzt. Der Schreck war größer als alles andere. Dann plötzlich fand er sich eng an Ernesto gekuschelt in dessen Bett wieder und wurde von ihm getröstet, indem Ernesto ihm mit einer Hand über den Kopf streichelte und ihm mit der anderen die goldene Brosche der Colomba an die Brust drückte. Dann wieder sah er seinen Vater, der mit schmerzerfülltem Gesicht am Esstisch saß und ihm zuflüsterte: *Lebe ein Leben ohne Bedauern.*

„Was ist?" Luca erschrak.

„Es ist spät. Du musst aufstehen. Heute scheint die Sonne." Ernesto hatte sich schon rasiert und verließ im Nachthemd das Zimmer. Dann hatte er also doch nicht wach gelegen, sonst wäre er nicht derart aus dem Schlaf gerissen worden. Erholt fühlte er sich jedoch nicht. Er krabbelte aus dem Bett, schlüpfte in seine Hausschuhe, stellte sich vor das Waschbecken und schaute in den Spiegel. Seine Haare standen wild ab. Seine Mutter hatte immer gerne erzählt, dass er bereits mit dieser wilden Haarpracht zur Welt gekommen sei. Sie hätte stets Mühe gehabt, die abstehenden Haare zu bändigen, was ihr aber eigentlich gefiel. Das wusste Luca allerdings nur aus den Erzählungen seiner älteren Geschwister. Er selbst konnte sich daran nicht erinnern.

Die Sonne schien ins Zimmer und auf den Spiegel. Fast wie ein Heiligenschein umrahmten die Reflexe der Sonne Lucas Gesicht. Er wollte sich nicht weiter ansehen und öffnete den Wasserhahn, um sich zu waschen.

Der Tag in der Eisdiele erschien Luca wie eine Feier mit ungebetenen Gästen, die man eigentlich gleich wieder loswerden wollte, die sich aber auf diesen Tag so sehr gefreut hatten, dass es schwerfiel, den eigenen Kummer, die eigenen Ängste und den eigenen Plan weit nach vorn in das Bewusstsein vordringen zu lassen.

Die Sonne schien. Hans lag im Krankenhaus. Luca konnte nicht zu ihm. Nichts von dem ergab ein Ganzes. Es waren alles Fragmente mit Konturen aus einer eigenen Welt.

Ernesto und Michele waren zu Lucas Komplizen und Caterina zu seiner Vertrauten geworden. Und doch fühlte es sich für Luca so fremd an, Vertraute zu haben, dass es ihm weder Gewissheit noch Sicherheit gab. Sein Leben hatte ihn bisher gelehrt, sich zu schützen und sich anderen nicht zu öffnen. Andere in ihn hineinschauen zu lassen, stellte bisher immer eine Gefahr dar, denn wenn sie ihn dort angetroffen hätten, dann hätte er sich seinem wahren Ich stellen müssen.

Irgendwie brachte er den Tag hinter sich. Für einen Montag hatten sie viel zu tun. Die Menschen schienen an diesem überraschend sonnigen Tag nach den vielen Regentagen jede Gelegenheit nutzen zu wollen, nach draußen zu gehen, das nachzuholen, was sie in den Wochen zuvor verpasst hatten, und dazu gehörte auch, ein Eis zu essen. Die Schüler, die Büroleute in ihrer Mittagspause, die Rentner und selbstverständlich auch die Espressotrinker, alle hatten sie den Weg in die Gelateria gefunden, um Luca davon abzuhalten, vor sechs Uhr abends zum Krankenhaus gehen zu können. Auch wenn es sicherlich aussichtslos gewesen wäre, so wollte er es doch versucht haben. Er wusste nicht, warum ihm ein zweiter Versuch am Empfang des Krankenhauses aussichtsreicher erschien, als zu Hans' Eltern zu gehen und sie um Unterstützung zu bitten. Vielleicht hatte er die Befürchtung, dass Letzteres erfolgversprechend sein könnte.

Es war zwar schon nach sieben, der frische Abend hatte Luca mit seinen kühlen Temperaturen aber davor bewahrt, dass es an diesem Sommertag noch später werden würde. Sie hatten geputzt und gegessen. Einige von ihnen gingen noch spazieren, andere auf ihre Zimmer. Luca machte sich auf den Weg zu Hans' Eltern. Er hoffte, Hans' Mutter anzutreffen, wäre mit ihr doch ein Gespräch möglich.

Als er nach dem ersten Besuch bei Hans dort entlanggelaufen war – wenn auch in die andere Richtung –, so war es der Weg weg von Hans' Mutter, dieses Mal war es der Weg hin zu ihr. Luca war klar, dass es bei diesem Gedanken nicht nur um die Richtung ging. Wieder lief er hinter der Kathedrale an der Bibliothek vorbei, durch das Wäldchen und dann den Pfad entlang, der nicht von der Seite des kleinen Flusses wich und jede seiner Windungen begleitete. Merkwürdig, dachte Luca, der Pfad ist eng mit dem Fluss verbunden und doch unterscheidet die beiden so viel voneinander. Ist ein Pfad schwerfällig und hart und fordert er doch von dem, der ihn geht, Entschlossenheit, Kraft und Orientierung, so eilt ein Fluss locker, beschwingt und teils stürmisch voran mit einer Selbstverständlichkeit, die zugleich erfreut und erschreckt.

„Luca, komm rein!“ Ihr Italienisch war zwar nicht perfekt, aber Luca hatte sich vorgenommen, in diesem Gespräch mehr auf den Inhalt, denn auf die Form achtzugeben. Hans lag noch auf der Intensivstation. In zwei Tagen sollte er auf eine normale Station verlegt werden und dann könnte er auch von Freunden Besuch empfangen. Durch die Prügelei hatte er eine schwere Kopfverletzung erlitten und es war ihm eine Rippe in die Lunge eingedrungen, was zu Komplikationen geführt hatte. Am Mittwoch also könnte Luca ihn besuchen. Die Besuchszeit endete allerdings auch für die normalen Stationen um sechs Uhr abends. Hans' Mutter schlug vor, dass sie um fünf oder halb fünf in die Eisdiele kommen könnte, um Luca abzuholen. Ob er dann schon mit seiner Arbeit fertig wäre. *Sì* war das Einzige, was Luca über die Lippen brachte, und *grazie*. Als würde er und nicht sie in einer fremden Sprache sprechen, fehlten ihm die Worte, während er mit Hans' Mutter an dem kleinen Tisch in der Küche saß. Dort in der Holzschale lagen wieder Äpfel. Er bedankte sich für das Wasser, das ihm angeboten worden war und das er nur hinuntergestürzt hatte, um nicht unhöflich zu wirken.

Auf dem Rückweg drückte der Fluss seinen Protest aus, floss er doch in die Richtung, aus der Luca kam, und nicht in die Richtung, in die er ging. Selbstverständlich war Luca klar, dass Flüsse nicht ihre Richtung wechselten. So lief er zurück in sein Leben. Bis Mittwoch noch – also zwei Tage – bis Hans' Mutter ihn in der Gelateria abholen würde, um mit ihm Hans im Krankenhaus zu besuchen. Die zwei Tage würde er überstehen. Doch wie könnte er am Mittwoch so früh bereits gehen, wenn noch Arbeit in der Eisdiele anlag? Selbst wenn das Wetter wieder schlecht sein sollte, so wäre er zu der Zeit noch mit Aufräumen und Putzen beschäftigt. Signor Colombo schien ihm die einzige Person zu sein, die es ihm ermöglichen konnte, seinen Plan in die Tat umzusetzen.

Als Luca zurück war, stand die Tür zu Paolos und Micheles Zimmer – seinem alten Zimmer – offen. Im Vorbeigehen schaute er hinein. Michele lag auf seinem Bett und las in einem Buch.

„Luca, komm rein. Wie geht es dir?“, rief Michele unüberhörbar.

„Ich will nicht stören.“ Luca war die wenigen Schritte zurückgegangen und schaute zu Michele ins Zimmer.

„Du störst nicht. Ich habe dieses Buch ohnehin schon dreimal gelesen. Auch wenn es jedes Mal anders für mich ist.“ Luca wusste nicht, dass Michele überhaupt las.

„Was liest du?“

„Mal wieder den *Decamerone* von Boccaccio.“ Michele grinste, als wollte er sich entschuldigen. „Kennst du es?“

„Ich habe es nicht gelesen.“ So wie Luca das sagte, klang es wie ein Geständnis.

„Ich kann es dir leihen.“

„Aber du liest es doch noch.“

„Ich habe noch andere Bücher da und lese es ja wie gesagt zum dritten Mal. Willst du?“ Michele schlug das Buch zu, ohne die Seite zu markieren, und hielt es Luca hin. Er lag noch auf seinem Bett, dem Bett, in dem Luca bis vor Kurzem geschlafen hatte, hatte die Hosen an, die er auch zur Arbeit trug, war barfuß und trug ein weißes Trägerunterhemd, das seine Brusthaare offenbarte.

„Besser nicht." Luca wurde verlegen.

„Besser nicht?" Michele lachte. „Was meinst du damit?"

„Ich durfte es nicht lesen. Mein Vater meint, es wäre unchristlich", schaute Luca ihn unsicher an.

„Dein Vater ist nicht hier."

Mein Vater ist nicht hier, dachte Luca. Das klang so einfach. Vater war nicht da.

„Aber bei einigen Passagen solltest du darauf achten, wo du gerade bist, wenn du es liest. Du verstehst schon. Einiges lässt einen schon ein wenig spitz werden." Michele grinste wieder. Spitz werden, das verstand Luca nicht.

„Ist Paolo Billard spielen?" Luca wollte nur allzu gern das Thema wechseln.

„Ich weiß es nicht. Er hat gesagt, er muss noch etwas erledigen." Michele hatte das Buch zugeklappt auf seiner Brust liegen. „Soll ich dir etwas zeigen?", fragte er Luca dann und grinste wieder, dieses Mal noch breiter als vorher.

„Was denn?"

Michele nahm das Buch, legte es hin und stand auf. Er ging zu Paolos Nachttisch, öffnete die Schublade und holte ein Stofftaschentuch hervor, in das etwas eingewickelt zu sein schien.

„La Colomba hätte sie ihm geschenkt, für seine Mutter", sagte Michele belustigt und hielt Luca das Taschentuch hin. „Hier schau nach, was es ist!", forderte er ihn auf. Luca nahm das Taschentuch und beförderte mit wenigen Handgriffen die goldene Brosche ans Tageslicht. Die Brosche, die er in der Kammer gefunden hatte.

„Das ist die …"

„Genau die", unterbrach ihn Michele. „Ich habe ihn gefragt, ob der Name seiner Mutter auch mit einem C beginnt. Er hat gesagt, ich solle mich um meinen eigenen Scheiß kümmern."

„Was sollte er sonst mit der Brosche tun? Und warum hat La Colomba sie ihm geschenkt?" Kaum hatte Luca das ausgesprochen, kam es ihm dumm vor. Michele nahm ihm die Brosche samt Taschentuch ab, legte das kleine Bündel dorthin zurück, wo er es hergenommen hatte, nahm den *Decamerone* von seinem Nachttisch und hielt ihn Luca hin.

„Hier, lies! Es wird dir guttun." Der zweite Satz war wieder von Micheles Grinsen begleitet. Oder war es eher ein Lächeln?

„Danke", sagte Luca.

Luca ging in sein Zimmer. Er legte den *Decamerone* auf den Nachttisch, setzte sich auf sein Bett und betrachtete den Einband, fast so, als wagte er es nicht, es in der Hand zu halten. In dem Buch geht es um die Sünde, hatte sein Vater gesagt. Aber es ist ein Klassiker, hatte Luca ihm entgegnet. Deswegen muss es nicht frei von Sünde sein, hatte sein Vater darauf beharrt.

Auf dem Buchdeckel waren Frauen und Männer zu sehen, die allesamt herrschaftlich gekleidet waren und in einem prunkvollen Saal im Halbkreis saßen. Ein Mann hielt ein Instrument in der Hand, das ähnlich wie eine Gitarre aussah. Ein anderer machte eine ausladende Geste. Die restlichen schienen diesem Letzteren zuzuhören, waren ihre Blicke doch auf ihn gerichtet. Einige stützten ihren Kopf mit der Hand ab. Luca konnte nichts Anstößiges erkennen. Was hatte Michele gesagt? Es lässt einen ein wenig spitz werden? Wie auch immer: Gerade hatte er keinen Kopf für das Buch. War es auch gar nicht lange her, dass er bedauert hatte, keine Bücher mit nach Deutschland gebracht zu haben, so kreisten seine Gedanken nur darum, wie er Signor Colombo fragen sollte, ob er am Mittwoch früher gehen konnte.

Die Tür öffnete sich.

„Warst du bei den Eltern von *Anze*?“, wollte Ernesto wissen, während er sich seine Schuhe abstreifte, um sich aufs Bett zu legen.

„Ja, seine Mutter war zu Hause.“

„Sehr gut. Was hat sie gesagt?“, fragte Ernesto und stellte seine Schuhe ordentlich nebeneinander unter das Fenster.

„Ich kann erst am Mittwoch zu ihm. Sie will mich um halb fünf in der Gelateria abholen, da wir ja nur bis sechs zu ihm können“, sagte Luca zerknirscht, da Ernesto selbstverständlich klar sein musste, dass Luca um die Zeit eigentlich noch arbeiten musste.

„Ich spreche mit Isidoro, Signor Colombo.“ Natürlich wusste Luca, wer Isidoro war. Dass Ernesto den „Signor Colombo“ erklärend nachgeschickt hatte, erweckte den Anschein, als wäre Ernesto der Vorname herausgerutscht, auch wenn es nicht das erste Mal war, dass er Signor Colombo nicht „Signor Colombo“ nannte. Luca war bei diesem Gedanken aber sehr froh darüber, dass Ernesto sich für ihn bei Signor Colombo einsetzen wollte.

„Wie geht es *Anze*?“ Wollte Ernesto den „Isidoro“ überspielen?

„Besser. Er hatte eine Kopfverletzung und ein Loch in der Lunge. Eine Rippe ist eingedrungen.“ So wie Luca das sagte, hörte es sich auch für ihn viel dramatischer an als vor nicht einmal einer Stunde, als Hans’ Mutter ihm das berichtet hatte.

„Ein Loch in der Lunge? Mein Gott, was ist denn eigentlich genau passiert?“, fragte Ernesto entsetzt.

Wir hatten uns in einem Hauseingang geküsst. Ich bin weggelaufen, weil es mir unangenehm war. Es waren zwei Jungs vorbeigelaufen, die uns gesehen hatten. Sie haben uns verächtlich irgendetwas zugerufen. Ich bin weggelaufen und habe Hans allein gelassen. Sie müssen wiedergekommen sein. Vielleicht haben sie sich Verstärkung geholt. Sie müssen Hans aufgelauert haben und haben ihn dann zusammengeschlagen. Eine Rippe ist in seine Lunge eingedrungen. Er hatte für einige Tage das Bewusstsein verloren. Ich dachte, er wollte nichts mehr mit mir zu tun haben, weil ich weggelaufen bin. Er dachte wahrscheinlich, dass ich nichts mehr mit ihm zu tun haben wollte. Ich habe ihn dort zurückgelassen. Nach dem Kuss. Es waren zwei Küsse. Es war schön.

„Man weiß es nicht", sagte Luca nur.

„Er muss irgendwie in einen Streit geraten sein."

„Ja", sagte Luca, „so muss es gewesen sein." Er fühlte sich schlecht dabei. Sein Blick fiel auf den *Decamerone*. Die Sünde, hatte sein Vater gesagt. Doch sein Vater war jetzt nicht hier.

„Ich habe ihn allein gelassen", sagte Luca unvermittelt. Ernesto hatte sich in der Zwischenzeit das Hemd ausgezogen, es auf einem Bügel an eine der geöffneten Schranktüren gehängt, sich aufs Bett gelegt und las in seiner Zeitung. Luca wusste, dass Signor Colombo ein Abonnement hatte und jede Woche mit der Post aus Italien *L'Azione* erhielt, die er dann – sobald er sie gelesen hatte – an Ernesto weitergab.

„Wie meinst du das? Du warst doch noch gar nicht bei ihm." Ernesto schaute irritiert von seiner Zeitung auf.

„Bevor er zusammengeschlagen worden ist, war ich bei ihm. Wir waren in der Stadt, am Dom", erklärte Luca.

„Warst du denn auch an der Schlägerei beteiligt?" Ernesto schaute Luca an.

„Nein, es muss hinterher passiert sein." Luca wandte den Blick von Ernesto ab.

„Aber dann hast du ihn ja nicht allein gelassen, wie du sagst. Oder konntest du wissen, dass es zu einer Schlägerei kommen würde?" Ernesto hatte die Zeitung zusammengefaltet und sich zwischen die Knie geklemmt.

„Nein", schloss Luca.

„Was habt ihr denn dort am Dom gemacht? Und was hatte das mit der Schlägerei zu tun?"

Luca wusste nicht, ob er weitersprechen sollte. Er wusste nicht, was er sagen sollte. Zu weit hatte er sich schon vorgewagt. Er schaute auf seine Hände. Sie zitterten. Sein Mund war trocken. Sein Blick haftete noch auf dem Buch.

„Luca, was ist los?" Ernesto hatte die Zeitung auf den Boden gelegt, sich auf den Knien abgestützt und schaute Luca an. „Isidoro hat mir gesagt, dass er dir von Sandro erzählt hat."

Luca starrte Ernesto an. Signor Colombo hatte gesagt, dass er mit niemandem darüber gesprochen hätte. War es ein Verrat, wenn es ein Verrat an sich selbst war? Schließlich musste Signor Colombo Luca gegenüber keine Rechenschaft ablegen. Und was hatte das schon zu bedeuten? Nur weil Signor Colombo … musste er nicht auch …

„*Zio* Sandro", fügte Ernesto hinzu. Luca verstand nicht. *Onkel* Sandro? Was sollte das bedeuten?

„Sandro war mein Onkel." Immer noch starrte Luca Ernesto an. Das Entsetzen wich einem Verstehen, einem Bedauern, einem Mitleid, einer Scham.

„Du musst dich vor mir nicht schämen", verstand Ernesto. Luca fing an zu weinen. „Es weiß keiner, richtig?", fragte Ernesto.

Luca schüttelte nur den Kopf. Selbst wenn er gewusst hätte, was er hätte sagen sollen, wäre er vor Schluchzen nicht in der Lage gewesen, überhaupt irgendetwas zu sagen. Es fühlte sich an, als würde gerade seine Welt über ihm zusammenbrechen, und doch schien es auch etwas Befreiendes zu haben.

„Ich habe Isidoro am Grab meines Onkels kennengelernt. Er saß eines Tages dort und weinte. Wir kamen ins Gespräch. Er hat mir einfach erzählt, dass er Sandro geliebt hatte. Für mich hörte sich das nicht falsch an. Ich war damals so alt wie du jetzt. Wir hatten uns dann immer mal wieder Briefe geschrieben und uns am Grab getroffen, wenn Isidoro dort war. Als er dann die Eisdiele in Deutschland aufmachen wollte, hat er mir die Arbeit hier angeboten. Ich hatte nichts zu verlieren, habe aber viel gewonnen. Er ist ein guter Freund. Er ist ein guter Mensch. Auch wenn er es nur selten zeigt. Mach dir keine Sorgen. Du wirst am Mittwoch *Anze* besuchen."

„Hans", brachte Luca hervor, „du musst das H vorne hauchen. Und ohne E hinten." Wieder flossen ihm die Tränen über die Wangen.

„Hans. Besser?", lächelte Ernesto. Luca nickte. „Gut, dann spreche ich morgen mit Isidoro. Mach dir jetzt keine Sorgen, ja?", versuchte er, Luca zu beruhigen. „Was ist das für ein Buch?", wollte er dann wissen, vielleicht, um vom Thema abzulenken.

„Ich habe es von Michele. Der *Decamerone* von Boccaccio." Luca schaute auf den Deckel des Buches. Die kleine Gruppe, die im Halbkreis saß.

„Wenn es von Michele ist, dann muss es gut sein", stellte Ernesto fest, legte sich wieder hin und hob mit ausgestrecktem Arm die Zeitung vom Boden auf. *Dann muss es gut sein*, dachte Luca, legte sich auch aufs Bett, knipste die Nachttischlampe an, schlug das Buch auf und begann zu lesen.

Luca schlief mit Bildern der Pest ein, die sich im Traum mit dem Friedhof vermischten, auf dem Sandro begraben lag. Pestmasken, Aussätzige, Berge von Leichen, verwaiste Städte und Dörfer und immer wieder der Friedhof, auf dem nur ein einziger Grabstein stand, der allein mit dem Namen Sandro versehen war – kein Nachname, kein Geburtsdatum und kein Todestag, nur Sandro. Als er aufwachte, war das schöne Wetter des Tages zuvor verschwunden. Es regnete wieder. Merkwürdig, dass ihm der Regen so vertraut und seltsam beruhigend vorkam. Luca schaute zu dem schlafenden Ernesto hinüber, der auf der Seite lag, Luca sein Gesicht zuwandte und den Kopf neben dem Kissen auf der Matratze abgelegt hatte. An diesem Morgen sah Luca einen anderen Ernesto als den, den er davor kannte. Sein Leben hatte sich mit dem von Ernesto auf eigenartige Weise verflochten. Ernesto, der Älteste, Stillste und Nüchternste von ihnen, war sein Vertrauter geworden. Mehr noch als Caterina wusste Ernesto nun über ihn. Bei ihm fühlte sich Luca sicher.

Kapitel 17

Nah bei Hans

„So, so, der junge Mann macht heute Abend früher Schluss.“ La Colomba stand am Küchenschrank, während Luca mit Caterina und Elsa beim Mittagessen saß. Luca schaute zu ihr auf, schließlich konnte mit „junger Mann“ ja nur er gemeint sein. Sie hatten schweigend gegessen, denn zwischen Caterina und Elsa herrschte noch Krieg wegen der Rock-Affäre und Luca war auch nicht zum Reden zumute. Es gab mal wieder Polenta mit *sopressa*. Allerdings war die Polenta vom Vortag, in Scheiben geschnitten und in der Pfanne gebraten. Auf diese Art mochte Luca die Polenta jedoch am liebsten. Dass es mittags etwas Warmes gab, war ja nicht die Regel. Es hatte aber niemand gefragt, warum, und es gab auch keine Erklärungen.

Luca schaute zu Caterina und dann zu Elsa, die ihn beide kauend musterten und deren Augen Unverständnis zum Ausdruck brachten. Dann blickte er zur Colomba.

„Signor Colombo hat gesagt …“

„Ich weiß, was Signor Colombo gesagt hat“, wurde er unterbrochen, „Mich interessiert, was du sagst.“ Sie hatte sich rücklings am Büffet abgestützt und ihre verächtliche Maske aufgesetzt. Sie trug das Kleid mit den Blumen, dem Muster, das der Gardine an Signor Colombos Fenster ähnelte.

„Vielleicht möchte er gar nichts sagen.“ Caterina kam Luca zur Hilfe.

„Halt du dich da raus!“, zischte La Colomba.

„Genau!“, setzte Elsa nach.

„Ich gehe Hans im Krankenhaus besuchen“, sprach Luca endlich.

„Das ist der, bei dem du zum Frühstück warst, richtig?“ Der Satz hätte so unschuldig klingen können, doch aus La Colombas Mund hörte er sich wie eine Anklage an.

„Ja“, war das Einzige, das Luca hervorbrachte.

„Die eine treibt's mit einem Terron' und bestiehlt mich, die Nächste macht alles kaputt und unser Schaf läuft einem Bock nach!“ Luca schnellte vom Tisch hoch, ließ dabei den Stuhl nach hinten fallen, band sich die Schürze ab und warf sie La Colomba vor die Füße. Er stand zitternd vor ihr und starrte sie fassungslos an. Sie lächelte ihm nur verächtlich ins Gesicht. Er drehte sich um und verließ die Küche.

„Es ist noch nicht halb fünf, hörst du?“, rief sie ihm hinterher.

Luca musste raus. Er lief durch die Eisdiele, durch die Rauchschwaden der Espressotrinker und an Ernesto, Michele und Signor Colombo vorbei. Paolo stand vor dem verschlossenen Fenster der Mitnehmtheke und schaute ihm erst in dem Moment nach, als Luca bereits in den Regen gelaufen war. Er lief über die fast menschenleere Straße geradeaus, am Rathaus vorbei, auf den Domplatz und fand Unterschlupf in dem Hauseingang, in dem er mit Hans gestanden hatte, als sie sich küssten.

„Unser Schaf läuft einem Bock nach“, hatte sie gesagt. Diese Worte hallten in seinem Kopf nach und hämmerten auf sein Herz ein. *„Hoffentlich wird uns das eines Tages nicht noch leidtun“*, hatte sein Bruder Pasquale gesagt. Sicherlich hätte sein Vater jetzt auch den Blick gesenkt, wenn er Luca so hätte sehen können.

Mein Junge, es ist doch alles gut. Nichts ist gut, Mama. Doch, es ist gut. Was ist gut? Du bist gut. Du bist ein guter Junge. Du bist mein Junge. Kannst du mich so lieben? Ich werde dich immer lieben. Warum? Weil du liebst. Weil ich liebe? Weil du liebst. Menschen, die lieben, sind gut, egal, wen sie lieben. Du liebst. Ich darf nicht lieben. Du musst lieben. Wir müssen alle lieben. Ich liebe falsch. Es gibt keine falsche Liebe, Luca. Gehe zurück und sag es ihnen. Das kann ich nicht. Doch, das kannst du. Du bist stark. Nein, Mama, ich bin nicht stark. Doch, du bist mein Junge. Du bist stark.

Luca trat aus dem Hauseingang heraus. Es regnete ununterbrochen. Er ging zurück zur Eisdiele. Langsam, als müsste er jeden Schritt mit Bedacht setzen. Jeder seiner Schritte kam einer Entscheidung gleich. Der Regen, der ihn von Kopf bis Fuß durchnässte, macht ihm nichts aus. Die wenigen Menschen, die sich auf der Straße aufhielten, schauten ihn verwundert an. Herr Pfeiffer grüßte ihn, doch Luca reagierte nicht. Er lief weiter, betrat die Eisdiele, ging eiligen Schrittes nach hinten in den Abstellraum, holte den Schlüssel für die Personalzimmer aus seiner Jackentasche, ging zurück nach vorn und sagte, als er die Eisdiele verließ, ohne dabei jemanden anzuschauen: „Ich ziehe mir etwas Trockenes an."

Hans' Mutter kam um Punkt halb fünf in die Gelateria. Mit dem Rücken zur Tür hatte sie ihren Regenschirm mit wenigen kräftigen Schlägen trocken zu schütteln versucht, was jedoch nicht verhinderte, dass sich um die Spitze des Schirms herum eine kleine Pfütze bildetet, als sie auf Luca wartete, der seine Jacke aus dem Personalraum holte und sich dann einen Regenschirm aus dem Ständer am Eingang nahm. Ernesto, Michele und Signor Colombo lächelten ihm zu, als er mit Hans' Mutter die Eisdiele verließ. Caterina, Francesca und Elsa schienen sich nicht sicher zu sein, was sie davon halten sollten, und Paolo zischte Luca seine Verachtung durch leicht geöffnete Lippen entgegen. Signora Colombo hatte die Eisdiele kurz nach dem Mittagessen mit Paolo verlassen, weil er ihr dabei helfen sollte, eine Kommode zu verrücken, die fortan an einem anderen Platz stehen sollte. Paolo war nach etwa einer halben Stunde allein zurück in die Eisdiele gekommen und mied jeglichen Blickkontakt – nicht nur zu Luca. Sie alle hatten nun nichts zu tun. Selbst die Terroni hatten die Gelateria schon verlassen. Der Regen lähmte sie alle.

Hans freue sich, dass Luca ihn besuchen kam, hatte seine Mutter auf dem Weg ins Krankenhaus erzählt. Es gehe ihm schon viel besser. Jetzt, auf der normalen Station, könne er auch schon aufstehen und im Zimmer und auf dem Flur ein paar Schritte gehen.

Anders als bei den Colombos und Lucas Kollegen schien der Regen Hans' Mutter überhaupt nicht aufs Gemüt zu schlagen. Sie redete fröhlich auf Luca ein, während sie mit ihren Schirmen über den Domplatz gingen. Vielleicht war es die Freude darüber, dass Hans' Gesundheitszustand Fortschritte machte, dass sie derart gut gelaunt war, dachte Luca. Vielleicht aber war es für Deutsche normal, dass es so viel regnete. Hinzu kam, dass Hans' Eltern nicht auf schönes Wetter angewiesen waren, um ihren Lebensunterhalt zu verdienen. Einzig das Laufen auf dem nassen Kopfsteinpflaster des Domplatzes fiel Hans' Mutter mit ihren hochhackigen Schuhen schwer. Sie rutschte bei jedem zweiten Schritt ein wenig weg, was sie aber eher zu belustigen schien. „*Piccoli passi controllati*", sagte sie lächelnd zu Luca, als dieser alle paar Meter auf sie warten musste. Kleine kontrollierte Schritte und dann hatten sie auch schon das Kopfsteinpflaster hinter sich gelassen und konnten auf einem komfortableren Gehweg – an der kleinen Kirche mit dem achteckigen Turm vorbei – weiter zum Krankenhaus gehen.

Am Empfang des Krankenhauses wurden sie von einer Krankenschwester angelächelt. Luca bemerkte gleich, es war eine andere als beim ersten Mal, auch die strenge Nonne war nicht zu sehen. Sie nahmen die Treppe, um in die zweite Etage zu gelangen, gingen durch eine große zweiflügelige Tür und betraten dann einen Flur, von dem zu beiden Seiten jeweils fünf Zimmer abgingen. Der Geruch nach Desinfektionsmittel, Hagebuttentee und etwas Fauligem stieg Luca in die Nase. Sie mussten gar nicht weit gehen, da sahen sie schon Hans auf dem Flur, der ihnen in einem dunkelroten Morgenmantel und grün-grau gestreiften Pyjamahosen lächelnd entgegenkam.

„Luca! Mama!“, rief er ihnen zu, schien es aber sogleich zu bereuen, zumindest, wenn man seinem plötzlich schmerzerfüllten Gesicht Glauben schenkte. „Mist!“, sagte er, dann leiser: „Luca, Mama, da seid ihr ja!“

„Hans, langsam!“, ermahnte ihn seine Mutter. Außer den Namen und „Mama“ hatte Luca nichts verstanden. Die beiden gingen auf Hans zu. Sie nahm ihren Sohn in die Arme, der über die Schulter seiner Mutter hinweg Luca anschaute, grinste und die Augen verdrehte, als wollte er sagen: „Mütter!“ Luca musste lachen. Nachdem seine Mutter sich von ihm gelöst hatte, ging Hans auf Luca zu, der einige Schritte zurück im Flur stehengeblieben war. Hans nahm Luca in die Arme und sagte: „*Ciao,* Luca! *Bello vedere!*“ Luca musste schmunzeln.

Dieses Mal stieß er Hans nicht von sich, wie er es vor der Eisdiele getan hatte. Er klopfte ihm auch nicht männlich auf den Rücken, wie sein älterer Bruder es ihm vor vielen Jahren beibringen wollte. Er legte einfach seine Arme um ihn, fühlte den etwas kratzigen Frottee des Morgenmantels und mit seiner Wange das glatt-glänzende Revers. Zudem spürte er an einem Oberschenkel noch etwas, von dem er nicht wusste, ob er richtig lag oder sich täuschte.

„Hans, wie *gehste* du?", fragte Luca etwas unbeholfen, nachdem sie sich voneinander gelöst hatten.

„Na, siehst du doch! *Molto bene!* Oder etwa nicht?", grinste Hans. „Komm, wir gehen in mein Zimmer! *Mi casa!*", fügte er hinzu und ging voraus. Hans' Mutter übersetzte für Luca, der aber dieses Mal alles verstanden hatte. Als Hans die Tür öffnete und sein Zimmer betrat, hatte Luca nicht damit gerechnet, dass nur ein Bett in dem Raum stünde. Aus Italien kannte er es, dass sich mindestens drei Patienten ein Zimmer teilten. Bei Hans sah er außer dem Bett noch einen Nachttisch, einen zweitürigen Schrank, einen kleinen quadratischen Tisch und drei Stühle. Auf dem Tisch stand eine Vase mit Blumen und das Zimmer hatte ein Fenster, das zum Innenhof ging.

„*Prego* schön!", sagte Hans zu seiner Mutter und bot ihr einen Stuhl an. Dann zu Luca: *„Prego, signoa!"* und bot ihm ebenfalls einen Stuhl an. Hans' Mutter hatte sich den Stuhl ausgesucht, der mittig stand, sodass Luca und Hans sich gegenübersaßen.

„No, no signore! Io sono Luca!", stellte Luca klar.

„*Sì, sì*, Luca, ich weiß doch!", lachte Hans.

„E io mi chiamo Brigitte", sagte Hans' Mutter und hielt Luca ihre Hand hin. Luca nahm sie etwas zögerlich und

sagte dann: „*Piacere, Bridschitte.*“ Es war ihm unangenehm, Hans’ Mutter mit Vornamen anzusprechen.

Als sie etwa eine halbe Stunde zu dritt in Hans’ Zimmer gesessen hatten und mit einigen Hindernissen, aber vor allem mit der Hilfe von Brigitte über das gesprochen hatten, was Hans zugestoßen war – zumindest, so war Luca klar, handelte es sich um die Version der Geschichte, die Hans offensichtlich seinen Eltern erzählt hatte, also die ohne Kuss und ohne die beiden Jungs, die ihnen etwas zugerufen hatten –, verabschiedete sich Brigitte, um „*i due ragazzi*“, wie sie sagte, allein zu lassen.

Etwa eine Stunde Besuchszeit blieb den beiden noch. Nun saßen sie sich also an dem kleinen Tisch gegenüber. Nur die Blumenvase trennte sie. Hans sah zu Luca herüber und lächelte. Luca wich seinem Blick erst aus und schaute ihn dann doch an. Hans’ Blick wurde einen Moment ernst, was seine Augen noch eindringlicher erscheinen ließ, und Luca spürte, wie er rot wurde. Hans lächelte wieder, was Luca noch verlegener machte. Er senkte seinen Blick.

„Luca“, sagte Hans. Luca sah ihn wieder an. Hans stand auf. Luca musste nun nach oben schauen. Dann zog Hans seinen Morgenmantel aus und legt ihn über die Lehne des Stuhls, auf dem seine Mutter kurz zuvor gesessen hatte. Er hob das Oberteil seines Pyjamas hoch. Auf der linken Seite seiner Brust war oberhalb der Brustwarze eine etwa drei Zentimeter lange Narbe zu sehen. Die Fäden waren offensichtlich bereits gezogen, auch schien sie schon gut verheilt, aber dennoch sah Luca deutlich, dass es sich um eine frische Narbe handelte. Hans nahm Lucas Hand, wie er es getan hatte, als er ihn den Unterschied zwischen einem gehauchten H und einem A hatte spüren lassen, und legte sie sich auf die

Narbe. Luca konnte die leichten rötlichen Erhebungen auf Hans' weißer Haut nun spüren. Und er spürte seinen Herzschlag.

Luca stand auch vom Stuhl auf, beugte sich hinunter und küsste die Narbe. Als fürchtete er, Hans Schmerzen zufügen zu können, ließ er die Lippen seine verletzte Haut nur ganz vorsichtig berühren. Wenige Sekunden verharrte er so und richtete sich dann auf. Jetzt war Hans errötet. Er nahm erneut Lucas Hand und drückte sie tiefer, an die Hose seines Pyjamas, an seine Erektion. Nun hatte Luca keinen Zweifel, was er spürte. Nie zuvor war er einem anderen Mann so nahegekommen. Er wagte zwar nicht, seine Hand zu bewegen, entriss sie Hans aber auch nicht. Sie schauten sich an. Hans näherte sich Luca und küsste ihn, erst sanft, dann intensiver. Auch er suchte mit seiner Hand und fand sehr schnell, was er suchte. So standen sie dort, küssten sich und erforschten, was sie bis vor Kurzem nicht zu denken gewagt hätten.

Kapitel 18

Kein anderes Wort

Bei Lucas zweitem und letztem Besuch wurden sie überrascht, in einem Moment, der für die Krankenschwester harmlos ausgesehen haben musste. Nach einer Woche durfte Hans nach Hause, musste sich aber noch schonen.

Der Sommer schien genug vom Regen gehabt zu haben. Zumindest hatte sich das Wetter in den darauffolgenden Tagen sehr gebessert. Es war wärmer geworden, also gab es in der Gelateria mehr zu tun. Luca hatte Hans rund zwei Wochen nicht gesehen. Es war inzwischen Mitte Juli. Wie nah wären sie sich gekommen, wenn die Schwester während seines zweiten Besuches nicht in das Krankenzimmer gekommen wäre? Wenn Luca an Hans und das Krankenhaus dachte, kam es ihm so vor, als wäre es nicht er gewesen, der geküsst, gefühlt und begehrt hatte. Und doch wusste er natürlich, dass es echt war. Beide Male, als er Hans besucht hatte, hatte er dessen Geruch an sich wahrgenommen, als er nachts im Bett lag. Er spürte Hans' Atem und seine Hände und er wusste, dass er mehr wollte. Bei Hans zu sein, fühlte sich so leicht an. Es war Frieden und Sturm zugleich. Wie endlich ankommen an einem Ort, den man nie gekannt und nie vermisst hatte. Jetzt fehlte er ihm.

Mit Hans konnte Luca er selbst sein. Der Außen- und der Innen-Luca waren eins. Wo könnte Luca Hans fortan sehen? Bei seinen Eltern? Könnten sie dort zusammen sein? In Lucas Zimmer, das er sich mit Ernesto teilte? Wenn der Sommer sich weiter von seiner guten Seite zeigte, müsste er sich diese Fragen nicht beantworten. Er würde arbeiten und hätte keine Zeit, sich mit Hans zu treffen. Er würde arbeiten und hätte keine Zeit, an Hans zu denken. Wenn der Sommer es gut mit ihm meinte, was würde er dann tun? Hätte es in den letzten Monaten nicht so viel geregnet, wäre Hans *il bel biondo* geblieben und sie hätten sich nie geküsst. Aber der Regen war genauso Realität wie das, was zwischen Luca und Hans geschah. Er war genauso echt wie das, was Luca gefühlt hatte, an seinem Körper, an Hans' Körper und in seinem Herzen. Würde er so enden wie Signor Colombo, der durch das Fenster noch immer Sandro suchte? Sandro war tot. Hans lebte. Ernesto hatte gesagt, es hätte sich für ihn nicht falsch angehört, dass Signor Colombo Sandro geliebt hatte. Nicht falsch. War es dann richtig? Was würde Lucas Vater sagen? Was würden seine Brüder sagen? Und Emma? Und seine Mutter?

„Luca, träumst du?" Luca erschrak. Caterina stand hinter ihm, hatte ihm ins Ohr geflüstert und ihm gleichzeitig in die Seite gekniffen. „Wenn das La Colomba sieht, dann …" Jetzt erschrak Caterina, als sie Lucas Gesicht sah. „Was ist los? Du bist ganz blass. Geht es dir nicht gut?"

„Scht. Sei still! Paolo kommt", zischte Luca Caterina an und tat so, als müsste er unter der Theke etwas sortieren.

„Heute Abend am Dom. Wir müssen reden", sagte Caterina, drehte sich um, machte Paolo den Platz an der Mitnehmtheke frei und ging in den Gastraum, denn es waren neue Kunden in die Gelateria gekommen.

Vier Kugeln gemischtes Milcheis zum Mitnehmen. Mit Sahne? Nein, ohne. Zwei Waffeln auf die Hand. Sind die nicht immer auf die Hand? Für meinen Mann Schokolade und Nuss und für mich Vanille und Erdbeere. Na klar. Können Sie mir das auch einpacken? Haben

Sie auch Pistazie? Nein? Bei *Lackwila* gibt es das aber! *L'Aquila* hatte also Pistazie. Dann sollte La Colomba nicht nur schauen, wann die Konkurrenz abends das Licht ausmachte. Drei Kugeln Zitrone mit Sahne im Becher? Wirklich? Luca bemühte sich, sich nicht anmerken zu lassen, dass er bei drei Kugeln Zitrone am liebsten das Gesicht verzogen hätte.

Alles geputzt. Neues Eis gemacht. Wieder geputzt. Gemeinsam gegessen. Es gab Hähnchenkeulen *in tocio* mit Polenta, nichts Neues, am Abend warm wie immer. Als sie die Gelateria verließen, dämmerte es bereits. Luca wollte ins Bett.

„Luca!“ Das war Caterina. „Wir wollten uns am Dom treffen!“

„Du wolltest, dass wir uns am Dom treffen!“

„Und ich will es immer noch!“, beharrte Caterina.

„Na gut. Aber nicht lange. Ich bin todmüde“, ließ Luca sich auf ihre Forderung ein.

„Warte, so ist's besser.“ Caterina hakte sich bei Luca ein. „Es ist ja schon fast Nacht. Da ist es besser, dass man mich in Begleitung eines Kollegen sieht als allein.“

„Was ist mit Crucifisso?“

„Was soll mit ihm sein?“

Aus dieser Frage hörte Luca eine Gleichgültigkeit, die ihn verwunderte. „Gehst du nicht mit ihm spazieren?“

„Der soll mir mit seiner Marianne gestohlen bleiben!“ Caterina hakte sich noch fester bei Luca ein und schaute entschlossen nach vorn.

„Marianne? Aber doch nicht die von Paolo?“ Also die Cousine von Hans, setzte Luca den Gedanken fort.

„Spielt das eine Rolle?“, schaute Caterina Luca an. Er wusste nicht, ob er ernst bleiben sollte oder schmunzeln durfte. Caterina zwinkerte ihm zu und lächelte.

„Also die Marianne von Paolo", sagte Luca mehr zu sich selbst als zu Caterina.

„Die Marianne von Paolo, die jetzt nicht mehr die Marianne von Paolo ist. Das ist das einzig Gute an der Sache, dass Paolo mal merkt, dass wir nicht alle auf ihn fliegen." Und dann blieb sie abrupt stehen, was auch Luca dazu zwang, den Marsch zu unterbrechen. „Fliegst *du* auf ihn?", fragte sie dann Luca.

„Ich? Auf Paolo? Was für ein Blödsinn! Nein!"

„Gut", schloss Caterina, setzte ihren Marsch fort und zog Luca mit.

Sie überquerten den Platz und gingen auf den Dom zu. Es waren nur noch wenige Menschen unterwegs. Der Bettler, der tagsüber immer am Hauptportal stand, hatte anscheinend auch Feierabend gemacht. „Feierabend" war so ein Wort, das Luca sehr gut gefiel. In dem Wörterbuch, das er von Hans geschenkt bekommen hatte, wurde es übersetzt mit *Zeit, aufzuhören.* Wenn es auch wörtlich so viel hieß wie den Abend zu feiern. Das Wort gab es im Italienischen nicht. Zumindest konnte man es nicht in nur einem Wort ausdrücken. Die zusammengesetzten Substantive im Deutschen gefielen Luca ohnehin. Vielleicht würde der Bettler die Einnahmen des Tages wirklich dafür nutzen, den Abend zu feiern. Also stellten sich Luca und Caterina vor die Säule, die das Portal in zwei Hälften teilte. Der Glockenturm schlug neun Uhr.

„Wieso denkst du, ich würde mich für Paolo interessieren?", knüpfte Luca an Caterinas Frage von vorhin an.

„Das denke ich nicht." Sie schaute zu Luca herüber und schüttelte leicht den Kopf.

„Aber du hast es gesagt." Luca erwartete eine Erklärung.

„Ja. Das war Blödsinn. Wie du selbst gesagt hast." Und dann: „Was ist mit Hans?"

„Wieso?" Luca ging einige Schritte nach links und schaute zur Uhr des Campanile hinauf.

„Wieso? Wieso? Jetzt tu nicht so, als ob nichts wäre, Luca!" Caterina war Luca gefolgt und schaute ebenfalls hinauf. Das Zifferblatt bestand nicht aus Zahlen, sondern einzig aus vergoldeten metallenen Strichen, die auf einem ebenfalls vergoldeten metallenen Doppelring befestigt waren. Im oberen Drittel des Campanile waren viele kleine Bogenfenster eingelassen, die es jedoch nicht schafften, dem imposanten Turm ein filigranes Aussehen zu verleihen.

„Es ist schön hier. Findest du nicht auch?" Luca schaute immer noch nach oben zum Turm.

„Ja, das ist es", sagte Caterina, die jetzt Luca betrachtete.

„Paderborn. Wusstest du von dieser Stadt, bevor du das erste Mal hier warst?", fragte er sie, ohne den Blick vom Campanile abzuwenden.

„Mir wurde ja gesagt, dass die Eisdiele der Colombos in Paderborn war. Dir nicht?", war Caterina erstaunt. Luca ging nicht auf ihre Frage ein.

„Die Leute aus Paderborn sagen nicht Pade*r*bo*r*n. Sie sprechen die R nicht und die Betonung liegt hinten", erläuterte Luca unaufgefordert und den Blick unverändert.

„Lass mich raten: Das hat *H-Hans* dir gesagt. Und ich weiß: Einmal hauchen reicht", lachte Caterina.

„Ja, sie sagen *Padaboan*." Dafür schaute Luca Caterina an und bewegte seinen Mund etwas mehr als nötig.

„Aber du wusstest doch auch, dass du nach *Padabooaan* solltest, oder nicht?", fragte Caterina noch einmal und baute die neu erlernte Aussprache der Stadt, in der sie den Sommer verbrachten, direkt, wenn auch übertrieben, ein.

„Ja, aber ich wusste nicht, dass es hier so schön ist. Ich dachte, es wäre gefährlich in Deutschland. Schließlich sind sie schuld an zwei Kriegen." Luca schaute nachdenklich. Er hatte sich damals wirklich gefragt, warum sie ihn überhaupt in dieses Land schickten.

„Dinge können auch schön und gefährlich sein", sagte Caterina. Luca sah sie an.

„Du hast recht. Das eine kann auch mit dem anderen sein." Sie lächelten sich an. „Aber was ich meine, ist, dass es so viele Orte und Dinge auf der Welt geben muss, von denen wir vorher nicht wussten, dass es sie gibt, und wenn wir sie dann kennenlernen, stellen wir fest, wie schön sie sind. Und wie viel mehr gibt es noch, was wir vielleicht nie kennenlernen werden. Was werden wir im Leben alles verpassen?" Das Lächeln in Lucas Gesicht war Sorgenfalten gewichen.

„Du kannst entscheiden, ob du etwas verpassen möchtest oder nicht." Jetzt war auch Caterina ernst geworden.

„Aber wenn ich entscheide, kann ich dann überhaupt von ‚verpassen' sprechen?"

„Wie meinst du das?"

„Wenn ich entscheide, etwas nicht zu tun, verpasse ich es dann, oder ...?"

„Du verpasst es", unterbrach Caterina ihn, „und mach nicht immer alles so kompliziert!"

„Was meinst du?" Dieses Mal wusste er tatsächlich nicht, was sie meinte.

„Wir müssen das Leben leben. Heute Crucifisso – er hat mir schließlich den Valente-Rock geschenkt –, morgen ein anderer. Was soll's?"

„Hast du noch nicht genug Röcke?“ Luca duckte sich, denn Caterina hatte ausgeholt, um ihm einen Schlag auf den Hinterkopf zu versetzen.

„Du kleiner Scheißer, du!“ Sie lachten beide.

„Nein, aber jetzt im Ernst: Was heißt: ‚Morgen ein anderer‘? Gibt es schon einen?“

„Nein, es gibt keinen. Wen auch? Ach, ich weiß, vielleicht Ità!“, sagte sie, schaute nach unten und tat so, als würde sie einem Kind den Kopf tätscheln.

„So klein ist er nun auch wieder nicht!“, amüsierte sich Luca.

„Crucifisso wird zu mir zurückkommen. Seine Mutter will schon keine *polentona.* Meinst du, sie wird dann mit einer Deutschen einverstanden sein?“ Caterina hatte ihre Laufstegpose eingenommen, wie neulich Abend in Lucas Zimmer.

„Und wenn er kommt, dann nimmst du ihn zurück?“ Luca machte große Augen.

„Er ist ein *Terron'*! Die sind so. *Fanno gli spacchius'!*“ Das hatte ja auch schon La Colomba behauptet, dass alle Terroni Aufschneider seien. Luca und Caterina lachten.

„Und? Was ist jetzt mit Hans?“ Sie ließ nicht locker, ihre Blicke kreuzten sich kurz. Lucas Augen suchten auf dem Boden und am Campanile nach einer Antwort.

„Genauso wenig, wie ich von diesem Turm, von dieser Kathedrale und von dieser Stadt wusste, genauso wenig wusste ich von Hans“, sagte er schließlich in Gedanken.

„Klar. Wie auch? Und jetzt bitte einmal weniger kompliziert!“, forderte Caterina ihn auf. Luca musste schmunzeln.

„Ich wusste nicht, dass ich so bin.“ Das Schmunzeln war verschwunden. Caterina sagte nichts, schaute ihn nur an.

„Ich wollte nicht wissen, wie es dir geht, sondern wie es Hans geht", protestierte Caterina mit gespielter Empörung. „Na, komm, das war ein Scherz. Ich wollte zwar wirklich wissen, wie es Hans geht, aber ich sehe doch, dass mit dir auch etwas nicht stimmt", sagte sie dann.

„Hans geht es schon wieder ganz gut. Zumindest, als wir uns das letzte Mal gesehen haben." Luca schaute auf den Boden und hatte die Hände in den Hosentaschen vergraben.

„Und wann war das letzte Mal?", bohrte sie weiter.

„Vor zwei Wochen."

„Und warum habt ihr euch nicht mehr gesehen?"

„Weil es nicht mehr regnet."

„Weil es nicht mehr regnet?", wiederholte Caterina entgeistert. „Was soll das heißen?"

„Gehst du noch mit Crucifisso spazieren?", fragte Luca sie.

„Ich nicht, aber Marianne. Ich dachte, das hätten wir geklärt", sagte sie schnippisch.

„Ich meine, jetzt, wo das Wetter schön ist, haben wir so viel zu tun – und das ist ja auch gut so –, dass ich, dass wir gar keine Zeit haben, uns zu sehen. Und wo auch?"

„Wo auch? In der Gelateria. Warum kommt er nicht?"

„Ich weiß nicht." Die kleine Glocke der Turmuhr schlug einmal. „Ich weiß nicht", wiederholte Luca.

„Du hast vorhin gesagt, du wusstest nicht, dass du *so* bist. Warum sprichst du es nicht aus, Luca?"

„Dass ich ein *frocio* bin? Ein *ricchione*?" Luca vergrub die Hände noch tiefer in den Hosentaschen, verkrampfte seine Schultern und schaute ins Leere.

„Stimmt, das hört sich scheiße an." Mit der Bemerkung war Luca nicht geholfen. „Entschuldige. Ich meine nicht, dass es scheiße ist, es hört sich nur so an. Warum gibt es kein anderes Wort dafür?"

„Homosexuell", sagte Luca.

„Das hört sich an wie …"

„Wie eine Krankheit", beendete Luca den Satz.

„Ja. Scheiße." Und Caterina dann weiter: „Was empfindest du für Hans?"

„Was ich für ihn empfinde?" Luca musterte sie. Das hatte ihn so noch niemand gefragt. Überhaupt war er noch nie gefragt worden, was er für irgendjemanden empfand.

„Ja. Was fühlst du?", versuchte Caterina zu erklären.

„Wenn ich ihn fühle, fühle ich mich." Luca sah durch Caterina hindurch. „Durch ihn fühle ich mich lebendig. Erst hatte ich Angst vor ihm."

„Angst?", wunderte sich Caterina.

„Ja, Angst, denn er hat mich gezwungen, mich zu sehen, wie ich bin", versuchte Luca zu erklären.

„Er hat dich gezwungen?" Es fiel Caterina schwer, das zu verstehen.

„Nicht wirklich gezwungen. Er hat mich angezogen und gleichzeitig abgestoßen. Wäre er nicht gewesen, dann hätte ich nicht …"

„Du sprichst in der Vergangenheit. Und jetzt?", unterbrach sie ihn.

„Ich vermisse ihn", flüsterte Luca und sah Caterina wieder an.

„Komm her!" Caterina umarmte ihn. „Wenn es dich nicht stört, dass ich eine Frau bin." Sie küsste ihn aufs Haar.

„Wer wird schon von der Valente geküsst?", lächelte Luca.

„Und das, wo ich den Valente-Rock heute nicht anhabe!“ Sie lachten beide. „Luca?“ Caterina war wieder ernst geworden. Er schaute sie fragend an. „Du bist gut, so wie du bist. Auch wenn wir noch kein passendes Wort dafür haben.“

„Ja“, sagte er nur.

„Lass uns ins Bett gehen“, sagte sie und schickte dann hinterher: „Ich meine, jeder in seins!“ Luca verdrehte nur die Augen. Sie hakte sich wieder bei ihm ein und gemeinsam liefen sie denselben Weg zurück, den sie gekommen waren.

Kapitel 19

Die Nachricht

Hatte er Caterina zu viel gesagt? Wie selbstverständlich ging er plötzlich damit um? Warum kam Hans nicht in die Gelateria? Hans hat ihn gezwungen, sich zu sehen. Das hatte Luca Caterina gesagt. Sich zu sehen. Wie er war? Luca lag mal wieder im Bett und starrte an die Decke. Es fiel Licht der Reklamebeleuchtungen ins Zimmer. Ernesto schnarchte. Sie hatten das Fenster geöffnet, da auch die Nächte nicht mehr so kalt waren. Die Luft war klar. An Ernestos Schnarchen vorbei nahm Luca Geräusche wahr: ein Lachen, eine Autotür, Schritte und immer wieder die Turmuhr des Doms. Ihm war nie aufgefallen, dass man den Glockenschlag bis in sein Schlafzimmer hören konnte. Viermal der helle Ton und – er zählte mit – elfmal der tiefe, dumpfe Schlag. Konnte Hans die Uhr auch hören, wenn er zu Hause das Fenster geöffnet hatte? Würde er sie in diesem Augenblick hören? Hätte er auch mitgezählt? Ernesto drehte sich auf die andere Seite.

Luca sprach gerne mit Caterina. Sie war so unkompliziert. Das Gegenteil hatte sie ihm vorgeworfen. Verleitete ihre Unkompliziertheit ihn dazu, sich zu sehr zu öffnen? Mit ihr war es leicht, über sich zu sprechen, zumindest so leicht wie mit niemandem sonst. Mit Ernesto führte er auch gute Gespräche, aber ihnen fehlte die Leichtigkeit, die er bei Caterina genoss, was er aber Ernesto niemals zum Vorwurf machen würde. Zu wichtig war er für ihn geworden. Aber was, wenn der Sommer vorbei sein würde? Je mehr er der wurde, der er war, desto mehr würde er sich verstecken müssen, wenn er wieder nach Hause zurückkehrte. Warum dann jetzt so tun, als wäre es normal, was er empfand? Mit diesen Gedanken schlief Luca ein. Als er von Ernesto geweckt wurde, kam es ihm wieder einmal so vor, als hätte er gar nicht geschlafen. Er stand auf und machte sich für die Arbeit fertig.

„Hier ist ein Zettel für dich. Von deinem Deutschen." La Colomba legte Luca einen klein beschriebenen Zettel neben seinen Teller, als er sich mit Elsa, Michele und Paolo zum Mittagessen gesetzt hatte. Es war ein Blatt der kleinen weißen Blöcke, die Caterina und Elsa für das Notieren der Bestellungen verwendeten, zerknickt und beschmutzt durch einen Fleck in der rechten oberen Ecke, der von Kaffee hätte stammen können. Auf den ersten Blick konnte Luca erkennen, dass oben *Salve Luca* stand und die Nachricht mit „Hans" unterschrieben war.

„Wie lange, ich meine wann …?", stammelte Luca.

„Es ist schon einige Wochen her. Ich hatte vergessen, ihn dir zu geben. Dein Deutscher war hier, als du nicht da warst." Sie lächelte ihn an, aber in ihrem Blick sah er Verachtung. Vergessen. Als er nicht da war. Abgesehen davon, dass sie die Nachricht vielleicht schon länger als eine Woche vor ihm versteckt hatte, stimmte nichts von dem, was sie sagte. Wo sollte er schon gewesen sein? Auf der Toilette, im Lager? Hätte sie Hans nicht sagen können, dass er gleich wieder zurückkäme? Dass Hans einen Zettel vom Bestellblock benutzt hatte, hieß doch, dass er nicht vorgehabt hatte, Luca eine schriftliche Nachricht zukommen zu lassen, denn sonst hätte er sie vorbereitet, auf einem anderen Papier. Hans wollte mit ihm sprechen und hatte spontan entschieden, etwas zu notieren, weil er, Luca, *„nicht da war"*. Luca war nicht mehr nach Essen zumute. *Prendi dizionario* konnte er noch lesen und den Rest der Nachricht hatte Hans auf Deutsch geschrieben. Er sollte das Wörterbuch also zur Hand nehmen.

Luca saß in der Küche vor seinem Teller und fragte sich, was Hans ihm nur geschrieben hatte. *„Von deinem Deutschen"*, hatte La Colomba gesagt. Es hätte ihn auch nicht gewundert, wenn sie „von deinem deutschen Bock" gesagt hätte.

„Dir ist der Appetit vergangen, richtig?", fragte ihn Michele. Luca nickte. „Das kann ich gut verstehen. Sie ist eine Viper."

„Möchtest du?" Luca bot Michele seinen Teller an. Wurst, Käse, eingelegtes Gemüse. Brot stand auf dem Tisch.

„Du willst wirklich nichts?"

„Ich nehme auch was!" Paolo hatte es mitbekommen.

„Gib ihm was ab, wenn du magst." Luca schob seinen Teller zu Michele rüber, stand auf und verließ die Küche.

Den Nachmittag hatte er wie in Trance gearbeitet. War es ein Abschiedsbrief? Aber auf einem Zettel des Bestellblocks? War es eine Liebeserklärung? Aber warum war er dann nicht mehr gekommen? Was konnte La Colomba verstanden haben? Wie gut war ihr Deutsch? Oder hatte sie jemanden die Nachricht übersetzen lassen? Was wusste sie bereits, was er noch nicht wusste? Würde es ihm gelingen, Hans' Nachricht mithilfe des Wörterbuches so zu übersetzen, dass er sie verstehen konnte? Er hatte noch nie einen Text übersetzt. Was, wenn es schon zu spät war, auf das zu reagieren, was Hans ihm vor Wochen sagen wollte? La Colomba hatte gesagt, dass Hans vor einigen Wochen den Zettel für ihn dagelassen hätte. Das konnte nicht stimmen, da sie sich ja erst vor zwei Wochen das letzte Mal gesehen hatten.

Und da war Hans noch im Krankenhaus gewesen. Der Zettel war zerknickt und schmutzig. War La Colomba absichtlich so unflätig mit dem kleinen Stück Papier umgegangen? Gerade sie, die immer in allem so pedantisch war? Luca konnte sich nicht vorstellen, dass der Kaffeefleck bereits auf dem Papier war, als Hans ihn bekommen hatte. Und er hätte ihn sicherlich anders gefaltet, wenn er es denn überhaupt selbst getan hatte.

„Lù, was ist los?" *Lù*, dachte Luca verärgert und drehte sich zu Rosario um, der mit einer Zigarette in der Hand an der Theke lehnte und etwas zur Seite gebeugt stand, um an der Espressomaschine vorbei den hinteren Bereich der Mitnehmtheke einsehen zu können, wo Luca auf Kundschaft wartete.

„Rosà, was soll sein?" Luca erschrak vor sich selbst. Noch nie hatte er einen der Espressotrinker direkt angesprochen und schon gar nicht mit ihrem *terronisierten* Namen. Rosario grinste, was die Glut seiner mit den Lippen festgehaltenen Zigarette gefährlich nah an seine unrasierte Wange schwanken ließ. Dass das Wetter wärmer geworden war, konnte man bei Rosario auch daran erkennen, dass sein Hemd um einen Knopf weiter als sonst geöffnet war, wodurch er mehr von seiner stark behaarten Brust zeigte als bisher.

„Na, du schaust wie durch eine Wolke", erklärte Rosario und zog an seiner Zigarette, ohne sie mit den Fingern festzuhalten. Sie zuckte ein wenig.

„Wie durch eine Wolke?" Ja, das beschrieb es wirklich gut, wie Luca sich gerade fühlte. Er konnte nicht klar sehen und wusste nicht, was ihn hinter dieser Wolke erwartete.

„Vielleicht vermisse ich die Wolken. Die Sonne scheint." Kaum ausgesprochen, kam es Luca dumm vor.

„Lass das nicht Signora Colombo hören. Die konnte es nicht erwarten, dass die Münzen endlich wieder richtig klimpern."

„Ja, du hast recht. Ich muss jetzt ins Lager." Das stimmte allerdings nicht.

„Weißt du", sprach Rosario weiter, „mit dem Wetter ist es so eine Sache. Einer meiner Großväter, der Vater meiner Mutter, hat immer gesagt: ‚Wenn heut' Abend rot scheint die Sonne, bringt das Wetter für morgen viel Wonne.' Mein anderer Großvater aber hat immer gesagt: ‚Abendrot schlecht Wetter droht.' Wer hatte nun recht?", wollte Rosario von Luca wissen.

„Ich weiß es nicht. Vielleicht beide. Sie werden beide ihre Gründe gehabt haben, so etwas zu sagen. Haben sie vielleicht an unterschiedlichen Orten gelebt?"

„Das kann es vielleicht sein. Stimmt! Der Großvater mit dem guten Wetter lebte in den Bergen und der andere – der lebt noch – wohnt im Flachland. Vielleicht lagen sie also beide richtig."

„Ich muss jetzt wirklich ins Lager", wiederholte Luca, dem es unangenehm war, mit Rosario über das Wetter zu sprechen.

„Mach nur, mach nur." Rosario hatte die Zigarette zwischen Daumen und Zeigefinger genommen und die Stirn gerunzelt, als würden sie über ein ernstzunehmendes Thema sprechen. Dann drehte er sich zur anderen Seite, wo Italo und Crucifisso im Zigarettenqualm standen. Dass Crucifisso ebenfalls in der Gelateria war, hatte Luca noch gar nicht bemerkt. Luca suchte mit den Blicken nach Caterina, ob sie sich in Crucifissos Gegenwart anders verhielt, jetzt, da er mit Marianne ging, sah sie aber wie gewohnt beschäftigt und lächelnd durch den Gastraum laufen, in der Hand gefächert die vielen kleinen Edelstahltabletts, auf denen jeweils ein Eisbecher, ein Cappuccino und ein kaltes Getränk standen. Niemals, so dachte Luca, würde er es schaffen, mit einer Hand so vieles gleichzeitig unbeschadet an die Tische zu tragen und dabei auch noch so gut auszusehen.

Luca stand im Lager und wusste nicht, was er dort sollte. Warum war er vor Rosario geflüchtet? Der wollte ihm doch nichts Böses. Im Gegenteil: Rosario war anscheinend aufgefallen, dass Luca an diesem Tag anders war. Aber Rosario und die anderen *Terroni* schüchterten ihn ein. Er könnte vielleicht Eisbecher mit nach vorne bringen, obwohl sie eigentlich noch genügend dort stehen hatten. Lag es am geöffneten Hemd, der nackten Brust, der Zigarette? Wenn er mit Eisbechern wieder zurückkommen würde, könnte er zumindest den Anschein erwecken, er hätte etwas zu tun. Zu tun hatte er ja nun wirklich. Er hatte Paolo auch einfach allein stehen lassen. Der Abend war zwar schon ruhiger geworden, aber es standen immer noch Kunden vor dem Mitnehmfenster. Er nahm einen Stapel Pappeisbecher und ging zurück an seinen Arbeitsplatz.

„Was soll das? Warum gehst du einfach? Wir haben hier noch genügend Becher!“, wurde er auch sofort von Paolo rüde empfangen.

„Das habe ich nicht gesehen. Ich dachte, die hier oben wären die letzten gewesen“, log Luca.

„Idiot! Mach die Augen auf! Wolke, ts!“ Paolo hatte also auch gehört, was Rosario gesagt hatte.

„Die Nekste biete!“

Luca war endlich auf seinem Zimmer. Es war halb neun. La Colomba war um sieben von ihrem Kontrollgang gekommen und hatte angeordnet, dass sie schließen durften. Ob sie auch nach dem Pistazieneis Ausschau gehalten hatte? Sicherlich nicht. Es hatten noch zwei Gäste in der Gelateria gesessen, die man ihr Eis aufessen ließ, die aber nicht hatten übersehen und überhören können, dass die Tür von innen abgeschlossen worden war und alle angefangen hatten, aufzuräumen und zu putzen, bis auf Ernesto, Michele und Signor Colombo, die ins Laboratorio gegangen waren, um Eis zu machen.

Ernesto war noch nicht zurück, sodass Luca das Zimmer für sich hatte. Er nahm endlich das Wörterbuch aus dem Kleiderschrank, holte die Nachricht von Hans aus der Hosentasche hervor, legte den Zettel auf den Tisch und versuchte, ihn glattzustreichen. Er wusste, dass im Deutschen – anders als im Italienischen – die Substantive mit einem Großbuchstaben begannen, also beschloss er, erst einmal nur die Substantive zu übersetzen. Vielleicht könnte er anhand dessen schon einen Großteil der Nachricht verstehen. Danach würde er sich an die kleingeschriebenen Worte machen, Verben, Adjektive und so weiter. Er wunderte sich über seine so organisierte Vorgehensweise, denn schließlich hatte er so etwas noch nie gemacht. Und dann fiel ihm auf, dass es bereits im ersten Satz anscheinend kein Substantiv gab bis auf das erste Wort *Ich*, dessen Bedeutung er kannte, und das war auch nur deswegen großgeschrieben, da es am Satzanfang stand. Er blieb dennoch bei seiner Strategie und schlug das Wörterbuch bei D auf.

D … E … I … N, da war es *dein, deine*, Possessivpronomen. Er schrieb das Wort auf ein Blatt und ließ so viel Platz, um noch den Satz, der mit *Ich* anfing, davor vervollständigen zu können. Das nächste Wort, das gleich auf *Deine* folgte, fing mit C … H … an, *Chefin*, was so viel hieß wie Direktorin oder Frau des Besitzers oder Inhabers, La Colomba also, wenn es sich um Lucas Chefin handelte. Das nächste Wort übersprang er, da es wieder am Satzanfang stand. Er musste blättern, um bis an das W zu gelangen, einen Buchstaben, den es im italienischen Alphabet gar nicht gab. W … O … C … H, da war es: *Woche* und das n hinten markierte den Plural, *Wochen* also. Für zwei Worte Platz lassen und dann kam *Mutter* und das kannte er auch. Hans hatte häufiger seine Mutter erwähnt. Dann ging es ganz nach hinten zum Z. *Tempo*, die *Zeit*, wobei Tempo im Italienischen auch Wetter heißen konnte. Interessant. Es war Luca vorher nicht bewusst gewesen, dass sie im Italienischen dieses Wort für zwei ganz unterschiedliche Dinge benutzten. Das musste für einen Deutschen verwirrend sein, denn im Deutschen schien das Wort nichts mit Wetter zu tun zu haben. Was hatte er bis jetzt? *Ich Deine Chefin Wochen Mutter Zeit*. Das brachte noch nicht viel. Aber es war ja auch erst ein Bruchteil dessen, was Hans in ziemlich kleiner Schrift auf den Zettel geschrieben hatte.

Auf diese Weise erarbeitete Luca sich noch die Worte *Tante, Österreich, Bergluft* – wieder eines der zusammengesetzten Substantive, wofür im Italienischen drei Worte benötigt wurden – und dann *Abschied* und *Gefühle*. Er hatte also jetzt: *Ich Deine Chefin Wochen Mutter Zeit Tante Österreich Bergluft Abschied Gefühle*. Luca fixierte die beiden letzten Worte. Was würden jetzt die übrigen Worte bringen? Abschied für immer? Gefühle? Keine Gefühle? Oder war es eine gute Nachricht? War Hans in Österreich bei seiner Tante? Wie konnte Abschied etwas Gutes sein? Vielleicht nur für kurze Zeit. Aber das Wort Zeit kam hinten nicht noch einmal vor. Es ergab keinen Sinn weiterzurätseln, bevor er nicht auch die restlichen Worte übersetzt hatte.

Als Luca die Nachricht vervollständigt hatte, kam Ernesto ins Zimmer. Es war halb zehn. Eine Stunde hatte er für die Übersetzung benötigt. Er war sich sicher, dass ein berufsmäßiger Übersetzer das in wenigen Minuten geschafft hätte.

„Was machst du?", fragte Ernesto.

„Ich lerne Deutsch." Ganz gelogen war es ja nicht.

„Gut. Ich gehe jetzt schlafen", sagte Ernesto.

„Ich habe auch gleich genug und mache bald das Licht aus", versprach Luca.

„Keine Eile. Alles gut."

„Danke, Ernesto."

Salve Luca, prendi dizionario! Ich wollte mit dir sprechen. Deine Chefin sagt, du bist nicht da. Wir können uns mehrere Wochen nicht sehen. Mutter meint, ich sollte einige Zeit bei meiner Tante in Österreich verbringen. Sie sagt, die Bergluft tut mir gut. Schade, dass ich dich nicht noch einmal sehe. Es ist kein Abschied für immer. Ich bin dir so gerne nah. So viele Gefühle. Arbeite nicht zu viel.

Hans

Es war eine gute Nachricht.

Kapitel 20

Die Verachtung

„Habe ich dir schon von Francesca erzählt?“ Caterina lächelte und schaute aus dem Augenwinkel Luca an, der an der Mitnehmtheke stand, ihr den Rücken zuwandte, sich aber leicht zu ihr umdrehte, sodass er sie über seine Schulter ansehen konnte.

Luca antwortete nicht, schaute sie nur fragend an. Es war halb eins. Die Zeitspanne von halb eins bis etwa halb zwei war in der Gelateria ein Vakuum, in dem die Vormittagsgäste in der Erinnerung verblassten und die Nachmittagsgäste ihre Überraschungen noch nicht preisgegeben hatten. Die Ausnahme bildeten natürlich die Espressotrinker, die sich jedoch so sehr in das gewohnte Bild einfügten, dass sie dieses Vakuum mit ihren lauten Gesprächen, dem Rühren ihres Espressos und dem Anzünden ihrer Streichhölzer nur vervollständigten.

„Also nicht“, fuhr Caterina fort. Ernesto, Paolo, Elsa und Francesca waren beim Mittagessen. Luca, Caterina und Michele bildeten die zweite Schicht. Signor Colombo aß mittags meist nichts, doch er und Michele standen weit genug weg, um die Enthüllungen über Francesca nicht mitzubekommen. „Ich hatte dir doch erzählt …“ und dann wurde ihre Stimme leiser, „dass sie wegen mir und Crucifisso dichthält, weil ich ja auch so einiges von ihr weiß.“

„Ich dachte, Crucifisso und Marianne?“, flüsterte Luca.

„Das spielt inzwischen keine Rolle. Jetzt hör doch zu!“

„Was denn nun?“ Luca hatte eigentlich keine Lust auf derlei Neuigkeiten, auch wenn er nicht wusste, was genau das Geheimnis von Francesca war, das sehr bald keines mehr sein würde.

„Pass auf: Die Brosche." Caterina wartete Lucas Reaktion ab.

„Die Brosche?"

„Ja, die Brosche!", insistierte Caterina, „die hat jetzt Francesca." Sie fixierte ihn mit erwartungsvollen Augen, musste ein Lachen unterdrücken und wartete wieder auf seine Reaktion.

„Aber die hat doch Pao…" Luca wusste nicht, ob er zu viel gesagt hatte.

„Paolo? Die Brosche?" Caterina schaute ihn an, als hätte er ihr die Pointe verdorben.

„Du meinst die Brosche mit dem C, richtig?", wollte Luca klären.

„Ja, genau die, die Ernesto gestohlen hat. Welche denn sonst?", fragte sie entgeistert.

„Er hat sie nicht gestohlen." Das war schon wieder zu viel, dachte Luca.

„Natürlich hat er das. Das hat er doch selbst gesagt. Für Cecilia. Aber wie auch immer: Warum liegt sie jetzt bei Francesca im Nachttisch?", fragte Caterina und amüsierte sich, da sie die Antwort schon kannte.

„Ich habe keine Ahnung", spielte Luca gelangweilt.

„Ich habe sie selbstverständlich gefragt." Caterina genoss den kleinen Triumph, bevor sie weitersprach. „Sie weiß es selbst nicht! Und jetzt du!" Sie strich sich ihre Spitzenschürze glatt, die auch schon vorher tadellos saß.

„Sie weiß es selbst nicht? Und glaubst du ihr?" Luca fand die Geschichte merkwürdig.

„Ich habe ihr gedroht." Caterina platzte gleich vor Spannung.

„Gedroht? Womit? Und warum?" Luca war verdutzt.

„Ich weiß ja noch mehr über sie“, wechselte Caterina den Ton, als säßen die beiden bei einem Damenkränzchen. Schon wieder diese Andeutung, dachte Luca.

„Ich will es nicht wissen“, unterbrach er sie.

„Das wäre auch zu viel jetzt. Aber ich habe ihr gesagt, wenn sie mir nicht die Wahrheit sagt, dann wäre ihr Geheimnis bei mir nicht mehr lange gut aufgehoben“, kürzte sie die Geschichte ab.

„Das glaube ich gern.“ Luca nickte.

„Was soll das denn heißen?“

„Na, das hast du doch selbst gesagt!“, schaute Luca sie erstaunt an.

„Scht. Es muss ja nicht jeder mitkriegen!“ Caterina stellte sich dicht hinter Luca und flüsterte ihm ins Ohr: „Wie ist diese Brosche bloß in ihren Nachttisch gekommen?“

Luca schüttelte nur den Kopf.

Die Kollegen der ersten Schicht hatten ihre Mittagspause beendet und kamen zurück an ihre Arbeitsplätze, wenn auch im Moment nichts zu tun war.

„Hat es dir geschmeckt?“, fragte Caterina Paolo im Vorbeigehen und schenkte ihm ein kapriziöses Lächeln.

„Seit wann interessiert dich das?“, raunte dieser zurück.

„Paolo, wir gehen ins Lager“, hatte Ernesto die Situation schnell geklärt. Francesca schaute verstohlen in den Gastraum. Hatte ihr Blick wirklich etwas Verstohlenes an sich? Oder war das nur Lucas Interpretation, weil er sie verstohlen anschaute und wusste, dass sie keine Ahnung hatte, wie dieses goldene und mit Edelsteinen verzierte C in ihren Nachttisch gekommen war? Das zumindest behauptete sie. Wie war die Brosche von Paolos in Francescas Nachttisch gelangt? Luca hatte sie doch bei

Paolo gesehen. Michele hatte sie ihm gezeigt. Paolo hatte sie von La Colomba bekommen. Diesen Gedanken wollte Luca nicht zu Ende denken. Wie konnte es sein, dass Francesca nicht wusste, wie die Brosche mit einem Mal in ihrem Nachttisch lag? Hatte Paolo sie dort hineingelegt? Oder Michele? Und warum?

Am Vortag hatte Luca von La Colomba die Nachricht von Hans sowie ihre volle Verachtung erhalten. Nun hatte sie nur noch Verachtung für ihn übrig, als er die Küche betrat. Warum schaute sie ihn so an? Was hatte er ihr denn getan? Hatte sie die Nachricht verstanden? Und wenn ja, was war es dann genau, was sie so anwiderte? Signor Colombo hatte über seine Frau gesagt, dass sie ihn nicht sah, so hatte er es formuliert. „*Sie sieht mich nicht.*" Was sah sie in Luca? War er zu unvorsichtig? Er wusste, dass er in Deutschland dafür ins Gefängnis kommen konnte, einen Jungen zu küssen. Aber galt das auch für Sechzehnjährige? Oder wurde man nur auf der Straße verprügelt, so wie sie es mit Hans gemacht hatten?

Mögliche Konsequenzen seines Handelns erfüllten Luca so sehr mit Sorge, dass er völlig außer Acht ließ, sich wirklich zu hinterfragen. Was hatte ihn derart verändert? War es Hans, Deutschland, Signor Colombo, die Gespräche mit Caterina, mit Ernesto? Hans hatte ihm geschrieben, dass er Gefühle für ihn hatte. Er konnte doch nicht einfach zu ihm wie zu einem Freund gesprochen haben. Luca machte sich doch nichts vor. Nein, bei einem Freund würde man nicht die Hand an seine Erektion drücken. Einen Freund würde man nicht auf die Wunde küssen. Einem Freund würde man nicht schreiben, dass man ihm nah sein möchte. Sie waren nicht einmal Freunde und doch schon viel mehr als das.

„Hast du wieder keinen Appetit?" Das war Michele.

„Ich weiß nicht", sagte Luca und schaute Michele erstaunt an. Die letzten Minuten hatte er zwar am Küchentisch mit seinen Kollegen gesessen, in Gedanken jedoch war er weit weg gewesen.

„Iss. Der Tag ist noch lang." Natürlich hatte Michele recht, zumal in Paderborn gerade das Stadtfest Libori stattfand und die Tage somit bis in den Abend mit Arbeit gefüllt waren.

Jedes Jahr feierte die Stadt das Fest zu Ehren des Schutzpatrons der Stadt, des heiligen Liborius. Es begann immer an einem Samstag Ende Juli und dauerte neun Tage an. Ernesto hatte Luca davon erzählt, schließlich hatte der schon einige Sommer in Paderborn in der Gelateria gearbeitet. Ergänzt wurden Ernestos Erzählungen durch die Ausführungen von Padre Ernesto, dem Pastor der italienischen Gemeinde Paderborns, der Maria zurück nach Italien begleitet hatte. Ernesto, wie der Broschendieb, hatte Maria gesagt. Luca wusste ja, dass das nicht stimmte.

Libori bildete einen der Höhepunkte des Jahres und die ganze Stadt war nicht wiederzuerkennen. Die Paderborner selbst und viele Besucher nutzten diese neun Tage, um dem Alltag zu entfliehen. Wenn der Karneval in Deutschland als fünfte Jahreszeit bezeichnet wurde, so verdiente das Liborifest sicherlich die Auszeichnung der sechsten, falls es nicht sogar noch vor dem Karneval genannt werden musste. Nicht wenige Paderborner planten das Liborifest in ihren alljährlichen Urlaubskalender ein. Rund um den Dom gab es auf dem sogenannten Pottmarkt alles zu kaufen: von Töpfen, über Gürtel, Pflegemittel für Lederwaren, Gewürze, Socken, Hüte und was das Herz sonst noch begehrte. Die Fassaden, Straßen und Plätze waren mit rot-gelben Fähnchen geschmückt und die Warenhäuser und auch die kleineren Geschäfte in der Stadt lockten die Kunden mit speziellen Angeboten. Auf dem Liboriberg – was eigentlich kein Berg, sondern nur eine Straße war, die allerdings immer, also nicht nur zum Liborifest, so hieß – wurde eigens eine Kirmes mit Riesenrad, Schifffahrtsschaukel und Karussells errichtet, um nur einige der Attraktionen zu nennen. Die ganze Stadt duftete nach gebrannten Mandeln und Zuckerwatte und an jeder Ecke war die Musik eines Leierkastenmannes oder eines Geigers zu hören, denen die Passanten teils aus Bewunderung und teils aus Mitleid ihre Hüte mit Münzen füllten.

Nicht zu vergessen natürlich der kirchliche Teil des Liborifestes, der schließlich den Ursprung des ganzen Spektakels ausmachte. Der goldene Schrein des heiligen Liborius wurde zur Eröffnung des Festes in einer Prozession über den Dom- und den Rathausplatz getragen. Die Träger erinnerten mit ihrer Uniform an die Schweizer Garde des Vatikans. Der Sage nach zeigte ein Pfau den Gläubigen im neunten Jahrhundert den Weg aus dem französischen Le Mans nach Paderborn, wohin die Gebeine des Liborius überführt wurden. Dieser Vogel wurde somit das Symbol des Liborifestes und konnte eine Karriere vom goldenen Pfau auf edlem Stab – der dem goldenen Schrein während der Prozession vorausgetragen wurde – bis hin zur Abbildung auf Bierkrügen und -gläsern verzeichnen, die gerne in fröhlicher und eher weniger frommen Runde von den Liboribesuchern gehoben wurden.

Da das Liborifest – unabhängig vom Wetter – allen Paderborner Geschäftsleuten und den Schaustellern und damit natürlich auch der Gelateria einen guten Umsatz bescherte, hatte Luca kaum die Zeit, Hans zu vermissen, so viel war in den neun Tagen zu tun, worüber natürlich alle gerade in diesem verregneten Sommer sehr glücklich waren. Somit ergaben sich für Luca wenige Möglichkeiten, selbst das Fest zu erkunden. Wäre Hans da gewesen, hätten sie vielleicht doch das eine oder andere gemeinsam unternehmen können.

„Leider habe ich heute keinen Liebesbrief für dich von deinem *Anze*“, riss La Colomba ihn aus seinen Gedanken. Sie lehnte – wie sie es gern tat – mit dem Rücken am Küchenschrank, hatte die Arme ineinander verschränkt und wartete auf Lucas Reaktion. Er schaute sie an.

„Signora, das reicht wohl, meinen Sie nicht?“ Das war wieder Michele.

„Ob hier etwas reicht oder nicht, das bestimme immer noch ich. Verstanden?“, sagte sie zu Michele, starrte aber weiter Luca an.

„Hans.“ Jetzt schauten alle Caterina an. „Er heißt Hans, nicht *Anze*. Sie müssen das H vorne hauchen.“

„Und hinten kein E“, fügte Michele hinzu. La Colomba verließ mit rotem Kopf die Küche und ging in den Gastraum. Caterina, die neben Luca saß, ergriff seine Hand und drückte sie. „Das mit Marianne ist vorbei.“ Luca schaute Caterina verdutzt an.

Seit diesem Gespräch in der Küche sah La Colomba Luca nicht mehr an. Sie hatte nicht einmal mehr Verachtung für ihn übrig. Sie ignorierte ihn und Luca wusste nicht, warum ihn das schmerzte. Es konnte ihm doch egal sein. Besonders herzlich oder freundlich war sie nie zu ihm gewesen. Er hatte nun Freunde. Caterina, Ernesto und Michele waren seine Freunde geworden. Sie verachteten ihn nicht. Sie mochten ihn. Ernesto vielleicht wegen Signor Colombo und wegen seines Onkels Sandro. Wusste Michele auch von Signor Colombo? Und

Caterina? Was mochte sie an ihm? Und Signor Colombo? Er schaute Luca manchmal an, als suchte er etwas in dessen Augen.

Seit Wochen hatte Luca Hans nicht gesehen. Wie lange wollte Hans noch bei seiner Tante in Österreich bleiben? Wäre es nicht an der Zeit, dass er zurückkommen sollte? Hatte er ihm vielleicht eine Postkarte geschickt? Oder gar einen Brief, den Luca nie erhalten hatte, weil Signora Colombo ihn abgefangen hatte? Es waren Schulferien, deswegen kamen die Schüler nicht mehr in den Pausen, um sich ein Eis zu holen. Hans musste also auch nicht in die Schule. Vielleicht würde er länger als geplant bei seiner Tante bleiben.

Österreich. Auf dem Weg nach Deutschland war Luca mit den Colombos und den anderen mit dem Zug durch Österreich gefahren. Es war nur ein kurzes Stück, aber vielleicht waren sie ja zufällig dort hergefahren, wo Hans jetzt war. Was für ein Blödsinn, dachte Luca und was hätte ihm das gebracht, wenn es so gewesen wäre?

Ende Juli. Nur noch zwei Monate und Luca würde zurück nach Hause fahren. Die schmerzhafte Sehnsucht, die er noch vor Kurzem nach seinem Zuhause verspürt hatte, war in eine ihn auffressende Panik umgeschlagen. Panik, keine Zeit mehr mit Hans verbringen zu können. Oder nicht genügend Zeit. Der jetzt nicht mehr verregnete Sommer lachte ihm höhnisch ins Gesicht. Sie hatten viel zu tun. Selbst wenn Hans wieder in Paderborn gewesen wäre, hätte Luca kaum Zeit für ihn gehabt.

„Luca, ein Brief für dich." Signor Colombo hielt Luca einen Umschlag hin. Kurz war Luca der Atem gestockt, doch er erkannte Annas Handschrift. Es war die Antwort auf seinen Brief. Auf der Rückseite stand die Adresse von zu Hause. Luca faltete ihn in der Mitte und steckte ihn dann in seine Hosentasche. Sobald er auf seinem Zimmer sein würde, wollte er ihn lesen.

Lieber Luca,

ich bin wieder zu Hause. Aber das weißt du ja schon. Papa hat mir gesagt, dass er es dir geschrieben hat. Er ist sehr enttäuscht von mir. Ich habe es wohl nur Emma zu verdanken, dass ich wieder zu Hause sein darf. Er sagt, nächstes Jahr soll ich auch nach Deutschland zu den Colombos in die Eisdiele. Was meinst du? Dann sind wir zwei zusammen in Deutschland. Ich wäre auch schon dieses Jahr mit dir mitgefahren. Dann hätten wir wieder wie früher alles gemeinsam gemacht. Im Winter musst du mir Deutsch beibringen. Ich vermisse dich so sehr. Mit den anderen ist es nicht wie mit dir. Ich beneide dich so sehr, dass du diese Erfahrung machen darfst. Ich werde in zwei Monaten achtzehn und alles, was ich außerhalb unseres Dorfes kenne, sind Klostermauern. Ich will endlich leben! Ich möchte nicht so enden wie Emma. Sie ist jetzt bald dreißig. Welcher Mann wird sie noch nehmen? Wenn ich nach Deutschland gehe, komme ich nicht mehr zurück. Hat deine Freundin einen älteren Bruder? Du hast doch sicherlich eine kleine deutsche Freundin, oder nicht? Wie ist das Wetter? Ich hoffe besser!

Ich vermisse und umarme dich.

Anna

Luca faltete den Brief wieder zusammen, steckte ihn in den Umschlag zurück und legt ihn in die Schublade seines Nachttisches. Er lag auf seinem Bett, hatte die Arme hinter den Kopf verschränkt und schaute an die Zimmerdecke. Nächstes Jahr mit ihm nach Deutschland? Hieß das, sein Vater hatte es schon für ihn entschieden? Hatte er es mit den Colombos bereits besprochen? Würde Signora Colombo ihn noch einmal in ihrer Eisdiele haben wollen? Ihn, den *ricchione*? Sie sprach ja nicht mal mehr seinen Namen aus.

Panik erfasste Luca. Was würde sie seinem Vater sagen, warum sie ihn nicht mehr haben wollte? Würde sie das entscheiden oder eher Signor Colombo? Oder hatte sie es vielleicht schon seinem Vater geschrieben? Luca spürte, wie sein Atem schneller ging und sein Herz in der Brust hämmerte. Schweiß stand ihm auf der Stirn. Anna hatte ihren Brief wahrscheinlich abgeschickt, bevor sein Papa den Brief von Signora Colombo erhalten hatte. Selbst wenn nicht, hätte sein Vater ohnehin nicht mit Anna darüber gesprochen. Er hätte sicherlich niemandem gegenüber ein Wort darüber verloren. Er würde Anna in dem Glauben lassen, dass sie beide die nächste Saison in der Gelateria in Paderborn verbringen würden.

Und wenn Anna im kommenden Jahr mit ihm hier in Deutschland wäre? Würde er dann Hans treffen können? Hatte Signora Colombo seinem Vater von Hans' Nachricht berichtet? Hatte sie ihn deshalb so angeschaut? Wich sie seinem Blick inzwischen aus, weil sie ihn schon abgeschrieben hatte? Was war alles geschehen, während er auf eine neue Nachricht von Hans wartete? Warum hatte sein Vater ihm nicht mehr geschrieben? *Ich gehe nicht mehr zurück, wenn ich nach Deutschland komme*, das hatte Anna geschrieben. Konnte er auch einfach sagen, dass er nicht mehr zurückginge? Anna war bald erwachsen, das war er nicht. Konnte er über sein Leben entscheiden? *Führe ein Leben ohne Bedauern.* Konnte er mit Signor Colombo darüber sprechen? Er war der Einzige, der ihm helfen konnte. Vielleicht lag Luca auch falsch und sein Vater hatte keinen Brief erhalten. Vielleicht hatte sein Vater nicht erfahren, dass sein Sohn nicht der war, für den er ihn immer gehalten hatte. Vielleicht nicht. Dass er ihm nicht mehr geschrieben hatte, musste nichts heißen. Vielleicht aber doch. Könnte Signor Colombo mit Gewissheit sagen, ob seine Frau einen solchen Brief geschrieben hatte oder nicht? Wenn er es gewusst hätte, dann hätte er sie doch sicherlich daran gehindert, ihn abzuschicken. Aber konnte man Signora Colombo an irgendetwas hindern?

Mit jedem Ausatmen spürte Luca ein Zittern in seinem Körper. Er fühlte sich ertappt. Er fühlte sich schuldig. Er fühlte sich verloren. Wie versteinert lag er im Bett. Nur seine Brust hob und senkte sich und seine Gedanken rasten. Der Kopf fühlte sich an, als würde er platzen, seine Zunge klebte am Gaumen.

Der Glockenturm des Doms schlug zehn. Draußen war es noch taghell. Menschen auf der Straße amüsierten sich. Für sie war das Leben leicht. Es war ein ausgelassenes Leben, dem er von seinem Zimmer aus lauschte. Ein Leben, an dem er gerne teilhaben wollte, nach dem er sich sehnte. *Ich will endlich leben*, hatte Anna geschrieben. Endlich leben. Das wollte er auch.

Mama, ich habe alles falsch gemacht. Was hast du falsch gemacht? Ich und Hans, das darf nicht sein. Warum nicht? Er tut dir gut. Er tut mir gut? Ja. Ja, du hast recht. Aber Papa. Er wird es verstehen. Eines Tages. Weiß er es? Er fühlt es in seinem Herzen, aber er schiebt es weg. Gib ihm Zeit. Wie viel Zeit? Das weiß ich nicht, mein Junge. Du wirst es spüren, wenn es so weit ist. Ich habe Angst. Das brauchst du nicht. Ich passe auf dich auf.

Er schlief die Nacht wieder unruhig. Sein Vorhaben machte ihm Angst. Auch wenn es sein eigener Entschluss war, mit Signor Colombo zu sprechen, so erdrückte ihn die Vorstellung. Nicht, dass er sich vor Signor Colombo fürchtete, aber vor dem, was er vielleicht erfahren würde. Er musste es nicht tun. Er konnte den Tag verstreichen lassen und vielleicht am nächsten Tag alles mit anderen Augen sehen. Doch was sollte sich ändern? Er musste Gewissheit haben. Aber auch der Gedanke an eine mögliche, nicht mehr rückgängig zu machende Gewissheit ließ ihn erstarren. Was, wenn seine Befürchtungen sich bewahrheiten sollten? Wenn sein Vater von ihm wusste? Was war passiert, dass nach nur wenigen Monaten der Innen-Luca so weit nach außen vorgedrungen war, dass er der Welt schutzlos ausgeliefert war? Einer Welt, vor der er sich bisher immer versteckt hatte, die ihn nun aber lockte. Was, wenn sein Papa schon länger wusste, was Luca meinte, verheimlicht zu haben?

„Was ist los? Geht es dir nicht gut?“ Ernesto sah ihn fragend an. Sie waren noch auf ihrem Zimmer und zogen sich für den Tag an. Luca wusste nicht, was er antworten sollte.

„Ist es wegen Signora Colombo?“, fragte Ernesto. „Michele hat mir erzählt, was sie dir neulich beim Essen gesagt hat.“

„Sie schaut mich nicht einmal mehr an.“ Luca hatte sich schon die Hose und die Schuhe angezogen und wollte gerade sein weißes Hemd aus dem Kleiderschrank holen, setzte sich aber jetzt im Unterhemd auf sein Bett.

„Ich weiß“, sagte Ernesto, der jetzt auch innehielt und Luca anschaute.

„Ich habe ihr nichts getan“, flüsterte Luca fast.

„Ich weiß“, sagte Ernesto wieder.

„Warum tut sie das?“

„Wegen Signor Colombo."

„Was meinst du?"

„Sie hat gelernt, damit umzugehen, dass sie es nicht schafft, ihrem Mann den Schmerz zu nehmen." Und dann fuhr er fort: „Wenn sie dich sieht, dann sieht sie ihn, wie er wirklich ist. Dann spürt sie, dass ihr Leben eine Lüge ist." Luca starrte Ernesto an.

„Ihr Leben eine Lüge?"

„Ja."

Luca verharrte mit seinem Blick in Ernestos Augen und sprach dennoch die folgenden Sätze mehr zu sich als zu ihm: „Mein Leben ist auch eine Lüge. Ich lüge meinen Vater an. Ich lüge meine Schwester Anna an. Ich lüge sie alle an. Vielleicht belüge ich sogar mich."

„Mich lügst du nicht an. Nicht Michele, nicht Caterina und nicht Hans, richtig?" Ernesto hatte sich hingesetzt. Sie saßen sich gegenüber und schauten sich an.

„Nein, euch lüge ich nicht an. Aber was nützt das?", fragte Luca Ernesto aufrichtig. „Spätestens, wenn ich wieder zu Hause bin, werde ich alle und auch mich wieder belügen." Und dann: „Wenn mein Vater es nicht schon weiß."

„Woher soll er es wissen?" Es war kein Erstaunen in Ernestos Stimme, nur Interesse.

„Hat Signora ihm vielleicht geschrieben?" Luca schaute Ernesto fast flehend an. Konnte Ernesto ihm sagen, dass sie es nicht getan hatte?

„Du meinst, dass du Hans liebst?" Liebte er Hans? Wussten sie dafür schon genug voneinander? War es Liebe, die sie miteinander verband? Verband sie überhaupt irgendetwas?

„Ich liebe Hans nicht", sagt Luca.

„Warum sollte sie das getan haben?“, ignorierte Ernesto Lucas Antwort.

„Weil sie mich hasst.“ Luca wich jetzt Ernestos Blick aus und sah zum Fenster.

„Sie hasst dich nicht. Sie hasst sich selbst. Sie hasst ihren Mann. Sie hasst es, nach Zärtlichkeit betteln zu müssen, aber sie hasst dich nicht.“ Luca schaute ihn nun fragend an. Was wusste Ernesto noch alles? Diese Enthüllungen über Signora Colombos Leben ließen seine Situation merkwürdigerweise für einen Moment nicht mehr ganz so bedrückend erscheinen wie noch vor wenigen Minuten.

„Ich hatte mir vorgenommen, Signor Colombo heute zu fragen, ob er weiß, ob Signora meinem Vater geschrieben hat“, erklärte Luca.

„Er wird es dir nicht sagen können.“

„Warum nicht? Weil sie es ihm nicht erzählt hätte?“, beantwortete Luca seine Frage selbst. Ernesto nickte. „Aber ich glaube nicht, dass sie es getan hat.“ Ernesto machte eine kleine Pause und fuhr dann fort: „Sie möchte so wenig wie möglich mit dem Thema zu tun haben.“

Luca hatte Tränen in den Augen. Er presste die Lippen aufeinander und nickte unaufhörlich, als wollte er sich selbst damit etwas erklären.

„Ich gehe schon mal runter. Warte nicht zu lange“, empfahl Ernesto.

Lucas konnte darauf nichts erwidern. Nicht in dem Moment.

Kapitel 21

In naher Ferne

Weitere zwei Wochen vergingen ohne eine Nachricht von Hans, ohne einen Brief von zu Hause, ohne irgendeine Veränderung. Luca hatte das Vorhaben verworfen, in Erfahrung zu bringen, ob Signora seinem Vater geschrieben hatte. Er selbst hatte keine weiteren Briefe erhalten. Nicht von seinem Vater, nicht von Anna, nicht von seinen anderen Geschwistern, die ihm den ganzen Sommer über nicht geschrieben hatten. Und auch nicht von Hans. Er selbst hatte Anna nicht geantwortet, denn er wollte ihr nicht schreiben, dass er eine Freundin hatte, und er wollte ihr auch nicht schreiben, dass er keine Freundin hatte. Das Einzige, was er hätte schreiben können, wäre gewesen, dass er sich freute, dass sie wieder zu Hause war und dass das Wetter sich verbessert hatte.

Luca gewöhnte sich an den Gedanken, dass ihn mit Hans nicht mehr verband als die Erinnerung an die Begegnungen im Krankenhaus, an den Kuss im Hauseingang, das Frühstück bei ihm zu Hause mit seinen Eltern, an den Gesang aus Brigittes Zimmer und den Kakao im Kaffeehaus. Er war dem Ende des Sommers zwei Wochen näher. Bald schon würde er wieder in Italien sein und sein altes Leben führen, wie es war, bevor es Hans gab. Er würde vielleicht nie wieder nach Paderborn zurückkommen. Vielleicht nicht, weil sein Vater ihn nicht ließ. Vielleicht aber auch nicht, weil er es so wollte. Der Sommer hielt indes vorerst sein neues Versprechen und sie hatten viel zu tun.

Doch dann: „*Ciao,* Luca, ich bin wieder da!"

Hans sah gut aus. Seine Haare waren länger als sonst und er hatte wohl viel Zeit in der Sonne verbracht. Auch hatte er das eine oder andere Kilo zugenommen, was ihm gut stand, denn im Krankenhaus hatte er sehr abgemagert ausgesehen. Die blonden Haare fielen ihm bis über eine Augenbraue und seine weißen Zähne leuchteten, als er Luca anlächelte. Über vier Wochen war Hans in Österreich gewesen.

„Wie lange musst du noch arbeiten?" Es war früher Nachmittag. Luca hatte Hans, der sehr schnell gesprochen hatte, nicht verstanden.

„*Quanto tempo lavorare?*", besserte Hans nach.

„Ah, *bisse Abende.*" Hoffentlich konnte man das so sagen.

„Bis heute Abend. Na klar! Schließlich haben wir schönes Wetter. Es ist Sommer. Endlich, nicht wahr?"

„Entweder kauft er jetzt ein Eis oder er geht!" Das war Paolo. Er hatte natürlich recht. Hans stand vor der Mitnehmtheke und die Kunden, die hinter ihm in der Schlange warteten, schauten schon verärgert herüber zu ihm, zu Luca, zu Paolo und zur Schlange neben ihnen, die sich zügig nach vorn bewegte. Luca fragte sich, warum Hans ihm nicht vorher aufgefallen war.

„Hans, *du kommst oite Abende*, ja?"

„Klaro, aber vorher nehme ich noch eine Kugel Stracciatella und eine Kugel Malaga in der Waffel, *prego* schön!"

„Sofort." Luca musste sich das Lachen verkneifen, machte Hans das Eis wie gewünscht und nahm das Geld dafür entgegen.

„*Ciao,* Luca, bis heute Abend dann!"

„*Ciao,* Hans, *ci vediamo stasera!*"

Am Abend also würden sie sich sehen. Wie würde das sein? Würde Hans Luca vor der Gelateria in den Arm nehmen? Würden sie zum Dom gehen? Oder vielleicht zu Hans nach Hause? Luca sehnte sich danach, von Hans in den Arm genommen zu werden, ihn in den Arm zu nehmen, ihn zu küssen und zu berühren. Am Abend also. Die dunklen Gedanken der vergangenen vier Wochen waren weggeblasen.

„Geh! Den Rest können wir auch alleine machen." Ernesto hatte gesehen, dass Hans auf Luca wartete. Er stand gegenüber mit dem Rücken an eine Hauswand gelehnt gleich neben dem Schaufenster der Parfümerie Pfeiffer. Es war halb neun, die letzten Gäste hatten sich verabschiedet und sie würden bald die Tür abschließen, auch wenn Signora Colombo noch nicht von ihrem Kontrollgang zurück war. Vielleicht traf es sich auch gut, dass Luca verschwand, bevor Signora es sah. Signor Colombo machte mit Paolo und Michele im Laboratorio Eis und die Mädchen räumten auf und putzten. Luca und Hans hatten gar keine genaue Zeit vereinbart. Er wusste nicht, ob Hans schon lange auf ihn wartete. Immer mal wieder hatte Luca nach draußen geschaut, aber er war sich nicht sicher, ob er ihn gegenüber bei Pfeiffer übersehen und erst jetzt zufällig wahrgenommen hatte.

„Danke." Luca war sich jedoch plötzlich nicht mehr sicher, ob er wirklich schon zu Hans wollte. Im Schutz des Krankenzimmers war es einfacher gewesen als vor den Augen aller.

„Geh!", wiederholte Ernesto. Luca verließ die Gelateria.

„Komm, lass uns einen Spaziergang machen!" Hans hatte die Hände tief in den Hosentaschen vergraben, grinste Luca an, machte dann auf der Stelle eine Vierteldrehung und zeigte damit die Richtung an. Als sie losgingen, machte sich Hans einen Spaß daraus, im Gleichschritt mit Luca zu laufen, was er absichtlich auffällig tat und Luca dabei schelmisch aus dem Augenwinkel ansah. Luca musste lachen, als er das bemerkte, und versuchte Hans auszutricksen, indem er einen Schritt zweimal mit dem gleichen Fuß wiederholte und somit etwas nach vorne sprang, anstatt zu laufen. Das entging Hans natürlich nicht und er glich diese Abweichung aus, indem er es Luca gleichtat, sprang und somit den Gleichschritt wiederfand. Nun fühlte Luca sich aufgefordert, dieses Manöver zu wiederholen, was Hans selbstverständlich nicht auf sich sitzen ließ, und letztendlich führte es dazu, dass sie sich mehr springend als gehend fortbewegten und lauthals lachen mussten.

„Komm, wir laufen hier runter ins Paderquellgebiet!" Luca hatte Hans nicht genau verstanden, folgte ihm aber. Ihre Choreografie des Wechselschrittes hatten sie aufgegeben und bogen vor einem Platz mit einer Marienstatue ab. Der Weg verlief etwas abschüssig, kreuzte eine schmale, von einigen Geschäften gesäumte Straße, die parallel zu der verlief, an der die Gelateria lag. Ein Juweliergeschäft bildete den Abschluss der Häuserzeile und gab zu seiner Rechten eine steile Rampe frei, die – ihrerseits auch von kleinen Geschäftshäusern gesäumt – bergab in das Paderquellgebiet führte. Dort entsprang die Pader aus vielen kleinen Quellen, die in teils ummauerten Becken emporsprudelten. Mehrere Flussarme schlängelten sich durch die Grünanlage. Enten und Schwäne schnatterten, watschelten und schwammen ganz selbstverständlich umher. Parkbänke luden dazu ein, mitten in der Stadt die Sommerfrische des Abends zu genießen. Das ganze Paderquellgebiet lag um einiges tiefer als die Einkaufsstraße und auch als der Dom. Dennoch war ganz in der Nähe sein imposanter Turm zu sehen.

„Da ist eine frei!“ Hans deutete auf eine Bank, die ein wenig versteckt hinter einem Rhododendronbusch stand, dessen Blüten fast ausnahmslos verwelkt waren. Ein schmaler Plattenweg ging vom Hauptpfad ab und führte in einer leichten Rechtsbiegung zur freien Bank, auf der viele vertrocknete Rhododendronblüten lagen. Lucas Mutter kannte die Sprache der Blumen. Welche Botschaft wohl in dieser Blüte steckte, fragte er sich. Die bräunlich verwelkten Überreste waren in einer derart überraschend regelmäßigen Anordnung auf der Bank verstreut, dass sie Luca an die Gardine in der Gelateria erinnerten.

Hans wischte die Bank frei, zeigte wie ein Diener mit ausgestrecktem Arm auf sie und bot Luca einen Platz an. „*Prego*“, lächelte er Luca an und setzte sich neben ihn. Sie schauten beide über die Pader hinweg auf ein großes, verglastes Gebäude, über dessen dreigeteiltem, großzügigem Eingang in großen Lettern der Name des Gebäudes geschrieben stand.

„Das Kaiser-Karls-Bad“, sagte Hans und zeigte auf eben jenen Bau. Luca schaute ihn fragend an. „Hm“, sagte Hans und machte dann mit den Armen Schwimmbewegungen. „Schwimmen.“

„*Nuotare?*“, fragte Luca, „*Piscina?*“

„Ja, *Pischina*, genau! Kannst du schwimmen? *Tu nottare?*“

„*Se io so nuotare? Sì!*“, bestätigte Luca.

„Wollen wir zusammen gehen? *Io et tu? Nottare?*“

„*Nuotare.*“, korrigierte Luca ihn.

„*Si si, nuuotaare.*“

„No.“

„Nicht richtig? *Nu-o-ta-re*“, wiederholte Hans.

„Sì, sì, nuotare, ma no io e tu.“ Luca hatte keine Badehose. Er besaß keine. Er war auch noch nie in einem Schwimmbad gewesen. Geschwommen hatte er bisher nur im kleinen Fluss Crevada, der nicht weit von zu Hause entfernt war, und das in Unterwäsche. Niemand in seiner Familie hatte Schwimmsachen.

Hans war sichtlich enttäuscht, verfolgte das Thema aber nicht weiter. Er drehte sich zu Luca, der sich ihm auch zuwandte, und legte Luca vorsichtig eine Hand an die Wange. Hans roch nach den verwelkten Blüten des Rhododendrons: etwas modrig, aber auch duftend, verheißungsvoll und doch hoffnungslos. Luca ergriff Hans' Handgelenk, drückte es herunter und schaute wieder zum Schwimmbad hinüber. Er hatte die Befürchtung, dass sie gesehen werden konnten. Hans drehte sich auch wieder nach vorn, schaute jedoch auf das Pflaster, das um die Bank herum eine kleine Insel auf dem Rasen bildete.

„*Enschuligun*“, hauchte Luca. Hans schüttelte den Kopf.

„Das brauchst du nicht. Du hast ja recht.“ Sie schauten sich an. Sie waren keine Armeslänge voneinander entfernt und dennoch schmerzlich getrennt. Getrennt durch mögliche Blicke von Menschen, die sie nicht kannten, getrennt durch die Furcht, dass sie vielleicht beide verprügelt würden, wenn die Falschen zufällig vorbeikamen, und getrennt durch ihre eigene Unbeholfenheit, wie sie diese wenigen Zentimeter überwinden sollten, die wie ein tiefer Graben zwischen ihnen lagen.

Die Uhr des Doms schlug halb zehn. Sie hatten fast regungslos auf der Parkbank gesessen, sich angeschaut, weggeschaut und geschwiegen, Tränen unterdrückt, gelächelt und gelitten.

„*Devo andare,* Hans."

„*Andare*, ja, ich muss auch gehen."

Sie standen von der Bank auf, gingen den Plattenweg um den Rhododendronbusch herum und standen sich dann gegenüber. Beide hatten sie die Hände in den Taschen vergraben, schauten sich an und waren wie zwei Magnete, die sich gegenseitig anzogen und eins werden würden, wenn die Distanz zwischen ihnen nicht gewesen wäre.

„*Ciao,* Hans."

„*Ciao,* Luca. *Bonna notte!*"

„*Buona notte.*"

Hans ging als Erster. Ihre Wege lagen nun in entgegengesetzten Richtungen. Luca schaute ihm noch einen Moment nach, Hans drehte sich aber nicht um. Er hatte die Hände noch in den Taschen, den Kopf gesenkt. Seine Haare fielen ihm sicher ins Gesicht. Luca drehte sich um und ging auch. Er konnte die Tränen nicht unterdrücken, die er sich sogleich von der Wange wegwischte, auf die Hans seine Hand gelegt hatte.

„Nicht gut?", fragte Ernesto, als Luca nach Hause kam.

„Nicht gut", sagte Luca. Ernesto sah ihm an, dass es ihm schlecht ging.

„Habt ihr euch gestritten?"

„Gestritten? Nein." Luca schaute nachdenklich. „Wir haben eigentlich nichts getan. Nur auf einer Bank gesessen." Dann schaute Luca Ernesto an und fügte hinzu: „Als Signor Colombo mir von Sandro erzählt hat, hat er gesagt, dass sie vorsichtig sein mussten, denn jeder konnte ihr Feind sein."

„Sie waren im Krieg“, stellte Ernesto klar.

„Ja, aber es lag nicht nur am Krieg.“

„Ich verstehe, was du meinst. Das Leben ist nicht einfach.“

„Nein, das ist es nicht“, bestätigte Luca und nickte nachdenklich.

„Cecilia hat mich verlassen“, sagte Ernesto dann unvermittelt. Luca begriff nicht. „Sie hat einen anderen kennengelernt.“

„Das tut mir leid“, sagte Luca. Einerseits überraschte es ihn sehr, dass Ernesto ihm das anvertraute. Andererseits wusste Ernesto so viel über ihn wie sonst niemand.

„Jetzt weiß ich zumindest, wo ich nächstes Jahr arbeiten werde“, schmunzelte Ernesto.

„Wie meinst du das?“

„Ich werde hier arbeiten. Hätten wir im Winter geheiratet, wäre ich bestimmt in Italien geblieben. Ich habe schon mit Isidoro gesprochen. Er konnte seine Freude kaum verbergen.“ Jetzt musste Ernesto lächeln.

„Hat sie dir geschrieben?“, fragte Luca.

„Ich habe ihren Brief vor einer Woche bekommen“, bestätigte Ernesto.

„Vor einer Woche?“, fragte Luca.

„Ja, warum?“

„Ich habe dir nichts angemerkt. Tut es dir nicht weh?“

„Der Schmerz ist im Herzen, nicht im Gesicht.“

Luca schaute Ernesto in die Augen und versuchte zu verstehen, was er gerade gesagt hatte. Im Herzen und nicht im Gesicht? Wie sehr sich Ernesto doch von ihm, Luca, unterschied. Sein Gesicht war das Abbild seines Herzens.

„Lass dich von den Menschen nicht unterkriegen“, sagte Ernesto dann plötzlich.

„Wie meinst du das?"

„Es gibt so viel Schönes im Leben, wofür es sich zu leben lohnt", erklärte er.

„Was ist in deinem Leben schön?", wollte Luca von ihm aufrichtig wissen.

„Der Morgen. Wenn der Tag erwacht. Die blaue Stunde, kurz bevor die Vögel ihren Gesang beginnen. Die Kinder, wenn sie mit großen Augen von dir und Paolo ihr Eis in die Hand gedrückt bekommen. Mein Hund Bobby, der sich jedes Jahr im Oktober an mich erinnert und mich genauso herzlich und stürmisch begrüßt, wie wenn ich am Sonntag nur in der Kirche war. Meine Mutter, die sich jedes Jahr mit einem Festmahl bei mir dafür bedankt, dass ich nach der Saison viel Geld mit nach Hause bringe. Dich zu sehen, wie du erwachsen wirst."

„Mich zu sehen, wie ich erwachsen werde?", fragte Luca ungläubig und schämte sich dafür, dass er wieder Tränen in den Augen hatte.

„Ja, du bist mutig."

„Ich bin nicht mutig. Ich habe Angst."

„Wovor?"

„Vor dem Leben. Vor meinem Leben", gestand Luca.

„Wenn du zurückschaust, nur wenige Monate, bevor du Hans kennengelernt hast, was hat sich seitdem verbessert?"

„Was sich verbessert hat?", fragte Luca nachdenklich.

„Ja."

„Nichts."

„Doch, denn du weißt jetzt, wer du bist. Du sprichst mit mir über Hans. Das ist ein Anfang", erklärte Ernesto.

„Ja, vielleicht ist es wirklich ein Anfang", dachte Luca laut.

„Jetzt musst du diesen Weg weitergehen“, forderte Ernesto ihn auf.

„Den Weg weitergehen? Wie?“

„Heute Abend jedenfalls nicht mehr. Lass uns schlafen, ja?“

„Ja. Und danke.“

„Wofür?“

Luca musste überlegen. Wie sollte er das sagen? „Du hilfst mir. Klingt das dumm?“, wollte er sogleich wissen.

„Nein“, antwortete Ernesto und lächelte. Jetzt lächelte auch Luca.

„Gute Nacht, Luca“, sagte Ernesto dann, legte sich ins Bett, machte sein Licht aus und drehte sich auf die Seite.

„Gute Nacht und …“

„Jetzt bedanke dich nicht schon wieder und schlaf!“

„Gute Nacht.“

„Gute Nacht.“

Kapitel 22

Das Bad

Nach einer Woche hatte sich der Sommer daran erinnert, dass er in diesem Jahr nicht die Absicht hatte, den Eisleuten eine gute Saison zu bescheren. Es war ausgerechnet ein Samstag, an dem es schon morgens begonnen hatte, wieder zu regnen, noch bevor sich alle auf den Weg in die Gelateria gemacht hatten. Auch wenn es noch warm war, regnete es Bindfäden, was sich über das ganze Wochenende und auch in den darauffolgenden Wochen mit wenigen Sonnenlücken so fortsetzen sollte.

Luca und Hans hatten sich die ganze Woche über nicht gesehen. Am ersten Regenmontag im August stand Hans mit einem Schirm vor der Mitnehmtheke und klopfte an die Scheibe.

„Für dich", sagte Paolo, drehte sich zur Seite und schaute Luca an, als wollte er sagen: Der schon wieder. Luca schob das Fenster auf.

„Hans, *ciao*."

„*Domani Pischina*", sagte Hans, zog mit der freien Hand etwas Blaues aus seiner Hosentasche, was wie eine Unterhose aussah, hängte es an den gebogenen Griff des Schirms, holte dann noch etwas aus der Tasche, hielt es in die Höhe und fragte: „*Azzurro* oder *verde*?" Jetzt verstand Luca. Es waren zwei Badehosen und Hans wollte wissen, ob er die blaue oder die grüne haben wollte. Woher wusste er, dass er keine Badehose besaß?

„*Domani in piscina?*", fragte Luca ungläubig. Sie sollten morgen ins Schwimmbad gehen?

„*Sì, domani. Azzurro* oder *verde*?", beharrte Hans und lächelte Luca an.

„*Azzurro*“, sagte Luca und fragte dann: „*Quando domani?*“

„*Sì, sì, domani!*“, wiederholte Hans. Luca zeigte auf sein linkes Handgelenk, obwohl er gar keine Uhr trug.

„Ach, du meinst, um wie viel Uhr! Sag du was!“ Und dann: „*Quando tu non lavorare.*“ Luca schaute sich um. Signor Colombo stand an seinem Fenster und hatte alles mitbekommen. Luca sah ihn fragend an.

„Es ist egal. Es soll morgen regnen. Geh, wann du willst“, sagte er dann.

„Drei *Ure*“, sagte Luca dann zu Hans.

„Um drei also. Ich bin da. *A domani, Luca.*“ Hans hängte auch die zweite Badehose an den Griff seines Regenschirmes, lächelte Luca an, verabschiedete sich mit einem Nicken und machte sich vergnügt mit den zwei baumelnden Badehosen durch den Regen davon.

„*A domani*, Hans“, sagte Luca verdutzt, obwohl Hans schon weg war, und schloss das Fenster wieder. Morgen also würden sie schwimmen gehen. Bei Regen. Vielleicht in das Kaiser-Karls-Bad?

Um Punkt drei Uhr stand Hans am Tag drauf vor der Gelateria. Luca hatte sich schon umgezogen und wartete seit einigen Minuten. Signora Colombo hatte ihm einen verächtlichen Blick zugeworfen. Wenigstens hat sie ihn überhaupt angeschaut. Warum oder wo er jetzt hinginge, hatte sie ihn nicht gefragt. Wahrscheinlich hatte Signor Colombo sie informiert. Caterina wollte wissen, wieso er sich schon so früh umzog und als er es ihr erzählte, stemmte sie auf die für sie typische Art die Hände in die Hüften, lächelte ihn an und sagte: „*In piscina col bel biondo!*“ und auf Venezianisch fügte sie hinzu: „*Ma varda!*“, was so viel hieß wie „Da sieh an!“ Luca hatte Ernesto am Abend zuvor davon erzählt. Der sagte nur: „Gut." Die anderen wussten es entweder oder es interessierte sie nicht, wenngleich es etwas absolut Ungewöhnliches war – selbst bei schlechtem Wetter –, um drei Feierabend zu machen – Luca liebte das Wort. Es erfüllte ihn mit Stolz, dass es ihm nicht mehr so viel bedeutete, was die anderen von ihm dachten. Er hätte zu sich gefunden, hatte Ernesto gesagt. Vielleicht stimmte das – zumindest ein bisschen.

„*Ciao,* Luca." Hans hatte wieder seinen Schirm dabei und trug mit der anderen Hand eine Sporttasche. Heute hingen die Badehosen nicht am Schirm, die hatte er sicherlich in der Tasche verstaut. Luca war an den Espressotrinkern vorbei und durch ihre Zigarettenqualmwolken aus der Gelateria raus, hatte sich noch mit einem *Grazie* bei Signor Colombo bedankt, dass er gehen durfte, und war dann auf die Straße getreten.

„*Ciao,* Hans. *Andiamo*?"

„*Andiamo, ambulare, vadere, ire*", sagte Hans vergnügt und hielt Luca den Arm hin, mit dem er den Schirm hielt, damit Luca sich bei ihm einhaken konnte, was Luca auch tat und sich dabei fragte, was Hans eben gesagt hatte.

Sie gingen den Weg zum Paderquellgebiet wie letztes Mal, allerdings dann weiter quer durch die Anlage auf die andere Seite und erreichten so in wenigen Minuten das Kaiser-Karls-Bad. Der Eingang war überdacht, sodass Hans den Regenschirm schließen konnte. Er kramte in seiner Hosentasche und holte seinen Geldbeutel hervor. Luca war es unangenehm, dass er nicht daran gedacht hatte, dass sie sicherlich Eintritt bezahlen mussten, denn er hatte kein Geld dabei.

„*O Dio*, Hans, *non c'ho pensato! Non ho portato nemmeno un centesimo!*", sagte er zu Hans, der natürlich nichts verstanden hatte, ihn nur irritiert anschaute, da Luca ein derart erschrockenes Gesicht machte.

„Was ist? Willst du nicht mehr?", fragte Hans.

„*Nix bezahle*", versuchte Luca zu erklären.

„Nix bezahle?", fragte Hans, verstand und sagte dann: „*Io* bezahle *per tu*."

„*No!*"

„*Sì* und Klappe halten! Komm jetzt!" Hans zog Luca am Arm zur Kasse. Vor ihnen hatte ein älterer Mann den Eintritt bezahlt und dann waren sie an der Reihe. Hans sprach mit der Kassiererin, legte einige Münzen in eine Schale und bekam im Austausch zwei hellblaue Tickets, die jeweils mit einer Nummer bedruckt waren.

Je mehr sie sich dem Inneren des Schwimmbades näherten, desto intensiver roch es nach Chlor. Hans, der sich offensichtlich auskannte, ging vor und Luca folgte ihm. Sie schritten einen hellblau gefließten Flur entlang, von dem links zwei Türen abgingen. Es drangen gedämpfte Geräusche aus dem Schwimmbad zu ihnen, als befänden sie sich unter einer Glocke. Sie nahmen die zweite Tür und fanden sich in einem langen Schlauch wieder, der mit etwa einem Dutzend doppelflügeligen weißen Türen ausgestattet war. Die Geräusche gewannen an Kontur. Hans zog Luca in eine Umkleide hinein. Genau gegenüber der Tür, durch die sie hineingekommen waren, befand sich eine weitere Tür, die wieder hinausführte. An beiden Seiten erkannte Luca weiße, schmale Bänke, die aber hochgeklappt waren. An den Wänden waren außerdem jeweils zwei Haken angebracht.

Hans stellte die Tasche auf dem Boden ab, öffnete sie, holte die blaue Badehose und ein großes gelb-weiß-gestreiftes Handtuch hervor und hängte beides an einen der Haken. Die Kabine bildete mit ihren zwei Türen eine Art Schleuse. Hinten auf der anderen Seite befanden sich Schränke, von denen in den meisten ein Schlüssel steckte. Es waren Wasserrauschen und Kindergeschrei zu hören. Hans schloss beide Türen und klappte dann die Bänke herunter, wodurch die Kabine von innen verriegelt war. Er schaute Luca an und fragte dann: „*Capito?*"

„*Capito*", sagte Luca und lächelte. Hans küsste ihn flüchtig, nahm seine Tasche, klappte die Bänke wieder hoch und verließ die Umkleide. Luca konnte hören, wie Hans in die Kabine nebenan ging, diese durch das Herunterklappen der Bänke verriegelte und sich umzog. Luca tat es ihm gleich. In diesem Moment wurde ihm bewusst, dass er Hans in wenigen Augenblicken nur mit einer Badehose bekleidet gegenüberstehen würde. Würde er Hans gefallen? Sein Körper war nicht durch das Turnen geformt wie der von Hans.

Hans war schon vor Luca fertig und klopfte an seine Kabine. Luca klappte die Bänke hoch und öffnete die Tür. Da stand Hans in seiner grünen Badehose vor ihm.

„Ah, deine Sachen, die schließen wir ein." Hans griff in Lucas Umkleide, nahm seine Kleidung von den Haken und hängte sie in einen der Schränke. Luca holte seine Schuhe aus der Kabine und legte sie neben die von Hans, die schon dort standen.

„Komm, hier lang!" Luca folgte ihm. Wie schön er war, dachte Luca.

Bevor sie in das Becken stiegen, duschten sie. Zum Glück war das Wasser im Becken wärmer. Sie schwammen entspannt, dann um die Wette, dann wieder entspannt, kämpften miteinander, drückten sich gegenseitig unter Wasser, tauchten nebeneinander und aufeinander zu, lagen außer Atem Seite an Seite auf dem Rücken am Beckenrand, sprangen von einem Drei-Meter-Brett, immer wieder, kämpften, lagen sich im Wasser in den Armen, rangen nebeneinander nach Luft und blieben dann so liegen, bis sich ihr Atem wieder erholte und ihnen langsam kalt wurde.

Es gab auch warme Duschen. Hans hatte Seife dabei. Nebeneinander standen sie unter dem Wasserstrahl und schauten sich immer wieder verschämt an. Es waren nur noch wenige Menschen im Schwimmbad, Mütter mit ihren Kindern und ein paar ältere Männer, einer schaute ihnen verstohlen zu.

Tropfnass und erschöpft gingen sie zu den Umkleiden. Hans schloss ihren Schrank mit dem Schlüssel auf, den er die ganze Zeit über mit einem Band an einem Fußgelenk befestigt hatte, und holte ihre Kleidung heraus. Erst reichte er Luca seine Sachen und nahm dann seine und die Tasche aus dem Schrank. Luca ging in eine der Kabinen und wollte gerade die Türen verriegeln, als Hans zu ihm hineinschlüpfte. Er hängte seine Sachen an die Haken, stellte seine Schuhe neben die von Luca und verriegelte die Türen. Sie standen sich gegenüber. Nass und außer Atem. Hans ging in die Hocke, zog Luca die blaue Badehose herunter und nahm seinen Penis in den Mund.

Gegenseitig gaben sie sich endlich, wonach sie seit Wochen verlangten, ungeschickt und mutig, fasziniert und dankbar. Die Unbeholfenheit ihrer Münder wandelte sich schnell in Begierde, die Atemlosigkeit wurde durch unterdrücktes Stöhnen ersetzt. Sie mussten leise sein. Das war das Einzige, was ihnen nicht leichtfiel. Immer, wenn jemand den Umkleideraum betrat oder sie auch nur vermuteten, dass jemand kommen könnte, stieg einer von ihnen auf die Bank, da die Umkleiden von außen den Blick auf die Füße zuließen. So waren sie ganz auf sich, auf den anderen und auf die Geräusche um sie herum konzentriert. Ihre Körper schmeckten nach Seife, Chlor und Salz. So verloren sie das Gefühl für die Zeit und ließen erst voneinander ab, als der Begierde die Zärtlichkeit folgte und ihnen allmählich kalt wurde. Dann zogen sie sich hastig an und verließen in einem unbeobachteten Moment die Kabine.

Als sie nach draußen traten, regnete es unverändert. Sie verließen das Schwimmbad und durchquerten das Paderquellgebiet. Keiner von ihnen sagte ein Wort. Sie wichen gegenseitig ihren Blicken aus und vermieden es auch, die Menschen, die ihren Weg kreuzten, anzuschauen. Was sie zusätzlich vereinte, war das Gefühl, etwas Großartiges, Verbotenes und Wunderbares erlebt zu haben. Beide waren sie noch Teil der Bilder in ihren Köpfen. Beide fühlten sie noch die Hände des anderen auf ihrer Haut. Dass ihre Körper in der Lage waren, unter den Berührungen des anderen zu pulsieren und zu erstarren, hatten sie nicht geahnt.

Bis auf wenige Ausnahmen war der Dienstag ihr Tag geworden. Dass Luca nun so häufig mit Hans schwimmen ging, wurde von der einen Hälfte seiner Kollegen in der Gelateria nicht nur akzeptiert, sondern sie gönnten es ihm. Ernesto, Michele, Caterina und Signor Colombo wünschten ihm jedes Mal einen schönen Nachmittag und der eine oder andere beneidete ihn auch darum. Den anderen – allen voran Signora Colombo, aber auch Francesca, Elsa und natürlich Paolo – missfiel es sehr, dass es Luca gestattet war, sich diese Freiheit zu nehmen. Und auch sie neideten es ihm, aber im Gegensatz zu den anderen gönnten sie es ihm nicht. Was sie alle nicht wussten, war, dass Luca und Hans nicht nur zum Schwimmen ins Schwimmbad gingen. Auch wenn ihr Dienstagsritual im Kaiser-Karls-Bad mit Schwimmen begann, so war es für sie doch vor allem die einzige Möglichkeit, sich nah zu sein und mit dem Körper des anderen zu verschmelzen.

Meist waren sie hin- und hergerissen, ob sie erst Zeit mit dem Schwimmen verbringen sollten, so ungeduldig waren sie, sich gegenseitig zu berühren, oder ob sie nicht gleich in die Umkleide gehen sollten. Die Ungeduld gepaart mit ihrer Erregung war oft so groß, dass sie sich nicht trauten, aus dem Wasser zu steigen, hätte man ihnen ihre Erregung doch deutlich angesehen. Auch wäre der Nachmittag schon zu schnell vorbei gewesen, wenn sie das Vorspiel des Schwimmens übersprungen hätten.

So vergingen auch der August und der September, bis es an der Zeit war, das letzte Eis in der Gelateria zu verkaufen, ohne neues zu machen, auch auf die Gefahr hin, dass sie ihren Gästen nicht mehr alle Sorten anbieten konnten. Es wurden zunehmend versteckte Ecken geputzt, die Signora Colombo in sauberem Zustand ein besseres Gefühl gaben für den Fall, dass der Winter allzu aufmerksam in genau diese Ecken schauen würde. Es fühlte sich an wie ein Umzug, der lange vorbereitet wurde, es den Bewohnern des Hauses aber dennoch in den letzten Wochen und Tagen gestatten sollte, ihren täglichen Gewohnheiten halbwegs normal nachgehen zu können.

Die Gäste schauten inzwischen vermehrt wehmütig, denn sie wussten schließlich, dass der Sommer bald vorbei sein würde und es das nächste Eis oder den nächsten

Cappuccino erst im März des folgenden Jahres wieder geben sollte. Die Gesichter der Espressotrinker drückten zunehmend eine schwere Traurigkeit aus, verloren sie doch für fünf Monate den Ort, der es ihnen ermöglichte, sich ein wenig zu Hause zu fühlen.

Für Luca waren die letzten Wochen und Tage des Sommers wie eine Schlucht, in deren Nähe er Schritt für Schritt gedrängt wurde und auf deren Grund ihn Einsamkeit, Lüge und Entbehrung erwarteten. So langsam, wie die Tage und Wochen vergangen waren, bevor Luca Hans kennengelernt hatte, so schnell rasten sie nun an ihm vorbei. Was hätte er dafür gegeben, noch mehr Zeit mit Hans verbringen zu dürfen.

Kapitel 23

Der Abschied

Wie jedes Jahr schloss die Gelateria Colombo ihre Türen für die Saison am letzten Sonntag im September, um sie erst gut fünf Monate später wieder für ihre Gäste zu öffnen, die nach einem langen Winter dieses liebgewonnene kleine Stück italienischer Kultur sehnsüchtig erwarteten. Noch viele Winter würde es dauern, bis der Besitzer des Gebäudes, in dem die Gelateria untergebracht war, auf die Idee kam, die Eisdiele über die kalten Monate an einen Händler zu vermieten, der dort im Gastraum – und durch schwere Vorhänge vom Thekenbereich getrennt – den Paderbornern Restposten vom Kochtopf über Teppiche bis zur Unterwäsche feilbieten würde. Die Kundschaft dieses namenlosen Restpostengeschäftes entsprach nur selten der der Colombos, die diese spezielle Nutzung des Ladenlokals eher als eine Entweihung der Gelateria denn als eine Gelegenheit begriffen, sich mit Waren einzudecken, die sie ohnehin nicht benötigten. Wiederum andere, die nicht zu den Gästen der Colombos zählten, weil sie das Eis von *L'Aquila* bevorzugten oder sich im Sommer ein Eis oder einen Cappuccino nicht leisten konnten oder nicht gönnen wollten, schauten interessiert an den Regalen des Restpostenhändlers vorbei und stellten sich vor, wie hier im Sommer Amarettobecher, gemischtes Eis mit Sahne und Eiskaffee serviert wurden, und wagten in einem unbeobachteten Moment einen Blick hinter den schweren Vorhang, vielleicht, um sich zu vergewissern, dass unter der Ägide von Signora Colombo selbst in den verstecktesten Ecken auch wirklich alles sauber war. Bei Italienern wusste man ja schließlich nie.

Gut, dass die Zeit der Vergangenheit angehörte, in der ebenso dicke Vorhänge den Blick durch die Fenster der Gelateria verwehren mussten, wollten die Paderborner Anfang der 50er Jahre beim Genuss eines Eises doch lieber unter sich bleiben. Zu groß war die Sorge, man würde der genießerischen Schlemmerei bezichtigt, denn tief steckten den Deutschen noch die Entbehrungen des Krieges und der Jahre danach in den Knochen. Und dann war es auch nicht ganz unheikel, Geld bei Ausländern auszugeben. Dass die Colombos zu den Ersten in Paderborn gehörten, die mit Umwandlung der Westernstraße in eine Fußgängerzone Tische nach draußen stellten und die *Gelateria Colombo* zu einem Ort der Begegnung werden würde, wo die Paderborner nur allzu gern hingingen, um – vor allem auf der Terrasse mitten in dieser größten Einkaufsstraße Paderborns – zu sehen und gesehen zu werden, sollte noch knapp zwei Jahrzehnte dauern.

Ernesto, Michele, Caterina und Elsa würden im kommenden Jahr die Paderborner wieder bedienen. Paolo würde im Winter in Susegana bei einem Verkehrsunfall mit seinem neuen Motorrad, für das er an der strengen Hand seines Vaters vorbei einen Teil des Geldes von zwei Saisonen gespart hatte, ums Leben kommen und Francesca würde sich für eine Anstellung bei *L'Aquila* entscheiden, was Signora Colombos allabendlichen Kontrollgang aufwendiger gestalten sollte, da dieser dann nicht mehr völlig unbemerkt vonstattengehen konnte. Und Luca? Nun, erst einmal war es Zeit, den verregneten Sommer zu beenden, und das hieß, sich von Hans zu verabschieden.

Auch wenn besagter Sonntag der letzte Tag war, an dem sie geöffnet hatten, so verbrachten sie in der darauffolgenden Woche drei Tage damit, alles zu putzen, wegzuräumen, mit Tüchern abzuhängen und Waffeln, Obst, Eis und anderes Verderbliches an Herrn und Frau Pfeiffer sowie andere benachbarte Geschäftsleute zu verschenken. Der Zug nach Italien würde am Samstag, den vierten Oktober um kurz vor neun Uhr morgens den Paderborner Hauptbahnhof Richtung München verlassen, wo sie alle in den Zug nach Verona umsteigen und von dort weiter nach Conegliano fahren würden.

Gut konnte sich Luca an den Hauptbahnhof in Paderborn erinnern, auch wenn er ihn seit seiner Ankunft nicht mehr gesehen hatte. Dieser hässliche, graue, rein zweckmäßig errichtete Kasten hatte sein Gefühl nur noch verstärkt, alleine in einem fremden Land zu sein, auch wenn er wusste, dass sie gerade in einer Gruppe von zehn Personen angereist waren. Wenig einladend, geschweige denn willkommen heißend, verschlang ihn dieser Bahnhof im März in sein kaltes und düsteres Inneres, um ihn dann mit seinem Koffer in der Hand durch eine der drei doppelflügeligen, dunkel eingefassten Glastüren auf die ebenso hässliche Bahnhofstraße wieder auszuspucken. Luca konnte nicht wissen, dass dieser ehemals wunderschöne und aufwendig gestaltete Bahnhof nur ein Jahr vor seiner Geburt einer der vielen Bombardierungen der Stadt Paderborn zum Opfer gefallen war.

Den Donnerstag und den Freitagvormittag konnte jeder für sich nutzen – ein ungewohntes Gefühl von Freiheit, das sich weniger fremd angefühlt hätte, wäre den Angestellten der Gelateria Colombo nicht erst zum Ende der Saison diese Großzügigkeit zuteilgeworden. Luca hatte allerdings keinen Grund, sich zu beschweren, waren ihm doch weitaus mehr Freiheiten zugestanden worden, als es jemals vor ihm und auch nach ihm der Fall in der Gelateria gewesen war. Am Freitagnachmittag mussten sie ihre Koffer packen und ihre Schlafzimmer samt Wäschekammer, Treppenhaus und Toilette putzen.

Am Donnerstagnachmittag um kurz vor drei Uhr stand Luca bei Hans vor der Tür und klingelte. Hans' Mutter Brigitte öffnete ihm.

„Luca, wie schön, dich zu sehen! Komm doch rein! Hans müsste auch jeden Moment da sein." Und dann weiter auf Italienisch: „Komm, komm, wir gehen in den Salon!" Luca folgte ihr in das Wohnzimmer, das er bisher nur vom Flur aus gesehen hatte. Es war mit drei Sesseln und einem fast halbrund gekrümmten Sofa ausgestattet, auf dem vier Personen Platz gefunden hätten. Die Sitzmöbel versammelten sich um einen kreisrunden Tisch, der ebenfalls auf geschwungenen und aufwendig verzierten Eichenholzbeinen auf einem großen, orientalisch wirkendenden rot-blau-goldenen Teppich ruhte, der an zwei gegenüberliegenden Seiten durch – so schien es – sorgfältig gekämmte cremefarbene Fransen geadelt wurde. Sofa und Sessel waren mit einem tadellosen teils flauschigen, teils glatt glänzenden Stoff bespannt, dessen Farben von Gold, Grün und Beige dominiert wurden und der ein wiederkehrendes Muster kleiner geschnörkelter Blumen und Blätter zur Schau trug. Der mit Intarsien gearbeitete Tisch wurde ganz unnötigerweise zum größten Teil durch weiße, ebenfalls geblümte Spitze verdeckt, die in diesem Raum das Einzige war, was Luca an sein Zuhause in Santa Lucia erinnerte. In einer Ecke zwischen dem Sofa und dem Sessel, der mit dem Rücken zum großen, fast bodentiefen Fenster stand, lud eine Lampe, deren Schirm sehr geschmackvoll mit dem edlen Stoff der Sitzgruppe harmonierte, mit ihrer goldenen Kordel, an der eine goldene Quaste mit selbstverständlich goldenen Fäden hing, dazu ein, ihr – also der Lampe – zu ihrem eigentlichen Zweck zu verhelfen. Ebenso wie das Esszimmer, das Luca schon während des deutschen Frühstücks mit Hans und seinen Eltern kennengelernt hatte, ging das Wohnzimmer – der „Salon", wie Brigitte gesagt hatte – zum Garten raus, in dem Luca auf den ersten Blick die blau- und rotblühenden Hortensienbüsche auffielen.

„Setz dich doch!", forderte Brigitte ihn auf und zeigte auf die Sitzgruppe. Spontan schoss Luca die Sorge durch den Kopf, ob seine Hose sauber genug für den edlen Stoff war, hatte er sie doch die letzten Tage auch zum Putzen in der Eisdiele getragen. Er wusste nicht, wie lange er nach den ersten drei Schritten in dieses Wohnzimmer staunend und zögernd dort verharrt war, betrat dann behutsam den orientalischen Teppich und setzte sich auf die Kante des Sofas. Wie er von hier aus nun sehen konnte, stand weiter hinten rechts in einer großen Nische ein glänzender, schwarz lackierter Flügel, vor dem ein mit dunkelrotem Leder bespannter Hocker darauf wartete, dass der Pianist oder die Pianistin im Einklang mit dem imposanten Instrument und durch die beste Sitzposition die sicherlich schönsten Töne in diesen Raum und in das gesamte Haus entlassen würde. Er erinnerte sich, dass bei Hans im Zimmer ein Klavier stand, und fragte sich, ob Hans auch im Wohnzimmer spielte. Sicher, warum nicht, dachte er sich. Als wäre es nicht der Erwähnung wert, glänzte unter den Teppichen und ringsherum ein warmes Holzparkett im Fischgrätmuster.

„Am Samstag fahren wir zurück nach Italien.“

„Am Samstag schon? Ja, ich habe gesehen, dass ihr bereits geschlossen seid.“ Brigitte hatte sich auf den Sessel gesetzt, Luca gegenüber.

„Ja, wir haben schon geschlossen und alles geputzt“, bestätigte er. Die vordere Kante des Sofas war alles andere als bequem, denn er saß mehr auf dem Holzrahmen als auf dem Polster.

„Das war ohne Zweifel viel Arbeit, nicht wahr?“

„Ja, aber wenn alle mit anpacken, dann geht es ganz gut.“ Eine überwiegend schwarze, aber mit weißen unregelmäßigen Flecken geschmückte Katze lief durch den Garten, setzte sich vor den blauen Hortensienbusch und leckte sich eine Vorderpfote. Doch noch etwas, das ihn an zu Hause erinnerte, dachte Luca.

„Ja, es ist immer gut, wenn alle einen Handschlag anbieten“, sagte Brigitte und lächelte. Luca sah ihr eine leichte Verlegenheit an, die ihr immer dann, wenn ihre Formulierungen etwas holprig waren, wie auch jetzt, eine leichte Röte auf die Wangen malte, was sie durch ein Lächeln herunterspielte. Allerdings hatte Brigitte stetes ein warmes Lächeln im Gesicht, das Luca schon bei ihrer ersten Begegnung aufgefallen war. Überhaupt war sie eine auffallend warme Person, die viel positive Energie ausstrahlte. Sie trug das blond gesträhnte Haar recht kurz und Luca konnte sich vorstellen, wie sie sich mit auf Lockenwicklern gedrehten Haaren elegant – wie es ihr stets zu eigen war – durch das Haus bewegte, um in der Küche etwas zu erledigen, oder vielleicht am Flügel saß, um ein Stück einzuüben. Es fiel Luca schwer, ihr Alter zu schätzen, und er fragte sich, wie seine Mutter wohl jetzt aussähe, würde sie noch leben. Brigitte trug eine große Hornbrille und Luca hatte sie bisher nur in festlichen Blusen und weiten, geblümten Röcken gesehen. Alles an ihr sah damenhaft und würdevoll aus. Luca fühlte sich sehr zu ihr hingezogen.

„Ja", bestätigte Luca.

„Was möchtest du trinken?", fragte Brigitte.

„Ich weiß nicht. Nichts, danke, ich möchte keine Umstände machen."

„Was hältst du von einer heißen Schokolade? Ich finde, es ist heute so kalt, dass man schon die erste Schokolade trinken kann. Was denkst du? Es ist ja bald schon Herbst. Magst du Schokolade?", fragte sie ihn schließlich und lächelte.

„Ja, gerne", sagte Luca. Brigitte sprang auf, verließ das Wohnzimmer und rief Luca noch zu, dass sie in wenigen Minuten zurück wäre.

Die Katze hatte sich in der Zwischenzeit auf den Rücken geworfen und wälzte sich genüsslich auf dem akkurat gemähten Rasen. Ja, es war schon fast Herbst. Das leuchtende Blau und Rot der Hortensien würde sich bald in einem Beige-Braun verlieren. Der Sommer war vorbei. So wie er begonnen hatte, würde er nun also für Luca mit einer heißen Schokolade enden, sein Sommer mit Hans. Nur saß er nicht mit Paolo im überfüllten *Kaffeehaus Schön*, sondern bei Hans zu Hause im Wohnzimmer mit dessen Mutter. Viel Zeit hatten er und Hans miteinander verbracht. Sie hatten gelacht, geweint und alles getan, was zwei junge Männer miteinander tun konnten.

Luca hörte, wie jemand die Haustür aufschloss und den Flur betrat.

„Mama, ich bin's!"

„Hans, du hast Besuch. Luca ist da. Er sitzt im Wohnzimmer", hörte Luca Brigitte aus der Küche rufen, auch wenn er nur seinen Namen verstanden hatte. Hans kam mit der Sporttasche – mit ihrer Sporttasche –, die er quer über den Oberkörper geschultert hatte, ins Wohnzimmer, wo Luca immer noch auf der Sofakante saß.

„Luca, *bello vedere!*“, sagte Hans mit einem verschmitzten Lächeln zu Luca. Schon einige Male hatte Luca erfolglos versucht, Hans beizubringen, dass es nicht *bello vedere* hieß, sondern *felice di vederti*. Luca war sich allerdings mittlerweile sicher, dass Hans genau wusste, dass seine Lieblingsformulierung falsch war, sich aber einen Spaß daraus machte, Luca damit zu necken. Luca würde es vermissen. Hans nahm die Tasche von der Schulter, ließ sie auf einen Sessel fallen und setzte sich neben Luca auf das Sofa.

„*Ciao*, Hans“, sagte Luca. „*Anch'io sono felice di vederti*“, fügte er hinzu und lächelte Hans ein wenig vorwurfsvoll an.

„Hans, ich habe dir gleich eine Tasse mitgemacht. Es gibt heiße Schokolade.“ Brigitte war mit einem silbernen Tablett, auf dem drei Tassen und eine kleine Schale mit Plätzchen standen, ins Wohnzimmer getreten und stellte es auf dem kleinen spitzenbedeckten Tisch ab. Tassen samt Untertassen und Schale waren aus feinem weißem Porzellan mit Goldrand und hatten ein blau-rotes Blumendekor. Kommentarlos nahm Brigitte die Sporttasche vom Sessel und ließ sie auf den Boden gleiten. Sie nahm zwei Tassen vom Tablett, stellte erst Luca und dann Hans eine hin, gesellte die Schale mit den Plätzchen genau mittig dazwischen, sodass beide sie gut erreichen konnten, nahm sich selbst die dritte Tasse und setzte sich auf den Sessel, hinter dem jetzt die Sporttasche lag.

Es gab an diesem Tag – anders als damals im Kaffeehaus zu Beginn der Saison, als Luca und Hans sich das erste Mal unterhalten hatten – keine Sahne zur Schokolade. Alle drei nahmen sie dennoch den verschnörkelten kleinen Löffel, der auf der Untertasse lag, und rührten Spiralen in ihre Schokolade, die sich noch nicht ganz mit der heißen Milch vermischt hatte. In der Gelateria hatte Elsa Luca und die anderen darauf aufmerksam gemacht, dass Luca der Einzige war, der seinen *caffelatte* entgegen dem Uhrzeigersinn rührte. Nun fiel Luca auf, dass auch Hans und Brigitte im Uhrzeigersinn rührten. Brigitte durchbrach das Schweigen.

„Luca fährt am Samstag nach Hause“, begann sie und hob den Blick nicht von ihren Schokoladen-Milch-Spiralen.

„Ich weiß“, sagte Hans und leckte seinen Löffel sauber, um ihn dann auf die Untertasse zurückzulegen.

„*Sì, Samestag*“, bestätigte Luca, sah, dass Brigitte ihren Löffel so an den Innenrand ihrer Tasse hielt, dass Tropfen in diese laufen konnten. Luca machte es genauso und beide legten sie anschließend ihre Löffel ab. Die Schokolade war sehr heiß. Luca nahm nur einen kleinen Schluck und stellte seine Tasse dann auf den Tisch zurück.

Luca und Hans saßen auf dem Sofa nah beieinander und doch kam es Luca weit entfernt vor, wie es auf der Parkbank im Paderquellgebiet hinter dem Rhododendronbusch der Fall gewesen war, an jenem Tag unter den Augen der Spaziergänger, heute unter den, wenn auch warmen und verständnisvollen, Augen Brigittes. Hans hatte noch seine Tasse in der Hand, Luca seine Hände im Schoß.

„Schade, dass der Sommer so hässlich für euch in der Gelateria war, aber andererseits konntet ihr so mehr Zeit miteinander verbringen", sagte Brigitte zu Luca und übersetzte dann für Hans.

„Ja, das ist wahr", sagte Hans und schaute dabei Luca an.

„Ich habe mich sehr gefreut, dass ich Hans und auch Sie, Brigitte, kennengelernt habe. Hans hat mir viel von Paderborn gezeigt und ich konnte mit ihm schneller Deutsch lernen."

„Warte, ich übersetze es für Hans", bot Brigitte sogleich an. Luca sprach weiter zu Hans und machte Pausen, damit Brigitte übersetzen konnte. Manchmal kam es ihm vor, als wäre die Übersetzung sehr knapp ausgefallen, dann wieder erschien sie ihm sehr lang. Während er sprach und Brigittes Übersetzungen abwartete, schauten er und Hans sich an. Ihre Augen sprachen eine eigene Sprache, am gesprochenen Wort vorbei. Völlig losgelöst vom Italienischen oder Deutschen war es eine dritte Sprache, die nur sie verstanden. Luca kam sich vor wie seine Kolleginnen, die in der Gelateria nicht mit den Terroni flirten durften. Nur hatten er und Hans nicht einmal ihre ganze Mimik zur Verfügung, um sich zu sagen, dass sie sich liebten, die Nähe des anderen vermissen würden und den anderen küssen wollten. Es waren einzig ihre Augen, die zwischen den Zeilen, den Worten und den Sprachen deuteten und übersetzten. Ihre Augen, denen es jedoch auch untersagt war, jetzt und hier zu weinen, denn schließlich saßen sie im Wohnzimmer im Beisein von Brigitte, die die gesprochenen Worte übersetzte, das einzige Ventil ihrer Emotionen, die sich hinter dem Wörterbuch auf Lucas Nachttisch, den Spaziergängen im Paderquellgebiet und dem Schwimmen im Kaiser-Karls-Bad versteckten und duckten, wie die Katze im Garten es getan hätte, wenn ein größeres Tier in ihre Nähe gekommen wäre.

„Wann fahrt ihr übermorgen?", fragte Hans schließlich und Brigitte übersetzte.

„*Mittetag*", sagte Luca direkt zu Hans.

„Mittag?", fragte Hans und Luca nickte. „Ich komme dann zum Bahnhof", sagte er weiter und versteckte seine Sehnsucht hinter einem Lächeln, das so anders war als sonst. Hans' Optimismus, den Luca immer an ihm bewunderte, hatte sich plötzlich in diesem Wohnzimmer verloren.

„Ja, du *kommen zu* Bahnhof", wiederholte Luca, „*Samestag Mitt-Tag, zwulf Uhr*", wiederholte Luca die falsche Uhrzeit und nickte, um seine Aussage zu bekräftigen. Er hoffte, dass Hans die Scham und das schlechte Gewissen in seinem Blick dieser besonderen Situation des Abschiedes zuordnete und nicht dem plötzlichen Impuls, den Luca verspürte, Hans nicht am Bahnhof sehen zu wollen, wenn er mit den Colombos und seinen Kollegen in den Zug stieg, um Paderborn in Richtung ihrer Heimat zu verlassen.

„Ich bin gleich wieder da", sagte Brigitte, stellte ihre Tasse auf dem Tablett ab, stand vom Sessel auf und verließ das Wohnzimmer. Luca und Hans konnten hören, wie sie mit Geschirr klapperte, der Wasserhahn wurde geöffnet und wieder geschlossen. Da die Küche schräg gegenüber vom Wohnzimmer lag, hätte ein Blick quer über den Flur genügt, um die beiden auf dem Sofa sitzen zu sehen, deswegen stand Hans auf und zog Luca zum Flügel. Dort konnten sie nur von der Katze gesehen werden, die sich gerade auf dem Rasen in Lauerstellung gelegt hatte, als hätte sie eine Maus oder einen Vogel erspäht.

Der Teppich unter ihren Füßen war unendlich weich. Zu gerne hätte Luca seine Schuhe ausgezogen, um die Weichheit erfühlen zu können. Hans umarmte Luca und drückte ihn fest an sich. Auch Luca legte seine Arme um Hans, der nach „ihrer“ Seife roch. Luca wusste, dass Hans donnerstags trainierte und anschließend duschte, bevor er nach Hause kam. Der Duft dieser Seife, die sie im Schwimmbad gemeinsam nutzten, gehörte für Luca nicht hierher. Nicht in das Wohnzimmer von Hans' Eltern, in das Brigitte jeden Moment zurückkehren konnte, um das Gespräch als Übersetzerin fortzuführen oder um zu sehen, ob die beiden noch Schokolade wollten. Der Duft dieser Seife war der ihres gegenseitigen Verlangens, ihrer Nähe und der Wärme, die sie füreinander empfanden. Luca löste sich aus Hans' Umarmung, schaute ihn an und wollte ihn gerade küssen, als Brigitte das Wohnzimmer wieder betrat.

„Luca, ich habe gestern einen Kuchen gebacken. Ich wollte ihn eigentlich heute mit zu meiner Mutter bringen, aber ich hätte viel Vergnügen, wenn du ihn mit deinen Kollegen essen möchtest. Ich habe ihn eingepackt.“ Luca und Hans gingen vom blauen Teppich zurück zur Sitzgruppe, auf deren Tisch nun neben dem Tablett ein in weißes Papier gewickelter Kuchen lag. Brigitte schaute die beiden Jungs lächelnd und ein wenig fragend an.

„Ich habe ihm gerade den Flügel gezeigt“, erklärte Hans, auch wenn die Frage in Brigittes Blick sicherlich eher dem Kuchen galt als der harmlosen Bewunderung eines Flügels.

„Ich habe schon so lange nicht mehr gespielt“, sagte sie wehmütig und ersetzte die Übersetzung für Luca dieses Mal durch ein leicht verschämtes Lächeln, wobei sie ihre Brauen hob und die Stirn in Falten legte.

„*Viele Danke, Bridschitte, fur Tschokolade und die Kuke. Ick jetz musse gen*“, sagte Luca unvermittelt. Er wusste, dass er noch den ganzen Nachmittag und im Grunde auch den Abend Zeit gehabt hätte, doch etwas in ihm drängte ihn dazu, in diesem Augenblick zu gehen, auch wenn ihm klar war, dass dadurch der Abschied von Hans unmittelbar bevorstand.

„*Che peccato!*“, sagte Brigitte.

„Ja, schade“, bestätigte Hans nur kurz.

Brigitte nahm den Kuchen vom Tisch und hielt ihn Luca hin, der ihn mit beiden Händen nahm. Luca ging in den Flur, Brigitte und Hans folgten. Brigitte ging an Luca vorbei und öffnete die Haustür.

„*Grazie per tutto*“, sagte Luca dann mit etwas brüchiger Stimme und schaute von Brigitte zu Hans. Brigitte ging auf Luca zu und nahm ihn in die Arme.

„*Luca, tutto il bene per te*“, wünschte sie ihm, löste sich wieder, ging zwei Schritte zurück und schaute Hans an, als wollte sie ihn auffordern, dass auch er sich von Luca verabschieden sollte. Hans nahm Luca, der den Kuchen mit beiden Händen hielt, so gut es ging in die Arme und klopfte ihm mit beiden Händen zweimal auf die Schultern, wie es Lucas älterem Bruder gefallen hätte. Dann löste auch er die Umarmung, trat zurück und sagte: „*Ciao, Luca, a sabato in stazione.*“

„*Sì, ciao,* Hans. *A sabato*“, erwiderte Luca, bis Samstag am Bahnhof.

Die gerade einmal eineinhalb Tage bis zur Abfahrt ihres Zuges vergingen von außen betrachtet wie im Flug. In Lucas Innerstem jedoch war es der Schmerz, der ihm diese Stunden endlos erscheinen ließ. Der verregnete Sommer hatte nun sein Ende gefunden. Auch wenn er, wie Ernesto zu Luca gesagt hatte, sich verändert hatte und nun wissen würde, wer er war, so spürte Luca nur Verlust. Er wusste nicht, ob er im kommenden Jahr wieder in Paderborn arbeiten würde, und er wusste nicht, ob er Hans jemals wiedersehen würde. Auch konnte er noch immer nicht sagen, ob die Erfahrungen dieses Sommers ihm das Leben zu Hause vereinfachen oder erschweren würden. Es kam ihm vor, als sollte er aus einer schützenden Blase, in der er die wertvollen Stunden mit Hans verbracht hatte und in der er sich Caterina, Ernesto und Michele und auch Signor Colombo anvertraut hatte, zurück in die Welt gehen, die ihn so, wie er war, nicht haben wollte. Das Durchbrechen dieser Blase in die Welt davor und um sie herum würde schmerzvoll und lähmend zugleich für ihn sein. Die Ungewissheit, was danach in seinem Leben auf ihn wartete, stand jedoch hinter dem Schmerz der Trennung von Hans zurück.

Vielleicht hätte er Hans nicht die falsche Abfahrtzeit nennen sollen. Vielleicht hätte er sich am Bahnsteig von Hans verabschieden können. Vielleicht hätte Hans ihm gesagt, dass er sich freuen würde, wenn sie sich auch im kommenden Sommer wiedersehen würden. Vielleicht hätte Hans Luca davon abgehalten, in den Zug zu steigen. Vielleicht hätte der Sommer noch eineinhalb Tage länger gedauert. Vielleicht. Doch nun war er vorbei.

Am Samstag fanden Luca, die Colombos und seine Kollegen sich rund eine halbe Stunde vor Abfahrt des Zuges am Hauptbahnhof ein. Der Berg, den ihre Koffer bildeten – sie waren schließlich neun Personen, wenn auch eine weniger als bei ihrer Ankunft, da Maria ja wegen des schlechten Wetters schon im Mai nach Hause geschickt worden war –, ließ sie wie Vertriebene oder

Auswanderer erscheinen. Die meisten Koffer waren mit einem fransigen, alten Strick oder einem zerschlissenen Band gesichert, damit sie nicht in einem unvorsichtigen Moment ihre Habseligkeiten preisgeben würden. Oder vielleicht könnte aus einem der ungewollt sich öffnenden Koffer auch die goldene Brosche herausfallen. Es hätte Luca schon interessiert, ob die Brosche bei Francesca geblieben oder doch weitergewandert war, aber er verwarf den Gedanken schnell.

Es war ihm peinlich, zu dieser Reisegruppe zu gehören, und er stellte sich vor, wie es wäre, abseits zu stehen und von den anderen Menschen am Bahnsteig als Reisender wahrgenommen zu werden, der nicht Teil der Gruppe der Südländer war, die, seltsamerweise anders als in der Gelateria, wie ein Fremdkörper wirkte, so als wären sie fehl am Platz. Und gewissermaßen war es ja auch so. Es war Oktober und sie gehörten nicht mehr hierhin. Wie zum Hohn schien an diesem Morgen die Sonne von einem makellos blauen Himmel, als Luca und die anderen mit ihren Koffern in den Zug stiegen.

Etwa drei Stunden später würde Hans am Bahnsteig stehen, auf der Tafel nach den Abfahrtzeiten der Züge schauen und feststellen, dass Luca ihm eine falsche Zeit genannt hatte. Sie hatten sich verpasst.

Kapitel 24

Das Wiedersehen

„Ich hatte damals nicht verstanden, was die Krankenschwester gesagt hatte", lächelte Luca Hans an.

„Du hast ja auch kaum Deutsch gesprochen. Ich erinnere mich aber noch ganz genau an den Tag, als du mit meiner Mutter dort im Flur des Krankenhauses gestanden hattest." Hans schaute dabei durch Luca hindurch.

„Du hast mich in den Arm genommen. Du warst erregt." Lucas Lächeln wurde breiter.

„Du meinst, ich hatte einen Ständer! Das waren bestimmt die Schmerzmittel!" Jetzt lachten beide.

„Wie viele Jahre ist das jetzt her?", fragte Hans.

„Sechzehn. Ich war damals sechzehn. Du auch."

„Sechzehn", wiederholte Hans. So, wie er das sagte, klang es beinahe melancholisch.

„Wäre der Sommer erst nicht so schlecht gewesen, hätten wir uns wahrscheinlich nicht kennengelernt", sagte Luca.

„Der Sommer war schlecht? Richtig, es hat viel geregnet", stellte Hans fest.

„Ein verregneter Sommer ist für eine Eisdiele ein schlechter Sommer."

„Das Wetter ist doch dann besser geworden."

„Aber es hat nicht lange gehalten. Vielleicht sechs Wochen."

„Für uns war es ein guter Sommer. Oder findest du nicht?"

„Es war gut, dass es diesen Sommer in meinem Leben gab", wurde Luca nun ernster.

„Ja. Und es war gut, dass es dich in diesem Sommer gab", sagte Hans. „Es gibt sie noch, die Eisdiele!"

„Ich weiß. Ich war schon dort. Sie heißt noch *Colombo*, aber es ist nicht mehr *Colombo*. Sie haben die Eisdiele vor einigen Jahren verkauft."

„Ja, richtig", bestätigte Hans und schaute Luca verwundert an, vielleicht, weil er sich fragte, woher dieser das wusste.

„Meine Schwester, Anna, sie lebt mit ihrer Familie hier in Paderborn."

„Was? Deine Schwester?", fragte Hans ungläubig.

„Sie kam das Jahr nach mir und blieb. Sie hat Rosario geheiratet. Sie haben zwei Söhne."

„Es gab da eine junge Frau, die ewig bei *Colombo* bedient hat. Und dann war sie später im *L'Aquila*", erinnerte sich Hans.

„Das ist Anna. Ich bin gerade in Paderborn, um sie und ihre Familie zu besuchen."

„*L'Aquila* gibt es nicht mehr. Was macht sie jetzt?"

„Sie arbeitet in einer Schneiderei. Rosario in einer Fabrik."

„Das ist schön", sagte Hans und fügte dann hinzu: „Dass du hier bist."

Sie saßen auf derselben Parkbank in den Grünanlagen des Paderquellgebietes wie vor sechzehn Jahren. Vor ihnen die Pader, in der Enten etwas vom Grund aufpickten, wieder auftauchten und schnatternd an Land kamen, nur um dann gleich ins Wasser zu steigen. Es war Ende Juli und heiß. Die Bank, auf der sie saßen, stand im Schatten eines Baumes. Um diese Tageszeit hielten sich nur wenige Menschen hier auf. Den Rhododendronbusch gab es nicht mehr.

„Wie hast du mich erkannt? Nach so vielen Jahren?“, fragte Hans.

„Ich habe dich gesehen. Du hast dich nicht viel verändert. Du bist immer noch *il bel biondo*.“

„Gleich werde ich rot!“ Beide lachten.

„Ich wollte zum Krankenhaus. Nur um es mal zu sehen“, sagte Luca dann.

„Und da erwischst du mich zufällig vor dem Gericht und fragst: *Hans?* Du hättest eigentlich *Anze* sagen müssen!“, lachte Hans.

„Du hattest mir doch schon sehr schnell beigebracht, wie ich deinen Namen aussprechen sollte!“, protestierte Luca. „Und nein, es war nicht ganz zufällig. Deine Mutter hat mir gesagt, dass du heute einen Termin im Gericht hast und ich dich mit etwas Glück dort treffen könnte.“

„Meine Mutter? Du hast also mit meiner Mutter gesprochen? Wann?“ Hans drehte sich zu Luca, wie er es vor sechzehn Jahren getan hatte, als er ihm die Wange gestreichelt hatte. Doch heute schaute er ihn belustigt und auffordernd an.

„Ja, gestern, wir haben zusammen Kaffee getrunken“, lachte Luca.

„Ihr habt Kaffee getrunken? Wo?“ Hans machte eine Kopfbewegung, als wollte er das *Wo* mit dem Kinn von unten nach oben ziehen.

„Na, bei deinen Eltern zu Hause. Ich bin hingegangen und habe geklingelt. Wie sonst hätte ich dich finden können. Ich war – oder bin – froh, dass deine Eltern noch dort wohnen.“

„Ja, dort bringt sie keiner weg. Sie lieben das Haus.“ Hans rollte mit den Augen.

„Es ist ja auch ein sehr schönes Haus. Ich würde es auch lieben."

„Es ist nur zu viel Arbeit für sie: der Garten, die Reparaturen, die Renovierungen. Und sie wollen immer alles selbst machen. Seitdem mein Vater nur noch wenige Mandanten annimmt, hat er die Funktion seiner Hände entdeckt und ist ständig irgendwo am Buddeln oder Schrauben. Und dreimal darfst du raten, wer ihm ständig unter die Arme greifen muss!" Luca lachte. „So, und da habt ihr also Kaffee getrunken und meine Mutter hat dir erzählt, wo du mich finden kannst. Hat sie dich denn gleich erkannt?"

„Habe ich mich denn so sehr verändert?", kokettierte Luca.

„Überhaupt nicht!", scherzte Hans. Beide lachten.

„Sie hat mir die Tür geöffnet, ich habe gesagt: ‚*Buongiorno; Bridschitte*', sie hat kurz erstaunt geschaut und dann gefragt: ‚*Luca?*'"

„Sie wird auch nicht oft *Bridschitte* genannt! Das konnte ja nur Luca sein!" Hans lehnte sich wieder zurück und lächelte der Pader entgegen. Luca tat es ihm gleich.

„Hat sie dir von mir erzählt?"

„So wichtig bist du nun auch wieder nicht", antwortete Luca mit gespielter Arroganz.

„Ach, so ist das!"

„Nein, sie hat mir gesagt, du sollst es mir selbst erzählen." Luca schaute zu Hans, der seinen Blick erwiderte, und fügte hinzu: „Was immer sie damit meint."

„Ich soll es dir also selbst erzählen. Ja, es wäre auch sicher eine andere Geschichte, wenn meine Mutter sie erzählt hätte", sagte Hans nachdenklich.

„Jede Geschichte hat viele Wahrheiten, niemals nur eine." Einen Moment verharrten sie im Blick des anderen.

„Wo wir gerade von Wahrheiten sprechen. Als ihr vor sechzehn Jahren zurück nach Italien gefahren seid, war ich am Bahnhof. Wir hatten abgemacht, dass ich komme, damit wir uns noch einmal sehen konnten. Der Zug war aber nicht mehr da. Du hattest mir eine falsche Zeit genannt. Ihr wart schon seit Stunden weg. Hattest du das mit Absicht getan?" Immer noch schaute Hans Luca an und musste einen Moment auf die Antwort warten. Enttäuschung und Ärger waren auch nach sechzehn Jahren in seinem Gesicht erkennbar.

„Es war ein Fehler, Hans. Es tut mir leid", gestand Luca schließlich.

„Warum?"

„Ich hatte Angst davor." Lucas Blick war auf seine Hände gerichtet.

„Angst vor mir?", fragte Hans, der seinen Blick nicht von Luca abwendete.

„Angst, dass du mich küsst, und Angst, dass du mich nicht küsst", versuchte Luca eine Erklärung.

„Das verstehe ich nicht", sagte Hans. Jetzt schaute Luca ihn wieder an.

„Wenn du mich geküsst hättest, hätten es alle gesehen."

„Wer ist alle? Deine Kollegen? Die Colombos?"

„Ja." Luca hielt Hans' Blick stand.

„Wussten sie es nicht ohnehin schon?", sagte Hans in einem Ton, der sich zwischen Zärtlichkeit und Verständnis bewegte.

„Sicher." Luca sah durch Hans hindurch.

„Und wenn ich dich nicht geküsst hätte?", fragte Hans und konnte eine gewisse Furcht in seinem Blick nicht verbergen.

„Dann wären wir wieder so nah und doch so weit voneinander entfernt gewesen. Ich hätte es nicht ertragen." Lucas Blick ruhte wieder in Hans' Augen.

„Ich weiß, was du meinst."

„Und deine Eltern? Wussten sie es? Deine Mutter?"

„Ob sie wussten, dass wir den Sommer über ein Paar waren?", konkretisierte Hans Lucas Frage.

„Ja."

„Dass wir uns geliebt haben?", fuhr Hans weiter fort, worauf Luca nur nickte.

„Nein, sie haben es nicht gemerkt. Ich wünschte, das hätten sie", sagte Hans und schaute auf den Boden.

„Wie kannst du dir sicher sein?"

„Das ist Teil der Geschichte, die meine Mutter dir nicht erzählt hat." Hans' Blick verharrte auf dem Boden.

„Ich verstehe", sagte Luca und betrachtete die Pflastersteine, die in Hans' Blickfeld waren, als läge die Erklärung vor ihnen. Nach einigen Minuten, die sie dort ohne ein Wort saßen, fügte Luca hinzu: „Und wissen sie es jetzt?"

„Allerdings, das tun sie", antwortete Hans und nickte auch noch, als der Satz schon längst gesprochen war. „Erinnerst du dich, als wir uns im Hauseingang das erste Mal geküsst haben. Es hatte geregnet", fragte Hans, schaute Luca aber nicht an.

„Wie könnte ich das jemals vergessen? Mein erster Kuss. Unser erster Kuss", sagte Luca und lächelte Hans an, der ihn nun ansah und ebenfalls lächelte.

„Und erinnerst du dich, dass ich ein blaues Auge hatte und eine aufgeplatzte Lippe?", fragte Hans weiter.

„Und eine aufgeplatzte Augenbraue", ergänzte Luca.

„Richtig." Hans entblößte jetzt seine Zahnlücke und fuhr fort: „Das war Paolo."

„Paolo?“

„Ja, Paolo, wir hatten uns im Gregor getroffen. Er hatte dort mit anderen Italienern Billard gespielt. Als ich ging, muss er mir gefolgt sein. Plötzlich rief jemand meinen Namen, ich drehte mich um und da schlug er auch schon zu. Ohne einen Ton zu sagen. Ich lag auf dem Boden und er ging“, schloss Hans seinen Bericht.

„Paolo“, sagte Luca nur und schüttelte den Kopf.

„Ja, Paolo.“

Dann wandte Hans seinen Blick zum Kaiser-Karls-Bad, das immer noch dort stand. „Erinnerst du dich? Das Kaiser-Karls-Bad?“

„Ich erinnere mich an jeden Moment.“ Luca schaute Hans an, der seinen Blick aber noch auf der Fassade des Schwimmbades ruhen ließ.

„Luca, was hast du gemacht? In den letzten sechzehn Jahren, meine ich. Wie kommt es, dass du so hervorragend Deutsch sprichst?“

„Wo soll ich anfangen?“

„Wo du möchtest.“

„Dann beginne ich vorn“, sagte Luca. Hans musste schmunzeln.

„Als ich im Oktober nach Hause kam, war mir, als hätte es diesen Sommer – unseren Sommer – nur in meiner Fantasie gegeben. Deine Umarmungen, deine Küsse, dein Lächeln, das Kaiser-Karls-Bad, alles schien so weit weg. Ich steckte wieder dort fest, wo ich ein gutes halbes Jahr zuvor gewesen war. Mein Vater freute sich, mich zu sehen, aber er interessierte sich nicht dafür, wie es mir ging. Ich glaube, er hatte Angst vor der Antwort, wenn er mich gefragt hätte. Er beschränkte sich darauf, mir zu erzählen, was ich alles in dem Sommer verpasst hatte. Wie die Ernte ausgefallen war, wie die

Bienensaison gelaufen war, was meine kleinen Geschwister angestellt hatten. Emma war die Einzige, die mir ansah, dass es mir nicht gut ging. Aber auch sie fragte nicht nach.“ Luca machte eine Pause und Hans schwieg.

„Wenige Wochen später fragte mich mein Vater, ob ich einverstanden wäre, nach Vittorio Veneto ins Priesterseminar zu gehen. Dort könnte ich studieren, zu Gott finden und Priester werden.“

„Das ist nicht dein Ernst!“ Hans schaute Luca verblüfft an.

„Es ist mein Ernst und es war auch seiner“, fuhr Luca fort. „Signora Colombo hatte ihm nämlich von uns geschrieben. Das wusste ich zu der Zeit nicht. Ich hatte es vermutet. Aber als mein Vater vor wenigen Jahren gestorben ist, habe ich in seinen Unterlagen den Brief gefunden, den er im Juli 1958 erhalten hat. Er hat ihn all die Jahre aufbewahrt. Sie hatte den Brief mit den Worten beendet, er solle mich nicht in eine Heirat drängen, da es viel Leid verursachen würde, aber er solle mich auch von Männern fernhalten.“

„Das hat sie geschrieben?“ Hans schüttelte den Kopf.

„Ja, das hat sie geschrieben.“

„Und dann kam der Plan mit dem Priesterseminar“, sagte Hans und fragte dann: „War es auch *dein* Plan für *dein* Leben?“

„Ich hatte für mein Leben keinen Plan, also versuchte ich, seinen zu leben.“

„Und konntest du dich dort von Männern fernhalten?“ Hans schaute Luca an und lächelte.

„Dort habe ich Deutsch gelernt“, wich Luca aus, „und Latein und Französisch. Und ich habe nicht zu Gott, aber zu mir gefunden.“

„Und bist du …?“ Hans stockte.

Luca lächelte ihn an und dann wechselte das Lächeln in einen nachdenklichen, fast grüblerischen Ausdruck. „Ob ich ein Priester bin?“ Hans nickte. „Fast wäre ich es geworden, ja“, sagte Luca, „wenn nicht etwas – oder besser, jemand – dazwischengekommen wäre.“

„Und wer hat diesen Plan deines Vaters durchkreuzt?“

„Ich denke, es war das Schicksal. Aber der Mensch, der diesen Plan störte, hieß Simone.“

„Eine Frau?“

„Nein, auf Italienisch ist Simone ein Männername. Simon auf Deutsch. Die feminine Form auf Italienisch ist Simona“, erklärte Luca. Jetzt hatte sich seine Mimik wieder entspannt.

„Und wie hat Simone deinen Plan gestört?“

„Er war da.“ Hans musste lächeln.

„Er war da. Das ist schön. Und welche Rolle spielt Simone jetzt in deinem Leben?“

„Eine sehr große Rolle. Aber er ist gestorben. An Leukämie. Vor drei Jahren.“

„Das tut mir leid.“

„Zweimal hatte er die Krankheit besiegt. Beim dritten Mal hatte er keine Kraft mehr.“

„Wie habt ihr euch kennengelernt? Im Priesterseminar?“

„Wenige Monate, bevor ich zum Priester geweiht werden sollte, wurde ich gebeten, Simone … wie sagt man: Beihilfe zu geben?“ Luca war sich nicht sicher.

„Beihilfe? Was meinst du?“

„Ich sollte ihn in seinem Studium unterstützen in Latein und Französisch“, erklärte Luca.

„Du meinst, du hast ihm Nachhilfe gegeben.“

„Nachhilfe, richtig. Ein komisches Wort.“ Luca lächelte und schüttelte den Kopf.

„Und dann hat es geschnackelt!“, lachte Hans.

„Geschnackelt? Was ist das?“ Luca musste auch lachen.

„Der *coup de foudre!*“, posaunte Hans.

„Le coup de foudre, oui! Ich habe ihn gesehen und wusste, dass ich nicht Priester werden konnte“, sagte Luca und hatte nun Tränen in den Augen.

„Und sind sein Latein und sein Französisch besser geworden?“

„Bien sûr que oui.“

Hans musste schmunzeln. „Und war er auch blond?“

„Nein, er hatte schwarze Locken.“ Beide schauten sich an und lächelten.

„Auch schön!“, scherzte Hans.

„Ja, auch er war schön.“

„Und dann? Wie ging es weiter?“, fragte Hans.

„Es war kompliziert. Sein Vater war der Bürgermeister von Vittorio Veneto.“

„Oh.“ Hans nickte anerkennend.

„Wir haben uns heimlich getroffen. Dann habe ich das Priesterseminar verlassen und als Sprachlehrer gearbeitet. Er ist an die Universität nach Venedig gewechselt, um Musik zu studieren, und ich bin ihm gefolgt.“

„Ihr habt in Venedig gelebt?“, fragte Hans erstaunt.

„Ja, das haben wir. Sieben Jahre bis zu seinem Tod.“ Lucas Blick war weit weg.

„Meine Frau – meine Ex-Frau – und ich, wir haben unsere Flitterwochen in Venedig verbracht.“

Luca schaute Hans fragend an: „Wann war das? Ich meine, in welchem Jahr?“

„1965. Zwei Wochen im Juni“, antwortete Hans. Luca lächelte.

„Dann haben wir alle diese zwei Wochen im Juni 1965 gemeinsam in Venedig verbracht. Auch wenn wir uns wahrscheinlich nicht über den Weg gelaufen sind.“

„Du hättest mich erkannt! Schließlich bin ich *il bel biondo*!“, protestierte Hans.

„Da hast du recht!“ Beide lachten.

„Luca?“ Hans schaute ihn jetzt mit nachdenklichem Gesicht an.

„Ja?“

„Warum gerade jetzt? Ich meine, nach sechzehn Jahren?“ Luca konnte Hans ansehen, dass ihm die Antwort wichtig war. Vielleicht auch aus diesem Grund zögerte er, bevor er antwortete.

„Es hat sich richtig angefühlt“, sagte er dann schließlich. Hans nickte.

„Und wenn ich noch verheiratet wäre? Ich meine, du wusstest nichts von mir, außer, was wir im Sommer 1958 erlebt haben, richtig?“ Sein Mund lächelte zaghaft und seine Augen suchten nach Antworten in Lucas Augen.

„Ich glaube, dass deine Mutter etwas gesagt hätte. Sie hätte mir wahrscheinlich nicht einfach erzählt, wo ich dich finden kann.“

„Das mag sein.“ Hans wurde wieder nachdenklich und fügte dann hinzu: „Was, wenn ich bei meinen Eltern wohnen würde und ich plötzlich in der Tür gestanden hätte, als du geklingelt hast?“

„Du bist kein Italiener“, stellte Luca ganz ernst fest und wartete auf Hans' Reaktion. Der musste die Antwort erst einmal begreifen und lachte dann. Luca lachte mit ihm.

„Aber du hast recht“, fuhr Luca fort, „das hätte sein können. Darüber hatte ich nicht nachgedacht.“

„Schön, dass du bei meinen Eltern geklingelt hast“, sagte Hans dann.

„Und bei dir? Was hast du aus deinem Leben gemacht?“, fragte Luca nun Hans.

„Aber deine Geschichte ist doch noch nicht zu Ende!“

„Nein, aber sie braucht eine kleine Pause“, wiegelte Luca ab.

„Nun gut, meine Geschichte: Ich habe zwei Kinder, eine Tochter und einen Sohn, acht und sechs. Ich sehe sie jedes zweite Wochenende im Monat, am zweiten Weihnachtstag und ihren Geburtstagen. Sie leben bei ihrer Mutter, meiner Ex-Frau, in Bayern. Ich bin Anwalt, aber das weißt du ja schon von meiner Mutter.“

„Das ist aber nur das Ende deiner Geschichte, nicht wahr?“ Dieses Mal war es Luca, der schmunzelte.

„Ich bin mir nicht sicher“, antwortete Hans und grinste Luca verschmitzt an.

„Wie meinst du das?“

„Ich glaube, dass es nicht das Ende meiner Geschichte ist.“

„Fang vorne an. Und dann sehen wir, ob es eine Fortsetzung gibt“, schlug Luca vor.

„Abgemacht! Aber sollen wir nicht irgendwo etwas trinken gehen? Es ist Libori, lass uns auf den Berg gehen!“

„Auf den Berg. Eine gute Idee!“, fand Luca und musste lachen. Sie sprangen gleichzeitig von der Bank auf und fielen sich ungewollt in die Arme, da Luca annahm, sie müssten in die eine Richtung gehen, Hans aber wusste, dass sie in die andere mussten. Einen Moment länger als nötig verharrten sie in den Armen des anderen, ließen dann voneinander ab und lächelten sich an.

„Lass uns dort entlanggehen“, schlug Hans vor. „Da kommen wir schneller zum Berg.“

„Wenn du es sagst“, war Luca einverstanden, nickte, lächelte und gemeinsam machten sie sich auf den Weg.